娘子有醫手

4 完

文創風 1162

六月梧桐 著

目錄

第八十五章　衣衫

年初一到初三，莊蕾抽空去了藥廠。

不管如何，總是要查看的，否則人就懈怠了。胡蘿蔔和大棒，缺了一樣都不行，偷懶耍滑的人從來不因為待遇好而減少。

年前她答應了陳三少爺去姑蘇，一直沒工夫，不如現在跑一趟。前世都說上有天堂下有蘇杭，順道帶全家去玩。

初四，莊蕾帶著一家子去了淮州的新院子。

院子裡按照莊蕾的意思，陳熹畫圖請人佈置，比遂縣的院子寬敞很多，也更舒適。每個人都有房間不說，還有客房，就算以後有了下人，也有一排倒座可以住。

而陳熹弄的淋浴裝置是莊蕾最喜歡的，一家子男女分開，有兩間淨房，客房也有一間。

張氏見到這座院子，裡裡外外摸了一遍，不免想起陳大官人和陳大郎沒享過這樣的福，有些唏噓。幸好大郎托夢給花兒，說是有了好去處。

莊蕾去見了淮南王妃。淮南王沒有回來過節，但王妃並未因此而不悅。

「男兒保家衛國，我自然要在後面當他的賢內助。他一直說妳的青橘飲救下不少兄弟，感慨這當真是緣分。」

「能認識王爺和您，是我的福氣。」莊蕾由衷地道。

王妃又問莊蕾什麼時候能搬來淮州，莊蕾說：「如今青橘飲要得急，青蒿丸開春後才能大批生產，實在走不開。」

「也是，正事要緊。妳還小，別太操勞。長身體的時候，還是要吃好睡好。」王妃殷切囑咐。

莊蕾內心感激，覺得唯有好好研發藥物，做好她能做的事情，才能報答兩位對她的愛護和信賴。

見過王妃，陳三少爺派來接人的船也到了，莊蕾一家搭船去了姑蘇。

前世莊蕾見過已經失去實際功能的京杭大運河，總覺得這麼一條河道能有什麼用。此時才發現，這條河道居然如此繁忙，船隻如梭。這個時節吹的多數是北風，張開帆，船倒也行得飛快。

她到底在古代生活久了，已經不再嫌棄這個時代交通工具的笨拙了。

陳家的貼心簡直無與倫比，第二天下午到了天下第一城揚州，一家子下船。上了碼頭，陳家的大管事已經候在那裡。

「莊娘子辛苦了。三少爺讓我陪著娘子逛逛揚州城。」

「煩勞朱管事，過年過節的，還特地來相陪。」莊蕾笑著說。陳三少爺也太客氣了。

「哪裡，少爺說莊娘子平日忙得不可開交，唯有過年時才得點空。這回讓莊娘子特地來姑蘇，他委實過意不去。」

雙馬的馬車已停在碼頭上，朱管事低頭伸手，請莊蕾一家上車。

從碼頭駛入揚州城，不過短短工夫。莊蕾和陳月娘坐在車窗邊看外面的街景，饒是見慣了前世摩天大樓的莊蕾，對於這個時代的第一城市也頗為驚嘆，商鋪鱗次櫛比，路上行人摩肩擦踵，熱鬧非凡。

進了一條街，朱管事先下車，莊蕾跟著下來。

朱管事道：「這條街上，半條街都是陳家的鋪子。三少爺吩咐，莊娘子不只是他的夥伴，更是他的恩人。這句話不是放在嘴上說說，三少爺也怕娘子客氣，特地讓我來陪著。」

莊蕾仰頭看眼前這家鋪子，飛簷反宇，居然讓人生出氣勢恢宏之感。

一踏進鋪子，裡面大堂挑空，雕梁畫棟。

陳熹往上打量著，和朱管事聊了下鋪子的格局。

朱管事說：「等下二少爺去仁濟堂揚州分號看看，就在這條街上。」

陳熹點頭。「也行。」

朱管事拿出自己的腰牌，問裡面的夥計。「你們掌櫃呢？」

「掌櫃在裡面伺候貴客。您稍等，小的立時去叫。」

「雲裳坊的衣衫樣子時興，揚州的裁縫又巧思頗多。新衣衫多是揚州先興起，之後再傳到京城。」朱管事笑著介紹。「莊娘子與陳娘子正是如花年紀，穿這裡的衣衫最是合適。」

「喲，朱管事在幫我賣貨了。」一個年紀約莫三十多歲的婦人走了出來。

朱管事叫道：「錢掌櫃。」

「朱管事怎麼來揚州了？這是……」錢掌櫃看一行人穿著普通，還不如陳家的體面管事，但其中有位少年跟他身旁的少女卻氣質過人，不像是朱管事的窮親戚。

朱管事伸手介紹莊蕾。「我不是被三少爺派到遂縣去了嗎？莊娘子是那邊藥廠和醫院的二東家。」

莊蕾點頭。「錢掌櫃。」

錢掌櫃張開了嘴巴，好似很驚喜地說：「這就是莊娘子？前兩日我收到三奶奶的信，親自關照，要我幫娘子預備衣衫。另外幾位都是莊娘子的家人吧？快快，請上樓，我讓人叫裁縫過來。」

錢掌櫃是個爽快人，莊蕾糊裡糊塗地被她帶上了樓。

「三奶奶說，莊娘子是她的至交，就自己替您拿主意了。信中跟我詳細說了您家太太、大姑奶奶和兩位少爺素日裡做些什麼，要我先備下衣料，等等裁了，讓裁縫去做，正好讓您回程時帶回去。」

「這個也太過了。」莊蕾推卻。「哪有這麼財大氣粗送人東西的？」

錢掌櫃帶著莊蕾一家來到二樓的寬敞屋子，裡面擺設精緻，還有一張長桌。

「三少爺和三奶奶可不就是財大氣粗嗎？這間鋪子是三奶奶管著，她說的話，咱們哪能不聽？」

錢掌櫃招呼眾人坐下，說話間，擺開一疊布料。

「莊娘子，這些都是我親自揀選的素色料子，三奶奶是把您當成自己人，才這麼安排的。三奶奶說，莊娘子穿衣隨便，不拘料子好壞，也不講究時興樣式。咱們雲裳坊的師傅，裁剪跟手工都是沒話說的，但求讓娘子穿得舒適，也能省了娘子好些心思不是？

「莊娘子今年十六了，雖然個頭還會長些，想來不會再有太多變化。陳家太太和陳娘子的身量，自然也不會變。按照三奶奶的想法，每人做十六套衣衫，春夏秋冬都有。兩位小爺正在長個子，且先做幾身春衫。莊娘子若覺得還要添補，只管跟我說。」

「這可是嚇壞我了，沒有這樣送禮的。」莊蕾連忙推辭。

「嚇壞什麼？」錢掌櫃拿起眼前的布。「您看看這塊的顏色，多襯您。」

莊蕾搖頭。「每人一身，我收下，其他的就算了。這般鬧騰，我要不開心的。」

「那我怎麼向我們奶奶回話？」

「我上姑蘇跟她說去。」

正好，老裁縫上來了，錢掌櫃叫道：「師傅，快來量衣衫。」

莊蕾一家人量好尺寸，被錢掌櫃灌了一肚子茶水和點心，恭敬地送出門。

路上，一陣香風而過。一群嫋嫋婷婷的少女走來，個個都是纖纖弱質。

朱管事露出淡淡的笑意。「這就是有名的揚州瘦馬了。」

莊蕾一家回頭看去，這群少女個個如花似玉，行走如弱柳扶風。

陳月娘疑惑。「怎麼個個跟沒吃飽飯似的？」

「可不就是沒吃飽嗎？如今時興這等瘦弱的美人。」

「楚王好細腰，宮中多餓死。病態！」莊蕾說了一句，過去勾住張氏的胳膊。「娘，還好有您。」

「傻丫頭，阿娘不是也還好有妳嗎？」張氏戳著她的腦袋。

朱管事原想帶莊蕾去下一家鋪子，沒想到她看中斜對面一家人頭攢動的成衣鋪，帶著一家子進去，大包小包買了好幾件衣衫。

朱管事與莊蕾相處也有段日子，便道：「莊娘子，咱們的雲裳坊可是揚州第一的成衣鋪。這家看上去人多，其實就是賣給家境中上的人家。衣衫樣子不錯，但布料跟做工只是過得去而已。」

莊蕾偏過頭看他。「我可不就是家境中上嗎？」

「您是醫院和藥廠的二東家。」朱管事提醒她。

「雲裳坊裡，一件衣衫大概得要上百兩銀子吧？」莊蕾說道：「這些錢，可以收購多少青蒿子來製藥？」

朱管事明白她的意思，便不再多說了。

接著，莊蕾打算帶陳熹隨朱管事去看仁濟堂分號，向朱管事要了個小廝，領張氏等人去逛逛。

到了仁濟堂分號，陳熹進去看仁濟堂的建築格局和佈置，莊蕾則是參觀整個仁濟堂做生意的方式。

朱管事本就是仁濟堂總號的大管事，仁濟堂分號的掌櫃見了他便點頭哈腰，但凡莊蕾問的，盡可能回答。晚上還去陳家開的客棧，一起吃了晚宴才散場。

第二日，眾人啟程去姑蘇，坐了兩天的船，到了姑蘇的碼頭。

陳家人從船上下來，拾階而上，瞧見一排馬車。

陳家派了人來接他們，看見莊蕾，忙叫道：「莊娘子，我家二爺和三少爺已經在家裡等候多時了。」

江南和江北總是有差異的，看過揚州的繁華，姑蘇又是另外一番景象，一聲聲的叫賣，聲音卻是軟了許多。

陳家的宅子盤踞在石湖一旁，與上方的山遙遙相對。放眼望去，湖光山色，風景如畫，果然會選地方。

莊蕾從側門進入陳家，跟著僕人與朱管事一路往裡面走。陳家是個大園林，格局與一般三進或五進的院子不同。若是沒有人帶，恐怕會迷路吧。

穿過一片梅花林跟一座拱門之後，僕人說道：「這是靜月齋，裡面有四個丫鬟，是派來伺候莊娘子的。另外，府裡撥了一輛馬車給莊娘子，若是太太和娘子、小爺要出門，可以讓丫鬟直接去傳。」

隔壁是梅林，若有似無的香氣飄來，僕人對陳熹說：「小爺若喜歡釣魚或者騎馬，靜月齋背後靠著石湖，有水榭和涼亭。旁邊還有馬場，也可以去玩玩。」

莊蕾心想，真是有錢人的世界啊。幸虧帶了家人過來開開眼界，不然就浪費了。

一家子漱洗完，歇息片刻，就有丫鬟上前，請莊蕾去前廳。

莊蕾邊走邊看，陳家園林不是華麗的雕梁畫棟，而是古樸典雅的粉牆黛瓦，有一種透入人心的寧靜悠然。

走過盤旋曲折的路，跨過一道門後，有小廝過來，半躬著背，引著她進了另一道門。

三人跨過高高的門檻，進了一座院子，左邊是太湖奇石堆砌成的假山，下有一池清水，養著錦鯉；另有修竹一叢，碧綠青翠。

莊蕾踏上臺階，見陳三少爺從裡面迎出來，對她笑道：「莊娘子一路辛苦。」

莊蕾向他見禮。「走了一趟，才知道三少爺往來不易，辛苦你了。」

前廳裡，一名古稀之年、鬢髮皆白的長者坐在主位上，陳三少爺對他道：「爺爺，莊娘子來了。」

陳老太爺精神矍鑠，說了聲。「莊娘子坐。」

莊蕾坐下，陳老太爺笑著問起醫院和藥廠的事。

「老夫簡直不敢相信，妳一個小姑娘，怎麼有能耐說服周院判來藥廠？妳且好好說給我聽聽。」

「不過是遇見知己罷了。周院判一生所憾，是不能治癒麻瘋病，而青橘飲為他提供了一條可能治癒麻瘋病的路。所以，他想在告老之後，繼續造福天下病患，與我之心一致。」

陳老太爺聽了，對在座的其他人說：「我一直叮囑你們，招納賢才不能光出多少銀子、給什麼樣的條件，還得知道他們心裡想要什麼。混跡官場這麼多年的周院判，卻能在古稀之年有機會完成年輕時未能成功的夢，會不心動？」

他說完，又看向陳三少爺。「莊娘子讓藥廠的人識字，制定的那些賞罰，你怎麼沒想到？蕭規曹隨嗎？祖宗規矩放在那裡，是讓你一成不變？」

莊蕾見狀，忙道：「老太爺，您這樣說，我就無地自容了。陳三少爺乃是天下聞名的經商奇才，若非得他賞識，給我這麼大的機會，我想蓋醫院和藥廠，肯定需要更長的時間。更何況，現在不過才開始，您這樣說我，又去貶低三少爺，實在讓我坐立難安。」

傳統教育下，自己的孩子做得再好，也不會誇獎，總要誇別人家的孩子。莊蕾不喜歡這樣，會讓小輩很容易受傷。

陳老太爺事無鉅細地繼續問，為商之道都是相通的，莊蕾便用前世的知識來解釋。

陳老太爺能把陳家從小商戶做到富可敵國，聽到那些新的想法，立時便能理解，聊得欲罷不能。

外面的僕婦站不住了，過來問：「老太爺，老太太等很久，來催了三、四趟呢。」

陳老太爺不得已，只好先放莊蕾去見陳老太太了。

第八十六章　陳家

莊蕾沒能回客房歇一會兒，隨即又被請入了後院。

進了陳老太太的正堂，就像是《紅樓夢》裡黛玉初入賈府的情景，人卻更多更雜。

陳三奶奶迎過來，王夫人也在。

陳三奶奶牽起莊蕾的手。「可把妳盼來了。揚州的事情，妳也太見外了。」

「您就是太客氣。」

陳三奶奶笑盈盈，貼著莊蕾的耳朵說：「這裡的郎中幫我把過脈，我有了。」

莊蕾眼睛一亮，伸手替她搭脈，脈象滑而流利，點點頭。

「沒錯！什麼時候停經的？我幫妳算算日子，再給妳開……」

王夫人見狀，笑著一把拉過莊蕾。「妳們倆別說體己話，這兒好些人都等著呢，就妳一個霸占莊娘子。」

莊蕾被王夫人拉到鬢髮皆白的陳老太太面前，蹲下身行禮。「見過老太太。」

「一直以為神醫都是年紀一大把的，沒想到居然是個小姑娘。」陳老太太一口吳儂軟語。「坐到我身邊，讓我好好瞧瞧。」

莊蕾笑著坐上去，陳老太太打量她，說道：「從頭到腳，居然無一處不好看的，把我這滿屋子如花骨朵般的女娃兒都比了下去。」

莊蕾尷尬，只能淡笑回應。

陳老太太拍著她的手。「方才妳是不是在替我三兒媳婦把脈？」

莊蕾點點頭，陳老太太又問：「如何，是男是女？」

莊蕾一愣，笑出聲來。「我只能確定，三奶奶是懷上了，但是男是女，我沒本事說。我猜的，對一半錯一半，您說怎麼辦？」

「把脈把不出來嗎？」

「這個不是我的專長，也許天下有能人吧。」莊蕾只能這麼回答。

陳老太太有些失望，王夫人安慰她。「外祖母，能生頭胎就能生二胎。不管是男是女，弟妹總歸懷上了不是？」

她這麼一說，陳老太太的臉色才好看了些。

莊蕾看向陳三奶奶，替她略感心酸。一個豪門媳婦，四年生不出孩子，真夠她受的了，如今總算盼來了希望。

陳老太太對王夫人說：「多虧妳找到了莊娘子。」又問莊蕾。「莊娘子會在姑蘇待上一些日子嗎？」

「過兩天就走了。開春後，手裡的事情很忙……」

王夫人拉著莊蕾說：「妳的青橘飲很有效，已經治好了幾個陳年咳疾的病人。外祖母說了，妳要來姑蘇，好些夫人等妳幫她們看看呢。」

莊蕾皺眉，她只是過來認識陳家人，沒有事先打聲招呼，就要她幫一堆貴婦看診，似乎不妥吧？

見莊蕾臉色不太好看，陳三奶奶在一旁陪笑，卻聽陳老太太說：「明兒也請了蘇州知府的夫人。」

陳老太太以為，她幫莊蕾介紹了這麼多名門夫人，莊蕾會很高興。沒想到，莊蕾低下頭，給了她一個軟釘子碰。

「老太太，我很少出遠門，一路舟車勞頓，腸胃不適，身體也疲乏，想先歇歇了。」

陳三奶奶忙笑著打圓場。「是啊，祖母，莊娘子從遂縣過來，定是累了，孫媳先送她回去歇息。」

莊蕾捏了捏眉心。「妳也別忙了。方才診脈，我雖判定不了男女，不過妳這個脈象，好似有些……」

「有些什麼？」

「有些不穩。」

莊蕾的話一出口，陳三奶奶立時一臉緊張。

後頭有個婦人說：「本地郎中說她身強體健，定能生個金孫。」

莊蕾回頭看向說話的婦人，打量她一下，一身綾羅，滿臉堆笑，站在陳老太太身側，便笑了笑。

「這一塊，還是聽我的為好。我雖診不出男女，但三奶奶四年多沒有懷上，如今卻懷上了。要是本地郎中有好本事，想來三奶奶早就兒女雙全了。」

陳老太太一聽，著急了。「那快去歇息吧。」

陳三奶奶心神不寧地帶著莊蕾出來。

走了一段路後，莊蕾抓住她的手。「妳擔心什麼？萬事有我呢。」

陳三奶奶的臉色這才好轉，莊蕾笑了笑，替她解了惑。

「我不過是看妳應付一家子太累，若明天又要應酬，再這樣跑來跑去，這一胎也是有可能保不住的。既然明天妳家老太太拿了我的名頭，邀請那麼多的夫人，我就幫妳開個醫囑，讓妳好好歇著。女人生孩子，是一條腿跨進棺材裡，妳還這樣勞累，說不定就遇上清悅姊那樣的事。到時候我不在身邊，看誰能救妳？」

陳三奶奶眼中閃現淚光。「我知妳是真心待我，以後我叫妳花兒吧。」

兩人進了陳三奶奶的院子，莊蕾再替她把了一次脈，胎還算穩，不過孕婦不能多操勞，便列了一大堆醫囑，看著嚇人，但能讓陳三奶奶休息就行。

陳三少爺對莊蕾極為信任，聽說自家娘子這胎不穩，急匆匆趕回來，見莊蕾正在奮筆疾書，寫了好些醫囑，不由擔心起來。

「不是好好的嗎，怎麼變成這樣了？」

莊蕾抬頭看他。「哪裡好了？我一個客人，連個飽覺都沒有睡，就幫我安排明日的宴會，找了一堆人來看病。你媳婦兒懷著孕呢，今日在一旁陪客，這些天的守歲跟筵席，少過她嗎？還要安排這些煩心的事，就算懷上了，不一定能留得住；留住了，也不一定能順利生產。你們四年沒有孩子，按理說不是應該很上心嗎？你哪裡像是上心的樣子？」

「家中事情實在太多，有時不得不……」陳三少爺低下頭，攬住自家娘子，滿臉愧疚。

莊蕾知道，能從大家族裡脫穎而出，成為當家子孫不容易，陳三少爺必然比別人付出了更多。

「明日我給你面子，替宴會上的幾個人好好看看，無非就是要個名，也讓我的話可以被當成金科玉律，說給你家中長輩聽，為你媳婦騰出時間來休息。萬一三奶奶再小產，恐怕會變成習慣，以後即便有了，也很難留住。先放下細枝末節的利益，多照顧孩子吧。」

「是。我真不知該如何感謝妳。」陳三少爺對莊蕾作揖。

莊蕾見他認真道謝，心想男子和女子終究不同，陳三少爺在意妻子，卻沒辦法設身處地替妻子想得面面周全。陳三奶奶是大家族的媳婦，自然不會為了這些事情去煩勞丈夫。身為當家娘子，自然不能因為懷孕了，就嬌氣起來。

至於外面那些郎中，幫陳三奶奶把脈後，知道她有孕了，卻是莊蕾的功勞，與他們無關，必不會提醒她多注意身體。

陳家家大業大，嘴上大家都說希望陳三少爺有後，但心懷鬼胎的人，恐怕也不少。

莊蕾見夫妻倆都已經明白了她說的話，才把手裡的醫囑塞給陳三少爺。

「你也別太忙，多抽空陪陪三奶奶，女子懷孕的時候，易躁易怒，易喜易悲，最好有親近的人時時刻刻在身邊呵護，心情才順暢。有些話不該說，我還是要說，三奶奶懷孕期間，你不要去找什麼通房小妾的，傷了夫妻之間的情分不說，你的身體剛剛調養好，少做那些事情為妙。等三奶奶的胎穩了，大約四個多月的時候，可以適時敦倫。」

陳三少爺笑出聲來。「莊花兒，妳真是……妳知不知道妳就跟婆婆媽媽似的，連我房裡的事都要管。」

莊蕾臉一紅，站起身。「別把好心當成驢肝肺。」

陳三奶奶趕緊過來拉著她。「我們知道妳是為咱們倆好。我四年沒懷上，家裡不少人催著他納妾，他也沒納，對我還是好的。」

「哦，那當我多嘴了。」莊蕾有些不好意思。

陳三少爺一笑。「妳嫂子出身書香門第，是我當年求來的，自當好好對她。」

莊蕾點頭。「好，我回去睡覺了。」

陳三少爺親自送莊蕾回客房，路上說了一句。「以後就把我們當成兄嫂看待，叫我一聲三哥，事事不能再跟我和妳嫂子見外，可知道？」

莊蕾知道他說的是衣衫的事，抬頭看他。「只是覺得沒必要。」

陳三少爺說：「妳去買別家的，是給別人賺錢。妳嫂子讓鋪子裡幫妳做，不過花些工錢，只講究舒服，不會選那些特別貴的料子。妳待我們一片赤誠，我們也在自己能做的地方待妳真心，以後不許再跟我們這麼客氣。」

莊蕾笑得燦爛。「我知道了。」

陳三少爺送她到門口。「晚上我和妳嫂子一起跟你們一家吃頓飯，我派人來接可行？」

「不用了。現在我只想睡覺，太累了。」一路舟車勞頓，莊蕾的臉色確實不好看。

陳三少爺笑著應下。「也罷，那我讓人幫你們送飯過來。」

等陳三少爺離開，陳熹過來，把手貼在莊蕾的額頭上。兩人方才說的話，他都聽見了。

莊蕾笑出聲。「我只是累了，去躺一會兒就好。」

進了屋，聽陳熹說莊蕾在喊累，張氏讓人拿熱水來，陳月娘幫莊蕾把被子抖開。

莊蕾漱洗之後，鑽進被子裡，張氏還坐在床沿，揉了揉她的頭髮。

模糊之間，莊蕾覺得，比起家大業大的陳家，她待的陳家才是真正的幸福。

一覺醒來，外頭丫鬟聽到動靜，進來問：「莊娘子，您醒了？」

莊蕾揉了揉眼睛坐起來，套上小襖。「可有什麼吃食？」

「有，您家小爺吩咐，留了一鍋小米粥，還有幾道點心和小菜。」丫鬟回道。

莊蕾走出去，陳家的屋子真暖和，下面燒著地龍，腳下暖洋洋的。淮州的新家裡，她也要陳熹安了地龍，她喜歡這種感覺。

莊蕾拉開門，想看看天上的月色，聞一聞隔壁梅林的暗香，卻見廂房還有燈火，看樣子陳熹還沒睡下。

「把我的披風拿來。」

丫鬟拿了披風，莊蕾裹在身上，問道：「什麼時辰了？」

「二更天了。」

這小子，怎麼這麼不愛惜身體？休息是最好的良藥。

莊蕾穿過院子，過去敲門。

陳熹開門。「嫂子醒了？睡了一覺，可舒服些？」

「你怎麼還不睡？」莊蕾問他。

「還早，才敲過二更鼓。」陳熹笑了笑。

莊蕾對他這樣晚睡很有意見，雖然現在不過是前世的十點左右，但依然維持著嫂子的威嚴勸他。

「早點睡。睡眠不足容易影響腦子，你的身體要徹底養好才行。」

陳熹聽她這麼說，笑容滿溢。「知道，馬上就去睡。」

莊蕾唸了陳熹幾句，心裡才算舒坦了，回屋吃飯。

她脫了披風坐下，丫鬟幫她盛了一碗粥，又拿一盤點心過來。

莊蕾挾起點心，吃了一口，陳家的廚子果然有一手。吃著吃著，想起今日陳老太太的做派，再想想黃家和聞家的事，沒有一家省心的。

現在自家人口簡單，所以才太平，要是以後二郎和三郎都娶了媳婦呢？月娘嫁人是另一回事，到時候會怎麼樣？

三郎太憨，要娶個什麼樣的才好？婆母太軟弱，她又太忙，也懶得家長裡短，大概要找個性格比較直爽，沒什麼小心眼的。

陳熹呢？這孩子真是什麼都好，如果考中了，以後是要做官的，得挑個好人家的女兒。沒有個性的姑娘好拿捏，但與他不相配；若是厲害些的，張氏這個脾氣，肯定忍氣吞聲。

不對不對，先考慮婆母再考慮兒媳婦，這樣就本末倒置了。她這是怎麼了？夫妻之間，不應該被婆媳關係拖累，還是找一個跟二郎情投意合的。她跟張氏合得來，也能賺錢，以後把張氏帶在身邊照顧就好。

莊蕾喝著粥，一會兒皺起眉頭、一會兒舒展，轉念之間，又覺得自己想多了。

真等陳熹考中，有了本事，首先要做的，是把血海深仇報了才是！

第八十七章　宴會

陳熹進來，就看見自家嫂子一會兒帶笑、一會兒皺眉的模樣。

「幫我盛碗粥。」陳熹在莊蕾對面坐下，吩咐一旁的丫鬟，等粥端來便道：「妳可以下去了。」

丫鬟應下，走了出去。

陳熹挾了一筷子小菜，開始喝起粥來。

莊蕾已經吃完了，放下碗筷，看著陳熹。

陳熹抬頭問：「妳看著我做什麼？」

「我在想，要怎麼樣的姑娘，才能配得上咱們家二郎？」

「怎麼又在想這些有的沒的？」陳熹不高興了。「妳不是想當郎中嗎，什麼時候想改行當媒婆了？都這麼忙了，能不能歇歇這些三姑六婆的心思？」

莊蕾扯出笑容。「今日我見了陳三奶奶，看似外表光鮮，但懷了身孕，還要面對一大家子的事，而且一屋子的人各有心思。而我們家，我回來後，你先關心我，阿娘和月娘又來照顧我，多麼和樂。我不禁在想，以後要是你和三郎都娶了媳婦，會怎麼樣？」

「該怎麼樣，還是怎麼樣啊。」陳熹不以為意。「咱們就是一家人，還能怎麼樣？」

莊蕾扶額，覺得是時候好好教育這小子了。

「不一樣。以後你娶的媳婦，家世定然不會太差，到時候有我這個妯娌，還有阿娘，不知道能不能處得好。」

「阿娘那麼溫柔，妳又明白事理，怎麼可能處不好？若是處不好，定然是她的問題。」

「你看看，這就是我擔心的事。你不把人家當成一生一世的伴侶，而是一個外人，偏幫著我和阿娘，夫妻肯定不能好好過日子。婆媳之間是天然的敵人，兒子被另一個女人搶了，婆婆對兒媳多多少少都會有些排斥，萬一兒子不能善加調停，最後只會兩敗俱傷，連兒子也裡外不是人。」

「可妳和阿娘都不是那種不講道理的人。」陳熹自認很了解張氏和莊蕾，這種事情沒什麼要分辯的。

「你不能先入為主。其實我還是很凶悍的，若是遇到像小白兔一樣的小姑娘，很可能被我欺負得連渣渣都不剩。」

陳熹放下碗筷。「怎麼可能？妳最是講道理，心又軟，又喜歡護著人。只要是妳認下的自己人，必然竭盡全力護著。唯有心思不純的人，妳才想出手教訓。若妳欺負人，也是那人咎由自取。」

莊蕾撫額，這孩子真讓人頭疼。要是以後住在一起，他的娘子肯定整日哭給他看，只好繼續教他。

「二郎，碗筷相碰會叮噹響，我和娘的關係又不一樣，三個兒媳婦之間，她肯定偏疼我，一來我是她養大的，二來我沒了男人，她一直覺得對不起我。這個時候，你還幫著我們倆，就要傷了夫妻情分。我想，以後你當了官，你和你媳婦去任上，三郎也跟自己媳婦住一起，我就陪著阿娘。遠香近臭，一年見上幾次面，這樣倒是最好。」

陳熹聽到這裡，臉色變了變。「嫂子怎麼這樣說話？我斷然不會丟下妳和阿娘，妳們就待在我身邊。媳婦不媳婦的，還是沒影子的事，妳和阿娘才是我最重要的人。」

「只是隨口說說罷了。你和三郎漸漸長大，我總要考慮考慮，現在大家還小，住在一起沒什麼。反正，你記得不能偏著自己的娘，會在婆媳之間埋下最大的隱患。」

「嫂子覺得自己會和阿娘起爭執嗎？」

「我和娘當然不會，我是家裡的童養媳，跟自家女兒一樣，我吵鬧幾聲，娘也不會往心裡去。但嫁進來的媳婦不一樣，人家離開爹娘，嫁到一個陌生的家，需要時間習慣，也需要丈夫的呵護和理解。」

陳熹笑了笑，站起來。「妳別老是替我操心了，有這個閒心，不如替三郎相看。我的事，我自己會拿捏。」

「你別以為這個簡單，家人相處是一門學問，學得好終生幸福，不好的話，大多悲苦都源於此。」

陳熹用帕子擦嘴。「妳就不要跟我講這些道理了。明日可有什麼安排？」

「我要赴宴，你們就別去了，怪沒意思的，陳家的老太太想拿我來取樂那些客人呢。你帶著娘跟三郎他們出去逛逛姑蘇城吧。」

陳熹拉長了臉。「那妳也別去了。憑什麼要妳被那老太太耍著玩？」

「給陳三少爺面子嘛。記得幫我買些好玩的東西回來。」莊蕾推著陳熹回房。「早些睡，睡前刷牙。」

陳家的宴會果然如莊蕾預料的那樣，她成了陳老太太出風頭的玩意兒，感覺就是把她當成了他們家的掌櫃。

莊蕾也不與她辯駁，這個老太太已經被人眾星拱月似的寵壞了，張口就道：「莊娘子來，幫劉夫人搭個脈，看看她身體如何？」

這個劉夫人不過是年紀大了，出現更年期症狀，能有什麼問題？那個章太太是月經不調，另一個李太太是偏頭疼。這些毛病，本地郎中最是拿手，何必讓她來看？

陳老太太又使喚莊蕾，要她陪著蘇州知府的夫人喝茶聊天。

莊蕾無奈地笑著，蘇州知府夫人是客，那她不是客，是僕嗎？就算是合作關係，以後陳家的大門，拖著她都不會進來了。

「莊娘子。」陳老太太指了指坐在身邊的小婦人。「這位石夫人是知府大人的妹妹，妳替她瞧瞧。」

既來之則安之，看在陳三少爺夫妻的分上，應付完這群妖魔鬼怪，她就拎起包袱回遂縣，還有一堆事等著她做呢。

莊蕾幫石夫人搭脈，神情凝重起來。但凡會患腫瘤的體質，氣血上總會有些許差異，眼前的石夫人就是。

「換一隻手。」

莊蕾閉上眼睛，細細感覺。

「讓我看舌苔。」

石夫人伸出舌頭，舌苔中間有裂痕，乾燥不潤澤。

莊蕾站起來，走到石夫人背後站定，伸手摸甲狀腺，沒有異狀，那就要確認乳腺了。

「我需要為她觸診，請安排一間房。」

石夫人臉色發白地看莊蕾。「是不是有什麼不好？」

「讓我看了才知道。光靠搭脈，我沒有把握。」莊蕾說道：「我想看看妳的胸口是否有硬塊。」

知府夫人一聽，立即站了起來，對陳老夫人說：「立刻安排。」

陳老太太趕緊讓人去辦，丫鬟帶著莊蕾和石夫人進屋，知府夫人也要進來，莊蕾說道：「您在外面等等。」

「我不能看看嗎？她是我小姑。」知府夫人很不識相，一定要進來。

石夫人對莊蕾說：「就讓我嫂子進來，可行？」

既然病患不介意，莊蕾也就無所謂了。

進了房間，莊蕾讓石夫人脫下衣衫，幫她觸診。

知府夫人的眼睛眨都不眨地看著莊蕾幫石夫人檢查。

莊蕾閉上眼睛，想感覺腫塊表面的情況。很小，應該是不光滑的。

「這邊有硬塊，妳自己摸到過嗎？」莊蕾問她。

「我一直感覺有，但是叫了幾個郎中來看，也叫醫女觸診，都說沒有，說是癔症。」石夫人說道。

莊蕾繼續摸另外一邊。「有血緣的姊妹，親的、堂的、表的，還有妳上面的母親、外祖母、祖母、姑姑、姨母等人，有沒有因為胸前硬塊而亡的？」

石夫人開始顫抖。「我母親就是。」

「起來，我再幫妳摸一下腋下和鎖骨。」

石夫人站起來，莊蕾仔細地觸摸她的腋下和鎖骨。胸口的硬塊很小，但是腋下的淋巴結腫大，鎖骨則摸不出來。

雖然不能確定，但是腋下已經有淋巴結，配合脈象和舌苔，極可能是乳腺癌。運氣好的話，可能只轉移到腋下淋巴。沒有影像資料，區分不容易，也不準確。

看莊蕾臉色凝重，石夫人問她。「莊娘子，到底怎麼樣？」

莊蕾決定實話實說。「這種病，可能跟您母親的病是一樣的，基本上傳女不傳男。知道您的母親得的是什麼病嗎？」

「乳岩……」

石夫人臉色慘白，沒有絲毫血色，她見過自己母親的慘樣，問莊蕾。「莊娘子，您能救我嗎？您不是能治好癰疽，一定有辦法對吧？」

莊蕾看向石夫人，又低頭。「夫人，這種病，我沒把握的。可以幫妳醫治，但是不保證有效。」

石夫人穿好衣衫，跪在地上。

「莊娘子，救救我！別人都看不出這種病症，只有您能一下子看出來。」

在莊蕾的前世，癌症和心血管疾病是致死率最高的病症，她擔任胸腔外科主任的那些日子裡，接觸最多的病症就是肺癌。

但這個時代不一樣，讓最多人死亡的是傳染病，大部分人的壽命都在五十歲以下。腫瘤跟癌症還沒有找上門，就已經被其他病症奪去生命。碰到的機會少，自然所知也少。

莊蕾對石夫人說：「若要醫治，有幾件事要先講清楚，我的治法是手術……」

石夫人聽聞要切掉胸，身子立時癱軟。「沒有其他辦法嗎？」

「對啊，比如青橘飲不能治嗎？」知府夫人問莊蕾。

莊蕾搖頭。「青橘飲能治的是因各種眼睛看不見的蟲而導致的病症，石夫人的病是氣血不平衡導致的，也很可能是遺傳，跟青橘飲能治的病症完全不同。妳們回去商量商量，想治的話，就來遂縣。我先幫妳開個藥方，可以緩解，但不能改變病情。即便手術，也僅有五成活命的機會；不動手術，大約只剩三年。」

莊蕾開完方子，拉開門走了出去。

陳老夫人見石夫人癱軟在地上，知府夫人拉著她說：「妹妹，我們回去商量商量。」

陳老夫人趕緊問莊蕾。「這是怎麼了？」

「有病，得治。」

石夫人嚇成那樣，知府夫人自然沒了飲宴的興致，兩人匆匆離去，也讓很多人沒了把莊蕾當成免錢算命似的興致。

莊蕾乘機向陳老夫人告辭。陳老夫人心裡也不高興，點點頭，便沒再跟莊蕾客套了。

莊蕾出了宴客的廳堂，讓陳家丫鬟帶她去見陳三少爺。

陳三少爺正在前面與陳老太爺說話，聽見她過來，出來問：「宴會結束了？」

莊蕾道：「我幫知府的妹妹看了病，她的病挺嚴重，知府夫人就先帶著她回去了。老太太似乎不太高興，興許她不希望我真的診出什麼病來，只想讓各位貴婦取樂吧？你安排一下，我想明天就回去了。我需要當面向老太爺辭行，還是你幫我說一聲就好？」

陳三少爺皺眉。「這怎麼行？我已經跟老太爺說好了，陳家在太湖那裡有一處別院，想帶著我娘子和你們一家去住兩天，讓妳嚐嚐咱們本地的湖鮮，也讓我娘子鬆快鬆快。」

莊蕾笑著搖頭。「等以後吧。我手裡的事多，你是知道的，現在恨不得自己有七手八腳才好。」

「耽擱兩天總行？」

「三少爺，莊娘子，老太爺請你們進去。」有小廝來叫他們。

莊蕾跟著陳三少爺進門，陳老太爺坐在主位，笑著說：「莊娘子，筵席結束了？」

莊蕾向陳老太爺施禮。「我來向三少爺辭行，想請他幫忙安排明日的船，也跟老太爺說一聲。」

按理說，莊蕾無論如何都該客氣一聲，說一句「多謝盛情款待」。但她只是辭行，而且昨日到，今日就要走，這就不對勁了。

陳老太爺只聽說自家老太婆安排了家宴，想著來的都是莊蕾的家人，話話家常也好。聽自家孫兒安排他們去太湖別院住幾天，他很是滿意，一起聊聊天、釣釣魚、喝喝茶，最是能拉近關係。

孰料，他邀請的話還沒出口，莊蕾就來辭行？

陳老太爺面上不顯，但不代表他老糊塗了。

「可是有什麼招待不周的？要不，讓三兒媳婦帶著妳在姑蘇城裡走走，妳們也相熟。」

陳老太爺笑著說道。

「老太爺客氣了。三奶奶懷了身子，斷不能有絲毫勞累，好好休養為佳。三少爺是知道的，我手上的事實在太多，年紀又小，怕事情不能做好，還是早些回去才放心。等下次來，定然好好叨擾幾日。」莊蕾說得客氣。

陳老太爺見狀，道：「要不，妳再留一日，好歹讓我們盡盡地主之誼。」

莊蕾還想推辭，聽外面有人來報。「老太爺，范大人來了。」

「快快有請。」陳老太爺起身往外走，還不忘轉頭囑咐莊蕾。「先別走，多留一天。」

莊蕾行了一禮，回院子去。反正多一天、少一天，都沒關係。

她還沒坐下，丫鬟匆忙進來。「莊娘子，老太爺請您去前廳。」

莊蕾撫額，不知道又是什麼事，只好跟著丫鬟出去。

第八十八章 知府

莊蕾踏進前廳，陳老太爺手一伸。「莊娘子，這是蘇州知府范大人。」

哦，是那位石夫人的哥哥，想來是為了自己妹妹的病情而來的，倒也是個好兄長。不過這種事，不應該是夫妻商量好再來嗎？

「見過范大人。」

范大人是典型的官僚，渾身上下帶著政客的氣息。莊蕾無所謂喜不喜歡，反正就是那麼一回事。

「莊娘子好生年輕，就有神技？」范大人打量莊蕾，帶著笑說。

「不敢。令妹的病，我只有五成把握，哪裡敢稱什麼神技？」莊蕾也笑著說道。

「敢說五成把握，已經很了不起。當初家母的病症無人能識，去世之前受盡苦楚。至今想來，不禁要落淚。」范大人一臉悲傷。

陳老太爺忙在一旁道：「大人純孝。」

莊蕾說：「若是石夫人下定決心醫治，目前遂縣壽安堂可以做這個手術，我來主刀，她需要在遂縣住上二十來日。元宵節過後到，正月二十之前我替她做手術，若恢復得好，大概二月初十便可動身回姑蘇。」

范大人笑了一下。「此事不急。」

莊蕾驚訝，什麼叫此事不急？但凡病患知道自己得了嚴重的病，恨不能立刻得到醫治，前世為了能夠早日住院，每天她都會遇到一些打招呼的、走後門的人。范大人是石夫人的哥哥，還說不急？那是他的親妹妹嗎？

「浙江布政使的夫人患病，據說看了好些大夫都不見好，所以想請莊娘子過去替高夫人瞧瞧。」范大人站起來，對著莊蕾說道：「不知莊娘子意下如何？」

莊蕾看著范大人，那種威勢，哪裡肯讓她拒絕。「高夫人若是在姑蘇的話，今日我就上門去看。」

范大人好像聽了什麼好笑的話一樣，哈哈大笑。「浙江布政使夫人怎麼會在姑蘇，她在杭城。」

莊蕾帶著笑問：「此去杭城有多少路程？」

「七百里。」陳三少爺代為回答。

「來回要幾日？」

「約莫半個月。」

莊蕾看向陳三少爺。「半個月？遂縣的事情我放不下，正月十五之後，我的事已經排得滿滿的。這個忙，恐怕就幫不了了。要是高夫人不嫌路遠，來遂縣找我，而且去遂縣有好處，萬一需要動手術，當場做了，也不用一來一回的麻煩。」

范大人聽了，神色立時一變，拉長了臉。「嗯？」

陳老太爺連忙過來打圓場。「大人，莊娘子醫術高明，不過還是年輕，說話有些直，您別介意。舍下備了薄酒，老朽與大人同酌。請。」

陳老太爺說著，伸手請范大人出去。

范大人心裡明白，陳家會想辦法處理這件事，哈哈一笑。

「陳老，請。」

等人都出去了，陳三少爺才為難地對莊蕾開了口。

「這件事，得煩勞妳跑一趟。妳應該知道，蘇州知府不似你們淮州的知府，陳家的基業在這裡，我們得罪不了。浙江布政使是他的同年，聽說年紀不過三十多歲，當年榜眼出身，升遷飛快，短短十來年工夫，已經升到三品大員，以後入閣為相，也未可知。妳看在我的面子上，算是幫我一個忙。」

莊蕾怎麼可能不知道要跟地方官搞好關係，很無奈地坐下來。

「三哥，咱們得講道理吧？這種高官夫人的無病呻吟多了去，很可能就是些頭疼腦熱的小毛病，我專程跑一趟，是白白浪費半個月啊！半個月我可以做多少事，卻要浪費在來回的路上。」

這堆像竹筒倒豆子一樣的話，讓陳三少爺憋了一口氣，才道：「就這一次。妳也替我想想，他們這種品階的大員來找咱們，咱們能不答應嗎？」

「不會只有一次的。如果我治好高夫人，到時候京城裡誰生了病，這位把我拱出去，我就得往京城跑。一年折騰兩、三次，光伺候這些老爺夫人，我的事情都不用做了。

「有一大群太醫幫他們這群人看病，就放過我吧。若是上門，我肯定看，可要我上門，實在太浪費工夫了。要不然，我辦醫院幹麼？就是郎中出診真的很費事啊。」

陳三少爺頭大如斗。「妳以為我不為難？我也知道，妳說能怎麼辦？在商場上混，咱們就得伺候這些人。」

莊蕾靠在椅子裡，仰頭哀嘆。「能不去嗎？」

陳三少爺也坐下。「江浙兩省是陳家的根基，我怎麼得罪得起這群大員？對妳來說，沒什麼，有這種驚世的醫術，自有人會幫妳。可我呢？妹妹，妳替我想想啊。」

「好吧，我去。不過你跟范大人說一句，我這個人脾氣怪異，不喜歡交際，這次是賣你們陳家的面子，下次絕對不會出來的。但是，下次他大概還會賣了我。」

陳三少爺點頭。「肯定會說的，妳放心。」

等莊蕾再回院子，張氏等人已經回來了，買了一堆東西，陳熹也抱著一大包筆墨紙硯。

「姑蘇城裡書院眾多，一樣的紙筆，比淮州便宜三、四成，我索性多買一點，回去送一些給楊秀才，再送些給同窗，很划算呢。」

一家子正在聊天，外頭丫鬟來報，說陳二太太來了。

陳二太太有張白胖的圓臉，看起來不到四十歲，養尊處優，說話也軟和，大家見過之後，便拉著張氏的手，親親熱熱地聊起來。

「陳家太太，今日逛得如何？去了哪些地方？我原想等今日筵席過後，明日陪著你們逛逛姑蘇，沒想到你們先去了。不過姑蘇城也大，我看看還有什麼地方能帶你們去走走。」

張氏性子溫軟，聽陳二太太這麼說，連忙擺手。「不了不了，粗粗看過就好。二郎買些筆墨紙硯，我也給丫頭們買點小巧的玩意兒。」

陳二太太笑了笑。「那先不說這個了。二爺叫了老三過來，我們兩口子和老三一起陪你們嚐嚐道地的姑蘇菜。」

莊蕾聽到這裡，既然已經答應幫忙，就不必推辭別人的好意，帶著一家人出院子，跟著陳二太太走。

一路上，陳二太太不停介紹石湖的歷史。眾人一路走，到了湖邊的樓閣，裡面的炭火燒得暖融融的。

陳二爺和陳三少爺已經到了，陳三少爺見他們進來，上前問陳熹。「今日二郎可有去咱們這裡的書院看看？」

「還不曾。」陳熹淡笑回答。

陳三少爺拍著陳熹的肩膀。「姑蘇的好書院不少，我再帶你去看。等你過了童生試，倒是可以來姑蘇的書院讀書。」

陳熹笑著搖頭。「我不曾考慮過。淮南王府裡教導小世子的幾位先生，都是大儒，這次院試過後，王爺讓我進王府，陪著小世子一起讀書。如果離開淮州，王爺胸襟雖寬闊，於我卻是不妥。」

陳三少爺笑了聲。「原來是這般的好去處，那我就不強求了。」又招呼陳熹一起坐下吃飯。「雖說淮州和蘇州的吃食相似，終究有些不同，我們這裡口味偏甜……」

陳二太太坐在莊蕾和張氏中間，親自幫兩人挾菜，客氣地聊著家常，看著陳熹和陳照，連連誇讚張氏把孩子養得好。

「二郎和三郎今年幾歲了？」

「都十四了。」

「到了這個年紀，可以留意合適的姑娘。咱們蘇州的姑娘，是出了名的軟糯。」

張氏見陳二太太一直在打量陳熹，心裡明白，陳熹長相俊秀，又會讀書，惹人喜歡也是尋常。

不過，她心裡已有了計較，莊蕾和陳熹平時很是要好，又正值情竇初開的年紀，她若是接下陳二太太的話，反倒讓兩個孩子生分了。

「二太太的好意，我明白的。只是，哪家閨女捨得遠嫁？娘家不在身邊，終究要吃苦。男娃兒不著急，等出了孝，再慢慢相看。」

這話斷了陳二太太作媒的心思，知道張氏不想要個遠來的媳婦，想要個知根知底的。

一條酒糟蒸鰣魚被端上來，陳二太太替莊蕾和張氏各挾了一塊，招呼道：「這是咱們姑蘇的吃法，不知道吃得慣嗎？」

莊蕾知道，這頓飯是陳家的賠禮道歉。她再有本事，若無陳家出錢支持，也是沒用。去杭城的麻煩事，不得不接啊，還得幫陳家處理妥貼才行。

陳家主院之內，又是另外一番光景。

陳老太爺已經很久沒對陳老太太發脾氣了，今天實在忍不住，將手邊的茶盞掃在地上。

「妳的年紀，都活到什麼地方去了？」他恨不能問一句，都活到狗身上了嗎？

陳老太太委屈啊，咕噥一句。「你不是說，知府大人前途無限嗎？正值壯年，已經是蘇州這樣地界的知府，以後入京為官也未可知，要我跟知府夫人好好相處？又說莊娘子到了，讓我招呼著。我怎麼招呼不好了？昨日不是幾次三番去問，是她自己說不想吃晚飯的。今日請她給那些夫人看看病，這不是替她介紹生意嗎？」

陳老太爺恨不能仰天哭上一哭。「她缺病患？青橘飲一瓶難求，會缺一、兩個無病呻吟的女人？」

陳老太太不服了，姑蘇城裡哪個郎中見了他們家的人，不是點頭哈腰，憑什麼一個鄉下來的小丫頭片子，就要她捧著哄著？那丫頭還拿著他們家的錢呢。

「不能這麼說，很多夫人有隱疾，不便向男郎中說出口，讓女郎中看看，不也是機會？

若非今日她瞧出石夫人的病，范大人會親自上門請她去杭城替布政使夫人治病嗎？平日就算送禮，布政使大人還未必肯理睬呢。這麼一來，咱們也算跟布政使大人有了交情。

「再說了，那丫頭拿了我們家的錢，幫我們家經營產業，充其量就是我們家的管事。身為東家，要我低頭哈腰向她陪笑臉，有這個道理嗎？」

陳老太爺被陳老太太這麼一頓搶白，居然覺得她說的全對，一下子語塞，坐在椅子裡，狠狠地吸了幾口氣。

「若是真有要好的，私下去看看，莊娘子定然樂意。可妳幹的是什麼混帳事？妳的眼睛裡只有高官，妳去拍人馬屁，以後范大人和高大人但凡有個親朋好友病了，說一句請莊娘子來看一看，妳說要不要去請？」

「那就請她去啊！她不是郎中嗎？」陳老太太回答得理所當然。「老頭子，我覺得你太給這麼個小輩臉面了，一個剛冒出來的丫頭，我帶著她認識一些姑蘇城裡的太太們，這是提攜她。」

陳老太爺總算理順了自己的思路，只覺得跟自家老婆子是雞同鴨講，不由窩火。

「若莊娘子每日在這些高官府邸間奔波，萬一心性不穩被人誘惑，從此嫁入高門，我們投在她身上的錢，豈不是打水漂了？若是她心性穩，不願與豪門多來往，但日日周旋其中，沒工夫做她該做的事，我們家會少賺多少？妳是在把一個金娃娃往外推，知不知道？

「更何況，妳今日這樣做，分明是看不起人家小姑娘。妳當莊娘子看不出來，一定要來討好妳？不用我們家，她也能找到其他人家幫她出錢蓋藥廠。妳當北邊的積善堂看不到？只是剛好被修平搶先而已。以後，妳能不能不要只看衣衫不看人？」

「可大部分情況下，只看衣衫不看人是對的。」陳老太太還出聲反駁，一臉她說的全是對的表情。

陳老太爺無奈，這世道本是如此，怪他太大意。只能多囑咐陳三少爺兩句，千萬不要再鬧出事來了。

聽說莊蕾要去杭城，張氏不放心她一個人，要跟她一起去。

莊蕾揮揮手。「只是去看個病，你們就別跟著奔波了。」

「妳一個小姑娘家跟著陌生人去那麼遠的地方，我怎麼放心？」張氏無論如何也不肯放她一個人去。

「阿娘，我陪著嫂子去。」

「你去什麼？」莊蕾看向陳熹。「二月中就要縣試，好好考試去。」

「來得及。」陳熹道：「妳真的不用替我擔心，我肯定能考過的。我陪在妳身邊，一路上也有個商量的人，阿娘才放心不是？」

莊蕾以為張氏腦子會清楚些，出聲勸住陳熹，沒想到她如小雞啄米般直點頭。

「是啊。二郎今年不中還有明年，縣試又不是考秀才，三年一次。大不了明年再考。」

「可他今年秋天打算考舉人。」莊蕾提醒張氏。

「沒關係，三年以後舉人和進士連著考也行。」陳熹接話。

莊蕾很想問他們，這是都糊塗了嗎？只有她反對，其他人全贊成陳熹跟她去，她能怎麼辦？只能帶著陳熹一起走。她身邊有淮南王的暗衛，陳熹跟著她，也安全些。

臨行前，陳三少爺一臉抱歉，莊蕾被他那便秘的表情逗笑了，道：「好好照顧嫂子。」

陳三少爺將一封信交給莊蕾。「我派了一個小廝跟一個丫鬟，伺候你們叔嫂倆，若是有其他需要，杭城仁濟堂的管事隨時聽妳的調遣。其他用度，也聽妳安排。」

莊蕾謝過陳三少爺。「放心吧，我知道你的難處。如今咱們也算是一體的，你們家是河水，我們家是井水；河水寬了，井水才能寬，這個道理我懂。」

莊蕾說完，再安撫張氏幾句，便帶著陳熹出發了。

第八十九章　崩漏

范夫人也上了陳家的船，親自陪莊蕾去杭城。她倒是一點都不擔憂自家小姑的病情，一直向莊蕾介紹高家的背景。

高大人與范大人同年金榜題名，一個是榜眼，一個是進士。高大人比范大人小了十來歲，升得卻比范大人快。陳熹說過，范大人已經算很快了，莊蕾一想也是，若依前世的眼光看，蘇州市的市長也是厲害得不得了的人物。高大人就更厲害了，這樣的同年，當然要互相提攜、互相幫忙。

男人官運亨通，女人就沒那麼幸運了。高大人的第一任夫人是在家鄉娶的，他高中之後，過五年就死了，留下一兒一女。

這時，高大人的官位已經升成四品，又不到三十歲，正是意氣風發的時候，京城裡的戶部侍郎便將自己嫡出的小女兒嫁給他當第二任夫人。

在陳熹的解釋下，莊蕾弄懂了，戶部侍郎相當於前世財政部副部長，雖然年紀大了，沒了入閣的指望，但門生故舊也是一堆。

兩人成親八年，如膠似漆，恩愛非常。如今他的這位夫人不過二十三、四歲，生得冰肌玉骨、姿容絕色。偏生紅顏也要薄命，他的夫人身子不好，眼看要香消玉殞，這位大人很是憐惜，也很是著急，所以身為同年的范大人也為他著急啊。

莊蕾問范夫人，高夫人的身子怎麼就不好了？

范夫人說是崩漏之症，莊蕾一聽，這毛病涵蓋得就廣了，可能是月經不調，子宮相關腫瘤也能引起出血。

算了，看起來真的挺嚴重。但莊蕾還是想讓陳熹能趕上縣試，所以要求舟船日夜不停。幸好范夫人不擔心自家小姑，卻對這位高夫人的病痛感同身受，恨不能飛奔到她面前。聽莊蕾願意趕路，范夫人再高興不過，只花四天就到了杭城。

船在杭城的碼頭靠岸，改乘馬車。

莊蕾挑起車簾往外望去，前世的西湖現代氣息濃郁，與這個時代自然完全不同。前世熱鬧似油畫，熱烈奔放，而這個時代的熱鬧如寫意的水墨畫，既有濃墨重彩，也有大塊留白。

身為本省的二把手，布政使的府邸自是有其格局。莊蕾跟著高家的家僕進去，家僕先領著他們去了客院。

莊蕾剛洗了手，淨了面，就被丫鬟催促，便揹上藥箱，跟在范夫人身後去了內院。踏入內院，便聞到一陣濃郁的藥味，一個老嬤嬤過來行禮，叫了一聲。「范夫人。」

「妳家夫人可好些了？」

老嬤嬤搖搖頭，范夫人疾步進去，莊蕾跟上，瞧見一個病美人躺靠在羅漢床上。

范夫人的聲音心痛難當。「妹妹，才大半個月不見，怎麼就落得如此模樣？」高夫人頭上紮著額帕，神色懨懨，抽抽搭搭地哭。「姊姊長路迢迢來看我，辛苦了。」

范夫人往羅漢榻邊一坐，伸手摸著高夫人的手。「妹妹的手怎麼如此冰涼？我且與妳暖暖。」說著，用手掌包裹高夫人的手。

問題是，高夫人身邊有個小巧精緻的手爐，用不著范夫人這般吧？

幫高夫人暖了手之後，范夫人掏出帕子，壓了壓眼角，那眼角還真有淚光。

「妹妹生病，疼在姊姊心裡，真是兩步併作一步行。從姑蘇過來，日夜兼程，只用了四天，只恨路太長。」

這就是說話的藝術，不是邀功，而是心太急，等不了。

高夫人果然心中感激。「姊姊對我這樣好，只怪我這身體不爭氣。」

「妹妹放心，這次我請來婦科聖手莊娘子，定然能為妹妹藥到病除。」范夫人說著，眼淚又滾了出來。

莊蕾很想打斷范夫人的話，這種事情，前世的她都沒辦法說，更何況這輩子。

「還是要看了才知道。」

范夫人拿出帕子擦眼淚。「對，對，先讓莊娘子看看。」

莊蕾坐在高夫人對面，伸手搭脈。脈細如線，首尾俱短，不及本位。看她肌膚，如入秋之木，失去華澤。頭髮也如亂草，沒有光華，舌苔就不用說了。這是已經上了閻王的生死簿，而且開始畫勾了。

「把症狀講給我聽聽。」莊蕾問道。

一旁的嬤嬤說，高夫人的褲子上一直有血跡，和白色米湯樣的污物。

莊蕾心想，按照發病的年齡來判斷，可能是子宮頸癌。不過，就算是子宮頸癌，這個年紀也早了。

這個時代，子宮頸癌並不多見，因為傳染源不多。得病後，大部分會當成崩漏來治療。這個時代的女性，性伴侶相對少，甚至單一，是從哪裡感染病毒呢？

莊蕾站起身。「準備冷開水和烈酒，我幫夫人觸診。」

「莊娘子，夫人的病是？」范夫人和高夫人身邊的嬤嬤問道。

「我先確認一下，等下再說明。」莊蕾心裡已經有了數。

莊蕾打開自己的藥箱，拿出一只罐子和幾樣器具，放在瓷盤中。

「留一個人下來幫我，其他人迴避。」

范夫人自告奮勇。「我留下來。」

莊蕾看她一眼，挑起眉。「我建議妳迴避。夫人的心腹嬤嬤或者貼身丫鬟留下就好。」

這種事情太過於私密，范夫人留下來實在不妥。

外面傳來一陣腳步聲，有人喊：「老爺！」

一個男子走進來，年紀約三十多歲，劍眉星目，一身錦袍。前世今生，莊蕾也算是開過眼界，氣勢迫人如淮南王，斯文俊秀如朱縣令，這一位卻是美人在骨不在皮的氣質大叔，動靜之間皆是味道，難怪范夫人對他讚不絕口。

若是高夫人真得了她判斷的病，這人的皮就猶如畫皮一般了，內在根本是斯文敗類。

莊蕾看了高大人一眼，開始洗手做準備。

范夫人行禮。「見過高大人。」

「嫂夫人不必多禮。我剛剛拿到信，范兄對莊娘子推崇備至，只希望神醫真能有起死回生之功。」高大人說道，聲音也極有吸引力，低沈中帶著磁性。

莊蕾把手浸在烈酒中，不緊不慢地說：「我沒那本事，有些病能治，有些是不治之症。我只是能治的比旁人多一些，但不代表我能包治百病，包治百病的是神棍。」

范夫人有些尷尬。「莊娘子說話就是這個樣子，大人不要介意。」

高大人這才注意到旁邊還有個人，不過莊蕾已經戴上了口罩，最多只能看到她的眼睛。一雙眼，就讓高大人判定，這是一個不可多得的美人。

莊蕾道：「留下一個，其他人都出去。」

「我留下陪著夫人。」高大人說道。

莊蕾點頭，丈夫留下沒問題。

等其他人出去後，莊蕾說：「請大人帶夫人去床上，幫她除去裙子，下身對外，雙腿……」說了檢查時需要的姿勢。

「官人，我不看了。」高夫人聽見莊蕾的要求，靠在高大人的懷裡說道。

高大人一把抱起她。「乖，我們還是要看的，聽話。」

高大人的聲音好生溫柔，聽他這樣說，好似有安撫人心的功效，高夫人才扭捏著，讓高大人為她做準備。

莊蕾拉過繡墩坐下，拿起鴨嘴器。銅製的鴨嘴器接觸到潰爛的地方，撐開的時候，高夫人痛苦地叫了起來。

高大人摟著高夫人，輕聲安慰。「我們忍一忍，馬上就好。」

莊蕾點燃蠟燭，手持燭臺，藉著燭光，通過鴨嘴器觀察。能輕易看到病變，而且可以聞到惡臭。

莊蕾取下鴨嘴器，扔進方才洗手的烈酒裡。鴨嘴器碰到銅盆，發出金屬碰撞的聲音。

她再看淋巴的情況，已經轉移，與她的判斷無差，沒有任何機會了。

「幫夫人穿好裙子。我們出去談。」莊蕾說道。

「好。」高大人動作輕柔地幫高夫人穿上裙子。

高夫人啜泣著。「官人，我不治了，我不治了。」

「夫人，不要這麼說。但凡有希望，我們都要治。」這聲音何其溫柔。

莊蕾在口罩下，不置可否地冷笑了一下。

難道高夫人在遇見他之前，就已經有多個性伴侶，而且長期反覆感染病毒？她是不相信的，所以這個男人有不可推卸的責任。

莊蕾喊丫鬟開門，對丫鬟說：「盆子裡的東西，幫我用沸水煮兩個時辰，再還給我。還有，送水和皂角來，我要洗手。」

高大人走來，看見莊蕾正仔細地洗手，一雙手潔白細嫩，略帶著肉，手指又修長，讓他感覺心頭有一絲異樣爬過。這雙手生得實在好看，這樣的手做什麼都好，靈巧且賞心悅目。

莊蕾從自己的藥箱裡拿出紗布，擦了擦手，用了個白色布袋將擦過手的紗布放進去，才摘下臉上的口罩，一併放進布袋裡。又倒了一點牡丹籽油出來，仔仔細細擦著手。

莊蕾摘下口罩之後露出的容貌，印證了高大人的猜測。他已經很久沒有見過這樣的姑娘了，自家夫人初嫁之時有眼前這個女子的容貌，神韻卻無法匹及。

莊蕾收好自己的藥箱，偏頭看高大人。

高大人淺淺一笑。「莊娘子請。」

莊蕾點頭，跟著他出去。

到了外間，范夫人還在等，問道：「莊娘子，如何？」

莊蕾搖搖頭。「回天乏術，最多只剩三個月。夫人想吃什麼，就讓她吃什麼，不必忌口，也沒必要多喝什麼藥了。我開一些止疼的藥，如果夫人疼痛難忍，可以吃一些，緩解痛楚，杭城的仁濟堂應該有藥材。」

莊蕾想著，要不要跟眼前的高大人說幾句，讓他收斂一些，不要禍害別家姑娘了。但轉念一想，高大人怎麼可能收斂？這些話全是廢話，說了有什麼用？

莊蕾開完藥方，向范夫人施禮。「我已經看過高夫人了，麻煩安排船隻，明日一早我就坐船回去。」

「這麼快？莊娘子，我們才剛日夜兼程過來，妳又要日夜兼程回去？」范夫人可受不了這種趕法。都一把年紀的人了，船上吃不好、睡不好，要累死的。

莊蕾見她為難，便道：「如果范夫人還想陪高夫人幾天，我就先走了。跟我同來的小叔還要參加今年的縣試，實在不能耽擱。來時陳三少爺給我親筆信，讓我有事便找仁濟堂的掌櫃，我請他安排船隻吧。」

高大人客氣一笑。「何必煩勞仁濟堂，莊娘子來為內子看病，理應由我這裡相送。莊娘子暫且放寬心，今日住在舍下，我再安排車船送妳回去，如何？」

因為高夫人的病症，莊蕾並不喜歡高大人，行禮道：「大人客氣，我與仁濟堂陳家有淵源，算不得麻煩，只需遣小廝去說一聲即可。多謝大人美意，容小女告退。」

「如此，莊娘子請便。」

莊蕾揹起自己的藥箱，轉身離開。

莊蕾一身白色裙裝，烏髮纖腰，背脊挺直，走起路來卻不緊不慢，從容不迫，這是她前世帶著醫生查房，不知不覺養出來的氣場。
高大人看著莊蕾跟在丫鬟身後離開。這樣的女人，真的很特別。
他狀似無意地對一旁的范夫人說：「莊娘子看起來很年輕，對病症卻是說一不二。」
范夫人以為，高大人是不信任莊蕾的醫術，或者是聽見郎中說自家夫人無救之後的不認命。這樣一來，她長途跋涉的千辛萬苦，豈不是都枉費了？連忙開口解釋。
「大人，莊娘子之能，是我親見的。我家小姑一直說自己的胸口有東西，找了很多郎中看過，都說她是癔症。莊娘子還未問病症，光是搭脈看舌苔，就說可能有硬塊，觸診後果然有。外子聽說她診斷如神，才親自去陳家請她來。莊娘子還治好了蘇州通判夫人的多年隱疾，只是尺有所短，寸有所長，她到底年輕，這方面的本事未必真的很厲害吧。」
高大人聽著這些話，摸著下巴。「嫂夫人與范兄的厚意，我感激不盡。我也覺得莊娘子的年紀實在小，不知道是什麼來歷？」
范夫人不知高大人是何意，低頭回答。「自然是打聽清楚了，才敢推薦給大人。莊娘子出身遂縣農家，後來拜入遂縣壽安堂的老郎中門下，在醫術上天分極高。聽蘇州通判的夫人說，莊娘子先幫蘇相的姑娘接生，後替蘇相的夫人切了京城太醫不敢動的背疽，後來為她治療隱疾，又替淮南王世子開腹。」
「出身農家？行醫？」高大人轉了話頭。「王通判好似與蘇相有親？」
范夫人照實回答。「正是，通判夫人乃是蘇老夫人的內姪女。」卻猜不出高大人問這些的用意。

高大人靠在椅背裡，閉目一會兒。「妳說是在陳家認識莊娘子的，此事與陳家有何干係？為何她還有陳三少爺的親筆信？」

范夫人抬起頭，看向高大人。一直以來，她都不敢直視他，聽她家老爺說，高大人比一般人都清楚自己要怎麼走，做官這條路上，沒人比他更有天分，就算被他利用一二也值得。

「陳家三奶奶多年無孕，是莊娘子看好的。聽陳家老太太說，陳三少爺投了近二十萬兩銀子，與莊娘子一起做新藥青橘飲，姑蘇仁濟堂有賣，十來天工夫就能讓癰疽病患起死回生，如今一瓶難求。」范夫人一邊回答、一邊思索高大人想幹什麼。

「她為何一身素白，是為至親守孝？」高大人頗有興致地問下去。

「聽說是為自己的夫君守寡。」

「她年紀這般小就成親了？難道她治不了自己丈夫的病？」

「說是童養媳。她丈夫不是染病，聽說是橫死。」范夫人說道。

「竟是個剋夫的。」高大人勾出淺淺的笑。

范夫人看在眼裡，心頭千迴百轉。為何高大人對莊娘子的事這般感興趣，這些不都是私事嗎？

「多謝嫂夫人的古道熱腸。」高大人得到了答案，頗有禮地對范夫人說：「我進去看看馨然。」

高大人轉入內室，卻見自家夫人拿著帕子，靠在床上垂淚。

「官人，我是不是不行了？」

「馨然，別這麼想，我們還是能想辦法的。」高大人坐下，摟住自家夫人勸慰。

高夫人哭著說：「我嫁予官人這些年，官人待我如珠似寶，可惜我不能陪官人到白頭。官人……」

「馨然……」

夫妻倆喁喁細語，互訴衷腸，實在催人淚下。

此刻，天公似乎也感覺到這等悲傷，狂風開始呼號，下起雨來。

第九十章　渣男

莊蕾回到客院，打發陳家小廝去仁濟堂安排車船，明天一早就動身回去，便把門一關。

陳熹問她。「怎麼樣？」

「不治之症。」莊蕾回答。「年紀還輕，卻一點機會都沒有了。」

「是嗎？那挺可惜的。」

莊蕾靠過去，小聲地道：「是她丈夫害了她，不過我沒說出來。」

「怎麼說？」陳熹不解。「對她下毒？」

「那倒沒有，但跟下毒差不多。」莊蕾輕聲說：「有種病會透過男女之間行房傳給女人，如果女人反覆感染，短的七、八年，長的一、二十年，就可能變成這種不治之症。你覺得是高夫人偷人的機會大呢，還是高大人在外面亂來的機會大？」

「自然是高大人的機會大。」陳熹肯定地回答。除非高夫人有個相好的，還是那種亂七八糟的人，但這機會太小了。

「可方才診斷的時候，高大人對高夫人可是溫柔體貼得不得了呢。」莊蕾說道：「或許高夫人到死都不會知道，是她深愛的丈夫害了她。可憐啊！」

「嫂子沒想過跟高夫人說清楚？」

「她信我，還是信她的丈夫？」莊蕾問陳熹。「更何況，人都快走了，我毀掉她僅有的寄託，她會有多痛苦？」

陳熹坐下。「依照來時路上范夫人說的話，高夫人可是為高大人的升遷提供不少助力，最後還折在他的手上，實在不值。」

莊蕾搖搖頭。「我也不可能有機會跟她說。這裡的事，咱們別摻和，明天一早就離開，也算是完成陳三少爺的囑託。快傍晚了，這裡離西湖岸邊很近，不如我們出去走走，嚐嚐本地的小吃？」

這個提議得到了陳熹的贊成，一開門，天公卻不作美，風雨交加，讓兩人有些猶豫。

莊蕾想了想，道：「雨中西湖也別有趣致，打傘而行？」

陳熹欣然應下，兩人拿了傘，穿上木屐往外走。

一個丫鬟過來道：「莊娘子，我家大人請您過去，還想請教我家夫人病情之事。」

「妳去回妳家大人，該說的我方才已經說清楚，實在沒有其他可以多說的。若是對我的判斷有所懷疑，不妨另請高明。」莊蕾實在想不出她跟高大人有什麼好說的。

范夫人從外面進來，見叔嫂倆站在門口跟丫鬟說話，聽聞是高大人相請，臉上帶出了笑，過來勸莊蕾。

「莊娘子，高大人擔心夫人，才想多問幾句。妳大老遠來了，多幫他解釋兩句，安安他的心，總是可以的吧？」

莊蕾轉身，皺眉道：「范夫人，我是郎中，這種病是我的醫術不能治的，我拿什麼去安病患家人的心？他要是覺得我本事不夠，便找其他郎中來。」

范夫人拉著莊蕾的手。「叫妳去，妳就去，何必這麼倔強呢？」

「這不是我該做的事，您為何要強求？我是賣了陳家的面子，才幫著跑這一趟。我的活兒已經幹完，也算是交差了。」莊蕾看向范夫人。「我一直以為大家夫人都是講道理的，蘇老夫人和淮南王妃從不會將無理的要求強加給我。」

「莊娘子，妳這次來是受陳家之託，但陳家是受了我家大人之託，妳總該把事情圓圓滿滿地解決吧？這會兒抬出淮南王妃和蘇老夫人做什麼？」范夫人說這些話的時候，心裡是虛的，但是她賭她家老爺說的是對的，高大人還會步步高升，賭他們值得被他利用和驅策。

「一定要我去？」莊蕾上前一步問范夫人。

范夫人堅持要她過去，實在奇怪，如果結合那個渣男的言行，莊蕾便猜出是什麼緣故了，是高大人對她有了不該有的心思。

「當然。受人之託，忠人之事。」范夫人如此說道。

「妳認為，我還沒有盡責完成所託之事？」莊蕾再問。

范夫人被莊蕾這麼看著，乾笑一聲。「我只是希望妳能幫忙跟高大人解釋夫人的病情，有始有終地幫我做完這件事，不行嗎？」

莊蕾挑眉。「范夫人，凡事都該有個限度。這件事，妳做得過了。」對陳熹道：「二郎，去收拾東西，我們去住仁濟堂。」

兩人轉身回屋，收拾了隨身行李，讓陳家的小廝和丫鬟提上，就要離開。

高家家僕在門前攔住他們。「我家大人有請，還請莊娘子不要為難小的。」

「你們是硬要我過去？這是什麼道理？」莊蕾冷道。

「莊娘子就不要為難小的了，大人只是想請娘子去說一說病情，沒有其他的事。莊娘子，請。」高家管家笑道。

莊蕾側過頭，卻見角落裡露出一張笑臉，正是淮南王府的暗衛，平時從不現身的。她的心頭安定下來，搖了搖頭。原本打算避開這件事，既然有人撐腰，就不要避了。

「也罷，那我去跟他好好說說這場病的來由。」

「嫂子。」陳熹站到莊蕾身邊。「我陪妳去。」

「不用。」莊蕾湊過去，對他說：「有暗衛。」

陳熹還要說話，莊蕾道：「你先去仁濟堂等我便是，我說完就來。」

陳熹點頭。「那我先走了，妳小心些。」帶著丫鬟跟小廝離開。

莊蕾跟著高家的家僕，去了高大人的書房。

房門敞開著，高大人正坐在裡面畫畫。見莊蕾進來，客氣地說：「莊娘子，請坐。」

他表現得雲淡風輕，彷彿對方才小院裡的劍拔弩張完全不知情。

初春的雨下得異常猛烈，甚至夾雜著雪珠。

高大人放下手中的筆，要過來關門。

「大人有話請說，不必關門。」

「冷雨刺骨。」高大人輕聲說了一句。

莊蕾往屋裡走了幾步，站在離書桌側邊一丈遠的地方。「這裡淋不到雨。」

高大人回到書桌邊，笑著示意。「莊娘子何不坐下說話？」

「我還是站著。」

高大人以為她在他面前不敢坐下，放下手中的筆，表情越發平易近人，和藹可親。

「莊娘子不必小心翼翼，盡可隨意坐。我也是寒門出身，在外講些官場上的規矩，但在家裡大可不必。坐吧。」

莊蕾搖頭，直接道：「不知大人找我來，所為何事？夫人的病情，我也只能判斷到這個地步。您可以找其他郎中看看，畢竟山外有山，人外有人，我從不認為自己治不好的病患，就沒有其他人能治好。」

高大人幽幽嘆了口氣，神情感慨悲涼，提起筆繼續畫畫。紙上是一幅荷花圖，他拿朱筆畫著荷花瓣。

「妳說的都是實情。若非心浮氣躁，我也不會在此刻畫畫，平復心中的不安。」

莊蕾抬頭看梁柱，若用畫畫平復內心的不安，那她的畫一定充滿了戾氣和狂躁。若是藉著今日的景致，她定然要描繪出風雨交加的情景。

莊蕾低頭看高大人的動作，真要作畫可不會是這樣講究技巧，為了讓別人看到他的畫有多好看似的。

對，是好看，而不是好。

荷花是花卉的入門，最容易畫，但高大人的畫功實在很一般，不足以拿出來炫耀，也就騙騙不懂事的行外人。

高大人等著莊蕾誇他兩句。這些年外放，高官做久了，上頭能壓他的人少，下面追捧他的人多。他已經習慣了，寫個字，畫張畫，就有一堆人來拍他馬屁，讚一聲「大人真是才華橫溢」。

可莊蕾跟塊木頭似的，連表情都沒給一個，靜靜站在那裡看著，嘴角溢出一絲笑。

高大人觀察細微，瞧見她有笑意了，在尖尖的荷花苞上添了一隻蜻蜓，讓這幅畫多了一絲活潑的趣致，來討好眼前的小姑娘。

他抬頭，對莊蕾淡淡地挑了挑眉。

莊蕾心想，這男人在用手段撩她？

高大人的畫已經畫完，在一旁落款，拿起自己的印章蓋上。這是最後一步了，莊蕾很想知道，他幹完了這些，還要作什麼怪？

高大人微微一哂。「莊娘子素日沈浸於醫術中，畫畫於莊娘子來說，倒是無趣之事。是高某疏忽，讓莊娘子久等。」替自己找了個臺階下，是莊蕾不會欣賞，剛才他是對牛彈琴。

莊蕾也微微一笑。「平靜內心之作，自然是胡亂畫的。畫得不好，也是正常，大人不必介懷。」

高大人語塞。什麼叫畫得不好？她懂畫嗎？心中立時不喜了。

莊蕾看出他臉上的不悅，想起一件事。

前世，她去參加一個會議，因為到得早，又年輕不懂事，簽名時直接從最上面簽下。沒想到事後被自家主任拉進去訓話，說她犯下大錯，簽名簽錯了，主持會議的主管發了好大一通脾氣，甚至還問了她的名字和服務的醫院。

不到三個月，莊蕾就被發配去鄉下做醫療援助了。

她屁顛屁顛地收拾行李，她爺爺發現不對勁，追問出來後，戳著她的腦袋，說她是榆木，連這點規矩都不懂，白長在他們家了。

莊蕾鬱悶啊，她只知道要好好讀書向上，哪裡知道簽名還有講究的，一個不慎就被發配邊疆。

現在，這位位高權重的浙江布政使高大人的臉色不太好看，要給她的小鞋，應該已經準備好了吧？

高大人笑了笑。「莊娘子認為我是胡亂畫的？」

「難道不是？」莊蕾睜大了眼睛，一派天真地問。

「自然不是，這荷花就如莊娘子一樣出淤泥而不染，濯清漣而不妖，品性高潔。看著莊娘子這般人淡如蓮的女子，我的內心平靜下來。多謝娘子出塵之姿，讓高某能放寬心思。」

剛才還是隱晦地撩，這會兒就是明明白白了。高大人不是要給她穿小鞋，而是想要脫了她的鞋。

莊蕾腹誹：你才是白蓮花！

高大人離莊蕾有兩丈遠，笑意之間帶著滿含的情意，倒是與前世那些娛樂圈裡的大叔男神頗像，整日秀恩愛，直到爆出養小三、圈內潛規則，才人設崩塌，名聲臭不可聞。

「哦，我能說句實話嗎？」莊蕾問道。高大人的心思讓她噁心。

高大人的語氣飽含溫柔。「莊娘子請說。」

「就畫論畫，高大人若真對書畫有興趣，還是要找人學學。字還行，這畫嘛，技巧是會了，卻沒有靈氣。我雖然不是絕色美人，不過這畫乾巴巴的，沒有一絲神韻，你用這畫來比喻我，是覺得我就是個木雕泥塑？」

莊蕾說出這話後，高大人立時拉長了臉，已經很久沒人敢在他面前放肆了。

莊蕾忽然想起，前世那件事是怎麼收場的了。

她出發之前，爺爺讓人辦了個聚會，邀請那位主管，還帶上她。

聚會上，她爺爺當著那位主管的主管的面，對他滿天下桃李中的一顆小桃子說：「我家這個丫頭從小被慣壞了，又有那麼點天分，不知天高地厚。把她放到ＸＸ縣的醫院也好，讓她歷練歷練。」

那顆小桃子的來頭可不小，莊蕾樂呵呵地看著那位主管當場刷白了臉。

現在高大人的臉色跟那位主管倒是類似啊。當然，她能有恃無恐，是因為背後有淮南王撐腰，好歹她也是有暗衛的人。

「莊娘子懂畫？」

「毋庸置疑。」莊蕾抬頭與高大人直視，絲毫不謙虛。

「不知我可有機會觀摩一番？」

「高大人，你的夫人患了不治之症，我才剛告訴你這個消息，你現在卻跟醫治她的郎中討論畫技，不覺得滑稽嗎？」莊蕾寒了臉。「你派人叫我來，難道就是為了讓我看看，你的畫畫得有多糟糕？」

莊蕾說這些話的時候，有個六十多歲的老夫人站在門邊，全聽見了。

這位老夫人，是高大人的丈母娘柳老夫人。

柳老夫人聽聞女兒病重，除夕就從京城往杭城趕。她聽蘇老夫人提過淮州有神醫，路經淮州時讓人去請，卻聽說莊娘子出遠門了，便留人守在淮州，一路趕來杭城。剛剛趕到高府，見如花朵一樣的女兒變成這般模樣，心痛難當。

她問了身邊的嬤嬤，得知高大人請了莊娘子來，心頭一寬，卻又聽聞莊娘子說女兒無救，簡直就像天塌下來似的。

柳老夫人急匆匆過來，想跟女婿商量，沒想到在門外聽見這樣的話。她側過身，示意跟著她的人不要出聲，繼續屏息聽著。

按理說，柳老夫人進來，高大人身邊的家僕定會提醒他。可是，今天莊蕾身邊的暗衛為了便宜行事，把兩個家僕全弄出去，替他們找了個地方休息。而外面的風雨聲，也蓋過了柳老夫人的腳步聲。

「莊娘子，是高某心煩意亂，讓妳誤會了。」高大人笑了一聲。「來來，先坐下，我們好好聊兩句。」

莊蕾伸手阻止他。「有什麼話就直說吧。」

「莊娘子醫術高明，高某想請莊娘子留下，為我家夫人看病，必有重酬。」高大人彎腰向莊蕾行禮，一副禮賢下士的模樣。

莊蕾看著高大人，還真是個戲精。

「你家夫人已經沒有辦法醫治了，只能幫她減少痛苦，我開了藥方，你們只要按照方子去仁濟堂買藥就好。我說得很清楚了，不需要再重複。另外，我手裡還有很多事情，不宜耽擱，所以明天就啟程回淮州。」

高大人沒想到，當年他的夫人是京城貴女，也被他的風采折服，這個小姑娘卻對他無動於衷。

他走過去，莊蕾退後一步。

「莊娘子，淮州偏遠，杭城富庶。若是莊娘子能留下，為內子減輕痛苦，高某願意為莊娘子奔走，浙江藥局可以協助莊娘子，不知意下如何？」

「你一定要我留下？」

「沒錯，留下莊娘子，為內子減輕痛苦，是我唯一能為她做的事情了。」高大人說著，換上暗自神傷的臉色。

莊蕾實在看不下去了，笑出聲來。「高大人何必這樣惺惺作態？不如直說。你想留下我，是因為看上我了。這樣兜兜轉轉，有意思嗎？」

高大人沒想到她會這樣直接，這是他的地盤，有恃無恐，便輕輕一笑。

「莊娘子冰雪聰明，妳若是能成為我的賢內助，以後我封侯拜相，給妳鳳冠霞帔，豈不快哉？」

這話一出，躲在門外的柳老夫人差點一口氣上不來，若不是身後之人將她托住，此刻恐怕已經倒在地上。

第九十一章 門外

莊蕾聽高大人直接挑明了說，理了理思緒。

「你現在這位夫人乃是高官嫡女，為你帶來裙帶關係。如今你膝下有幾位子女？」

高大人聽她這般問，以為她到底是有心思的，答道：「我有三子一女。」

「元配夫人生一子一女，繼室夫人有一雙兒子？」莊蕾問他。

高大人不再拐彎抹角。「不錯，不過這個不會影響到妳。以我之能，定然可以安置所有子女，日後無憂。」跟聰明人說話就是簡單，想必莊蕾很清楚他說的是什麼意思。

果不其然，莊蕾笑了笑。

「你邀我共享富貴，是因為我出身農家，是個寡婦，身分上低了你的繼室夫人太多，所以不必擔心岳家有什麼不悅。畢竟，你這個年紀的高官，不可能為了妻子長守空房，找一個身分上差很多的，越不過繼室夫人，還能跟原本的岳家維持關係。」

「莊娘子何必這麼說呢？出身低微，卻要有莊娘子這般姿容的，還能找得到；這般氣度，卻是絕無僅有。莊娘子若為我婦，我定然敬重娘子如元配夫人。」

高大人慢慢地靠近莊蕾，莊蕾又往後退了兩步。

「雖然我出身不高，卻有一手好醫術，又與蘇家交好，救治過淮南王世子。這等情分，也是你以後的助力？」

「莊娘子實在聰明。」高大人越看越覺得眼前的女子讓他心動，這等絕色、這等聰慧，做他的繼室太合適。

莊蕾快退到門口。「你的榮華、你的富貴，不是隨隨便便能享的。當你的繼室，莫不是我嫌命太長了？」

這話讓門外的柳老夫人心疼得不得了，又不得不豎起耳朵來聽。

莊蕾說：「你的下一任夫人，跟你現在這位夫人患上同一種病的可能太大。嫁給你，八年，十年，二十年，得時時刻刻擔心自己下身潰爛，飽受病痛折磨而死。高夫人的病，是你不潔身自好，導致她反覆染毒，天長日久，才會得了這樣的毛病。」

這話一出，高大人原本斯文的樣子，徹底變成敗類，氣急敗壞地問：「妳胡說什麼？」

莊蕾看他這個表情，本就有九成把握是他亂來導致的，現在更是確定了。

「我胡說？高夫人的病，起因是男女行房。如果你潔身自好，那必是高夫人在外面行了多次不軌之事，而且那人也染了毒。若只有一次兩次，根本不會落到現在這樣的境地。」

高大人臉色發僵。「一派胡言，哪有這等事情？」

莊蕾冷笑一聲。「胡言？身為一個大家閨秀，我相信尊夫人不會這麼做。那麼，唯一的可能就是你了。你在外面染了毒，反覆感染，又與高夫人行房，導致她得了這種病。

「你很聰明，會去尋沒有得過花柳，或身上沒有明顯贅疣的女人，但這種毒需要時間反覆累積，才會發病。發病之初，沒有任何症狀，隱匿又深，等到出現明顯症狀，便無救了。

「方才我診斷出高夫人的病，就知道你是個什麼樣的人，沒想到你卻將主意打到我身上。我奉勸你一句，積點德吧！」

高大人做這些事情時，十分隱秘，自詡玩得很聰明，沒想到莊蕾會用高夫人的病症推測出來，硬生生剝下他的羊皮。

「女人太聰明，真的不是一件好事。」高大人獰笑一聲。「妳說了這些，覺得我還會放妳走嗎？給妳正室之位，妳不要，那只能我給妳什麼，妳就給我受著。」褪下羊皮的惡狼，露出了猙獰的面目。

莊蕾呼出一口氣。「大人太有自信了吧？你敢動我？」

「妳以為蘇老夫人和淮南王妃會為了妳這麼一個女人，來得罪我這樣的三品大員？」高大人笑了一聲。「小姑娘，妳太嫩了！」

「來人！」高大人洋洋得意地一喊，兩個黑衣人進來。其中有個圓臉小哥哥，剛才悄悄對莊蕾露出過笑臉。

高大人看他們一眼，覺得陌生。不過家中僕人多，他未必認得全部的人，便吩咐。「給我拿下！」

其中一人立即伸手，鎖住了高大人的喉嚨。

圓臉小哥哥笑呵呵地說：「高大人以為自己一個三品大員很了不起嗎？我們王爺說，莊娘子之能，以千萬人性命相護也在所不惜。你以為你一個祿蠹子，也配跟救治戰場上千萬將士性命的莊娘子比？」

高大人這才驚恐萬分，但圓臉小哥哥覺得，還需要添一把火。

「高大人，方才我替您清理了一下書房外的閒雜人等，卻忘記請您的丈母娘出去了。她現在在門口等著，您要不要見見？」

莊蕾看向圓臉小哥哥，小哥哥又對她笑得燦爛。她一直以為暗衛是不苟言笑的，沒想到畫風是這樣的。

頭髮花白的柳老夫人在兒媳柳夫人的攙扶下走進來，她的肩頭已經被風雨打濕，用顫抖的手指著眼前的高大人。

「高修……你……」

暗衛放開高大人，一腳踢在他的腳踝上，高大人撲通跪在柳老夫人面前。

柳老夫人伸手要打他，莊蕾發現她的動作不對勁，這是要中風啊。

「母親！」柳夫人叫了一聲，柳老夫人軟了身體倒下去。

莊蕾趕緊上前，從懷中掏出三棱針，耳朵和手指先放血，再扎針。

柳夫人問莊蕾。「莊娘子，如何？」

「略等等。」莊蕾擺了擺手。

高大人看向正在替柳老夫人扎針的莊蕾，笑了一聲。「沒想到妳是淮南王的女人。」圓臉小哥哥一腳踹過去。「王八羔子，你以為人人都跟你一樣，表面像個人，底下是禽獸嗎？」

約莫一炷香工夫後，柳老夫人醒轉，聽見莊蕾問：「老夫人，握緊妳的拳頭再放鬆，讓我看看。」

她依照莊蕾的要求，握緊又放鬆拳頭，眼淚流下來。

「莊娘子，妳說的可是真的？」

「什麼？」

「我兒是為他所害？」

莊蕾正色道：「老夫人，別人或許不知，但是以我的診斷，您女兒的病確實是男女行房引起的。比如花柳，那是一眼就明白的髒病。可是這種病很隱密，一般人並不能聯想到兩者之間的關係。這場病，確實是高大人帶來的。若不是他，就是您女兒不檢點，咎由自取。」

柳老夫人大慟，伸手捶打自己的胸口。「我的兒，是爹娘害了妳啊。」大聲哭了起來。

莊蕾低聲道：「老夫人，難道您想讓令嬡知道真相？」

柳老夫人一聽，不敢再出聲，仰著頭，老淚縱橫交錯，將手塞進嘴裡嗚咽著。過了些時間，才擦掉眼淚，抓住莊蕾的手。

「莊娘子，老身聽蘇老夫人說，妳能起死回生。求求妳救馨然，她才二十四歲啊。」

莊蕾無奈搖頭。「老夫人，我從不輕易放棄病人，但令嬡的病，我真的無能為力，我只是醫者，不是神仙。您的身子也不能這樣激動，若是再次倒下，神仙難救。我幫您開方子，您讓人去抓藥。要是願意，回程可以來淮州找我，我再幫您瞧瞧。」

柳老夫人絕望地搖頭。「要是我能替了馨然，我情願替她去，治了做什麼？」

「母親，您怎麼能這麼說？小姑的命苦，您自己也要保重啊。您不好了，豈不是讓小姑更難受？」柳夫人也勸柳老夫人。

莊蕾嘆息一聲。「老夫人，您自己保重。接下去幾個月，令嬡會很難熬，需要您撐著，陪她走完最後一程。我真的很遺憾，也很抱歉，不能為她做更多。我先幫您開藥吧。」

柳老夫人看著高大人。「人面獸心的東西，錯看了你！」

「岳母，您不能信她的無稽之談！」

「我怎能不信？馨然重病纏身，你找莊娘子不是為了商量病情，而是動了歪念頭。這般人品，讓我如何不信？」

莊蕾提起筆，替柳老夫人開了藥方，遞給柳夫人。「按照方子抓藥，另外按照這份醫囑幫老夫人調養。我能做的事情，也只有這些了。」

她說完，帶著兩個暗衛，踏出了高家的書房。

莊蕾穿過迴廊，仰頭看天，天色已經暗下來。

她走下臺階，穿過拱門，卻見范夫人站在廊簷下，一旁的丫鬟提著一盞燈籠。

范夫人顯然沒想到莊蕾會這麼快出來，笑著迎上前。「莊娘子辛苦了，可曾與高大人解釋清楚？」

「解釋得很清楚了。」莊蕾側頭看她。范大人夫妻皆沈迷於官位，兩人倒是志趣相投。

莊蕾決定告訴范夫人真相，希望知道真相的她，眼淚不要掉下來。

「有件事，想問問范夫人。」

范夫人聽莊蕾的語氣如此心平氣和，想來是跟高大人談妥了，笑問：「什麼事？」

「高大人與范大人是不是交好？是不是有共同的喜好？」

范夫人聽了，心中落定，隱隱歡喜。高大人風流倜儻，這麼個小姑娘怎麼可能不被他吸引？聽高大人的意思，是有心要娶莊蕾當繼室。與其去討好將死之人，不如跟莊蕾好好相處才是。

范夫人走過來，勾住莊蕾的胳膊，那股親熱勁兒，讓莊蕾的雞皮疙瘩都快冒出來了。

「妹妹說得是。高大人與我家大人確實關係深厚，兩人之間的情誼與兄弟無異。」

莊蕾將她的手撥開。「那我只能好心地提醒范夫人，高夫人的病，是因為高大人……」

范夫人聽完莊蕾的話，臉色陡然巨變。

「高大人與妳家大人交好，他們之間會不會有共同的喜好？高夫人的病，妳會不會得？這個病從剛有徵兆到發作，大約有幾年的時間，七、八年到二十年都有可能，但唯有在剛發病的時候立刻醫治，才能保住性命。普天之下，我敢說，能治這種病的，大概就是我了。比起妳家小姑的病，若是得了這種病，發現得晚，連五成的生機都難有。」

范夫人一把拉住莊蕾，抖著嗓子說：「莊娘子，您替我看看？」

范夫人見過高夫人的樣子，心裡當然害怕，不過范大人就未必了，定然認為她是無稽之談。若是這樣，夫妻還能同心？范夫人可不是高夫人那種柔弱的、能被人蒙蔽的小女人，狗咬狗還遠嗎？

莊蕾扯開她的手，挑眉冷道：「范夫人，妳應該知道，天底下最不該得罪的，就是一個能在關鍵時刻救妳的郎中。」

莊蕾撐著傘離開，木屐敲擊石板，那聲音如撞在范夫人的心口。

莊蕾出了布政使府的門口，已經有馬車在等她。

一個矮墩墩的中年男子下車，對莊蕾彎腰。「莊娘子，我是仁濟堂杭城分號的掌櫃。」

「您太客氣了，派輛馬車過來就行了。」莊蕾笑著說道。

「三少爺可是親自來了信，讓我盡好地主之誼。三少奶奶吩咐我派人仔細打掃她的別院，說娘子要是想小住兩日，她那棟小樓最有趣致，娘子過去就知道了。」

「明日我就要走，何必這麼麻煩？」

「不麻煩。您來去匆忙，明日我安排了下午的船，可以在水榭邊喝個茶。若是下雨，就是看煙雨中的西湖；若是晴天，那就看豔陽下的西湖。」掌櫃介紹道。

別院離布政使府不過是幾條街的距離，也在西湖一旁。

門口點著燈籠，莊蕾進去，立時瞧見陳熹，便伸手戳他的腦門。

「你這哪裡像是以後要考進士當官的人？日日守著門就好了。」

陳熹笑了笑。「那我以後就給嫂子當個守門的？」

莊蕾拿出帕子，替他拍掉肩頭的水珠。「自己的身體要小心，病好了也不可以在這樣的冷風冷雨裡等著。到底底子差了，比不得旁人，還是要愛惜自己。」

陳熹低頭，羞澀一笑。「我知道了，咱們進去吧。」

掌櫃跟在後面說：「今兒天色晚了，又下著雨，方才聽二爺說一路來得辛苦，沒有好好歇息過。我讓人從一旁的酒樓叫了些簡單飯菜，您湊合著吃兩口？今日我就不打擾了，明日中午您賞個臉，吃頓飯？」

莊蕾笑了笑。「您真的不用忙，準備一碗熱麵條就好，明兒中午也沒必要那麼麻煩。」

「哪能這樣？您若是不給面子，只怕三少爺要說我招待不周。」掌櫃呵呵笑著。

莊蕾搖頭。「您忙您的，到了出發時辰，來叫我一聲就好。多做那些事，您累，我也累不是？」

小廝提了兩個食盒進來。「酒樓的菜來了。」

掌櫃接過食盒，食盒有三層，總共有八道菜、兩樣點心、一碗湯，這叫湊合吃兩口？

擺好飯菜，掌櫃便笑著離開了。

莊蕾想起方才的圓臉小哥哥，想找他們一起吃，但他們已經不見了身影，便走出門叫道：「小哥哥在哪裡？」

圓臉小哥哥從一旁閃身出來。「莊娘子找我們？」

「一起吃晚飯？」之前淮南王說不用管飯，可今日他們護了她，只顧著自己吃，好像不太好。

圓臉小哥哥笑了笑。「莊娘子不用客氣，我們幾個就是在暗處保護您的，要是不時現身，被人瞧見相貌，還怎麼護著您？不過，您親手做的飯，咱們常常聞了流口水，不如下次回去，幫咱們做一頓吃的如何？」

莊蕾微微張開嘴。「竟然是這樣，那我就先不管你們了，回去一定做這頓飯。」

「不用管了，我們有六個人呢，您只當我們不存在就好。」

圓臉小哥哥說完，瞬間消失了蹤影。

莊蕾和陳熹用飯時，陳家的丫鬟來問：「明日早上，莊娘子想吃什麼？」

「明日早上？」莊蕾側過頭，有些疑惑。

丫鬟說：「這裡平日就三、五個老僕看著，吃食簡陋，您跟我說了，我一早去外頭買。三爺和三奶奶來小住時，也是我們出去買的。」

莊蕾吃著飯，看見桌上那碗雪菜冬筍湯，問道：「這裡有雪菜和冬筍嗎？」

「自然有的。」

「有麵粉嗎？」

「有。您要麵粉做什麼？」

「做麵條。明天早上，妳也別出去了，幫我準備豬肉、冬筍、雪菜和雞蛋，我自己做就行。」既然來杭城，吃一碗片兒川才對胃口不是？

莊蕾囑咐丫鬟，這些食材都要準備八、九個人的份。丫鬟應下，半句都沒多問。

等丫鬟出去，莊蕾又喊來圓臉小哥哥，說明兒一早她做早飯，請他們過來吃。

這幾日一直在趕路，今日又忙，莊蕾吃過飯，漱洗完便倒頭睡了。

第九十二章 垂危

第二天早上起床，莊蕾推窗而出，才發現自己住的房間正對著西湖，景色盡收眼底。

她穿好衣衫下樓，讓丫鬟帶她去廚房。

進了廚房，丫鬟指著放在竹簍中的麵條說：「莊娘子，不知道這麵條能不能用？您要是覺得不行，我再重新擀。」

莊蕾一看，這也太貼心了，忙道：「多謝多謝。」

「我幫您添柴？」這丫鬟是陳三奶奶的心腹，自然知道莊蕾於陳家是何等重要之人。

「好啊。」莊蕾應了一聲，過去切瘦肉，並用黃酒、鹽等物醃好。

丫鬟已經把水燒開，莊蕾下麵條，煮得半熟後，用笊籬把麵條撈出來，過了冷水。

肥肉切丁，放在鍋裡煉出油渣。油渣出鍋之後，用豬油炒醃好的瘦肉，起鍋後再將筍片和雪菜放進鍋裡炒，添上半鍋水燒開，加了鹽，做成湯頭。

最後下麵條，等麵條翻滾，再把油渣和肉片加進去，就完成了。

莊蕾對丫鬟說：「妳去叫我家二郎來吃早飯，妳也過來吃。」

莊蕾剛剛出廚房，圓臉小哥哥就出現了。「好香啊！」

「我來盛，你端出去。」

莊蕾盛麵時，還在上面撒了蔥花。

陳熹過來，看見廚房外站著六個大男人，每人各拿著一只碗，吸著麵條。

莊蕾正好端了兩碗片兒川出來，陳熹接過碗，看著幾個人說：「一起坐下來吃吧？」

「站著吃就好。」圓臉小哥哥抬頭，對著陳熹笑了笑。

吃過早飯，丫鬟來問：「莊娘子和二少爺要出去逛逛嗎，還是就到水榭坐一會兒？」

「一直說水榭，也沒去看過，要不過去看看？」

說這水榭是別院的精華所在，還真是一點都不錯。早春的霧氣瀰漫在湖上，湖光山色之間，西湖果然濃妝淡抹總相宜。

丫鬟拿了瓜子跟點心過來，又沏了一壺茶，幫莊蕾和陳熹倒上。

「二郎，何不畫一幅早春西湖？」

「我去拿紙筆來。」

陳熹鋪開紙張，開始勾勒山水。莊蕾輕聲細語，指著外面的景色，告訴他構思布局之中的不足。

陳熹揉掉了幾張，畫下最後一張，側頭看莊蕾。

莊蕾滿意地點頭，卻又拿起筆，在一旁勾了一樹垂柳才作罷。

見莊蕾示意，陳熹落款，對莊蕾說：「既然是我們一起畫的，嫂子也落款吧？」

莊蕾心想，她只是畫了一棵樹，但敵不過陳熹的目光，便在畫上寫下自己的大名。

將將放下筆，圓臉小哥哥現身。「莊娘子，王爺垂危！」

莊蕾一愣，接過他掏出的紙卷，上面是聞海宇的字跡：箭入胸口，不敢妄動，速來！

莊蕾問道：「王爺在明州？」

「是，剛剛杭城的人接到飛鴿傳書。」圓臉小哥哥說道。

「我們馬上出發。」莊蕾看向陳熹。「二郎回淮州。你去無益，不如回淮州考試。」

她說完，立即小跑進房間，簡單收拾行李，出來時問圓臉小哥哥。「可準備了馬車？」

「備好了！」

「此去明州有多少路程？」

「三百多里，用馬車換馬而去，三到四個時辰可抵達，路上驛站定然已經準備好了。不過馬車飛馳，定然不如慢走舒服。」

「沒關係。若是騎馬呢？」

「還能短一點，大約兩個半時辰。但娘子沒騎過馬，顛簸兩個半時辰，恐怕熬不住。」

「飛鴿傳書大約多久？」

「鴿子飛得快，一個多時辰就到了。」

莊蕾揹起藥箱和行李上車，車子裡放著六、七條被子。

圓臉小哥哥探頭進來。「準備匆忙，莊娘子自己鋪一下。」

莊蕾連忙點頭。「快出發吧！」

她的話還沒說完，車子已經飛馳起來。古代沒有避震系統，車子顛簸，幸虧有這麼一堆被褥墊著。

淮南王無論如何都不能有事，他是她的靠山是一回事，她對他深有好感，是這個時代值得她敬佩的人。

莊蕾靠在被褥上，突然覺得有些慶幸，若非遇上這堆亂七八糟的事，她也不會來杭城。不來杭城，從淮州到明州，就算這般奔波，恐怕連救人的機會都沒有了，不知道這算不算是恢復前世記憶之後的蝴蝶效應？

書裡沒有提及淮南王這樣的人物，如果按照原本的情節，她現在已在京城陪著陳熹了。

縱然有被褥墊著，但劇烈的震動讓莊蕾難受欲嘔，實在忍不住，撩開車簾叫了一聲。

「停一下！」

馬車硬生生停下來，莊蕾爬下車，走到路邊，彎腰將肚子裡的東西吐個乾淨。

圓臉小哥哥看她臉色慘白，問道：「要不要跑慢一點？」

莊蕾拿出水囊漱口，擺擺手。「不用，還是這樣跑。」說著又爬上了車。

除了到驛站換馬，莊蕾下車站了一會兒，才能緩一下，一上車又是恨不能把五臟六腑顛出來，只能蜷縮在被子中間，用手按壓自己的穴位。

莊蕾咬牙硬撐，總算熬到了馬車放慢的時候，探出頭問：「到了嗎？」看天色，已經接近黃昏。

「到城門口了！」

再跑一會兒，馬車終於停下，圓臉小哥哥說：「莊娘子，到了！」

莊蕾從車裡爬下來，落地時，腳一軟，若非圓臉小哥哥拉她一把，非跌個狗吃屎不可。

門口有個像鐵塔一般高壯的男子正在候著莊蕾，見眼前這個姑娘臉色慘白、鬢髮散亂，彎腰嘔又嘔不出來，狼狽不堪。

這麼一個小姑娘，居然是聞小大夫推崇備至的師父？

「這是莊娘子？」男子疑惑地問圓臉小哥哥。

圓臉小哥哥點頭。「正是莊娘子。」

「她這是怎麼了？」

「在車上顛了三個半時辰。」圓臉小哥哥回答。

「哦，那能進去了嗎？」男人的聲音中帶著狐疑。

莊蕾緩過來，抬頭看見一名留著絡腮鬍的男子，倒是很符合三國演義對猛張飛的描述。

她平時從不犯動暈症，以為自己沒有。吸了幾口氣，現在好很多了，便站直了身體。

圓臉小哥哥問她。「您行嗎？」

「應該馬上就會好。」莊蕾說道。此刻腳還沒有力氣，便讓圓臉小哥哥扶她進去。

那位像張飛一般的男子疑惑地跟在她身後。

進了房裡，聞海宇守在淮南王身邊，見莊蕾過來，連忙起身。「師父！」

莊蕾坐在淮南王身邊的椅子裡歇歇，問道：「傷勢如何？」

「王爺中箭，位置太靠近心臟和主動脈，聽說妳在附近，我想賭一賭，妳能過來。」聞海宇說著，發現莊蕾臉色不好，頭髮也亂糟糟的，身上衣衫皺巴巴，整個人看上去萎靡不振，不由擔心。「妳怎麼樣？」

莊蕾捏了捏喉嚨口，噁心的感覺已經好了很多。「沒事，我再歇一會兒，就能緩過來了。讓我看看王爺的傷口。」

淮南王躺在床上，身上蓋了被褥。莊蕾讓聞海宇掀開被褥，看見淮南王胸口上有一支一寸左右、被切掉的箭桿，並沒有拔出箭頭。這個處理很不錯，為救治保留了時間。

莊蕾問聞海宇。「王爺身邊的人怎麼知道要這樣處理？」

「我跟大家說的。一旦中箭，不能自行拔出箭頭，直接割掉箭桿，後續交給郎中，他們都知道。」

「幹得好！」

模樣像張飛的漢子在聞海宇的一旁問：「聞小大夫，她這個樣子，真的行嗎？」

莊蕾側頭。「你行你上？」

那人語塞，滿臉鬍子也看不出什麼表情。

淮南王睜開眼，氣若游絲。「莊……娘子……」

莊蕾彎腰下去，聽他說話。「王爺。」

「交給妳了。」淮南王對莊蕾說道。

莊蕾看向他，點點頭。無須贅言，這就是承諾。

「海宇，手術室準備好了嗎？」莊蕾問聞海宇。

「準備好了。」

「我們商議一下，就幫王爺動手術。」

莊蕾站了起來。這麼一會兒，足以讓她恢復精神了。

聞海宇指著對面的黑板，他的畫實在不堪入目，但心臟、主動脈、肺畫得很清楚。

「師父，先聽聽我們之前的討論？」

「可以。」

莊蕾走到黑板前，雙手抱胸，聽聞海宇說明，並不知道自己的頭髮已經亂得不成樣子，身上的衣衫也皺巴巴，還這樣站著，顯得很是滑稽。

莊蕾認真聽完，對聞海宇一笑。「海宇，你做的都對，我們馬上開始。」

「我讓人先帶妳去沐浴更衣，我幫王爺麻醉？」聞海宇問她。

「行。」莊蕾走了兩步，說道：「一路上我吐了個乾淨，這會兒餓了。幫我準備白饅頭和白開水，不要有油的。」

留著絡腮鬍的男人問聞海宇。「聞小大夫，什麼時候開始？我是不是該進去了？」

莊蕾抬頭看男人一眼，問道：「他要進去？」

「嗯，他是王爺的親信將官老徐。」聞海宇向莊蕾介紹。

「把鬍子剃掉，渾身上下洗乾淨，否則別進去。」莊蕾上上下下打量老徐一眼。

老徐怒了，這一把絡腮鬍是他的摯愛。「我留鬍子，干妳什麼事？」

「不關我的事，但容易帶髒東西進去。王爺要做開胸手術，能少一點感染的機會就少一點。你不打算害王爺吧？」莊蕾問道。

「老徐，快去，聽我師父的話。」

在淮南王的生死面前，這些都不是小事。老徐自然也明白，立刻出去。

莊蕾吩咐聞海宇。「另外叫人按照手術間的要求整理房間，接下去幾天，不允許閒雜人等進來，讓王爺盡可能不要沾染髒物。」古代沒有加護病房，只能盡力了。

莊蕾洗手，接過丫鬟拿來的饅頭，塞在嘴裡吃了兩口，喝了一口水。

「走吧，帶我去準備。」

丫鬟帶著莊蕾進屋，裡面有兩個浴桶。莊蕾飛快清洗完，頭髮擦得半乾，用繩子綁住，套上帽子，換上手術服，戴上口罩。

丫鬟指著銅盆說：「莊娘子，酒精在這裡。」

莊蕾幫自己的手做最後的消毒，完成清潔之後，丫鬟拉開門，讓莊蕾進去。

房裡有聞海宇和另外四個人，口罩蒙住了臉，沒辦法識別，而她也不認識。這個時代，沒有辦法輸血，一旦發生大出血，基本上就沒有任何機會。這個手術，大出血的可能非常大，幸虧聞海宇沒有逞強動手。

心肺這塊，前世她好歹頂著院裡第一把刀的名頭，一定要保住自家金大腿的命。這是穿書，拜託老天別那麼認真，讓開胸手術中會遇到的麻煩事冒出來，也希望淮南王有主角光環，能度過這一劫。

箭體從左前胸壁刺入體內，緊貼著心臟刺入左肺，莊蕾抬頭道：「從這裡進行清創，取出箭頭，止血配合。」

聞海宇和另外四個軍醫點頭，莊蕾將創面擴大，憑著對心肺的熟悉，努力避開主動脈，將箭頭完全暴露之後，飛快取出。

箭頭一離開，帶著氣泡的血沫湧出，聞海宇非常精準地挾住血管和氣管。莊蕾沒想到他能做得那麼好，用眼神給予讚賞，繼續清創。聞海宇接著將止血的工作交給身邊的軍醫，與莊蕾配合，修補傷口。

「莊娘子，王爺的脈搏快消失了。」一旁監測王爺脈搏的軍醫說道。

老徐叫了一聲。「啊！」

莊蕾側過頭。「閉嘴！」瞥了淮南王的心臟一眼，對聞海宇說：「你繼續。」

開胸術中發生心臟驟停，真是怕什麼來什麼。淮南王沒有主角光環籠罩，那就盡自己的努力。

莊蕾伸手，直接將淮南王的心臟握在手中，擠壓放鬆，擠壓再放鬆。

這一幕，饒是在戰場上面對缺胳膊少腿的軍醫都覺得驚悚，唯獨那個握著心臟的女人，鎮定得讓人不可思議。

老徐更是深吸了一口氣，剛才被莊蕾喊了閉嘴，他不敢再出聲，但心好像也被這個姑娘揪住了。

聞海宇還是鎮定自若地修補肺部，這小子長進了，實踐果然才是最好的老師。

淮南王的脈搏恢復了，莊蕾輕微地呼出一口氣。古代沒有急救設備，真是靠運氣啊。

一旁的軍醫這才確信，剛才那個鬢髮散亂、臉色慘白，一身衣衫皺巴巴，站都站不穩的小姑娘，真的是行內不可多得的聖手。

莊蕾放開淮南王的心臟，清洗自己的手，過來繼續跟聞海宇做手術，直到最後一針縫合，術中大出血這一關才算是過了。

古代沒有抗感染的環境，只能靠青黴素和他們開的湯藥，術後熬過去是運氣，熬不過去也正常。

「送王爺回房休息。我先去清洗，等下過來。」莊蕾對聞海宇道。

聞海宇點頭。

莊蕾清洗完，換上乾淨衣衫，用一方棉帕鬆鬆攏了頭髮，與方才下車的模樣判若兩人。

她踏入淮南王的房間，伸手搭上他的脈搏。今晚和明天，就算沒有感染，也會發燒。

聞海宇見她過來，站起身，對著她笑了笑，也準備去清洗。

莊蕾回他一個笑容。「海宇，你很了不起。」

聞海宇聽她這麼說，心裡一陣激動，腳步有些輕快地走了。

第九十三章　護理

聞海宇清洗完，進來看見莊蕾靠在椅子上打瞌睡，對她說：「師父，要不，妳去躺椅裡睡一會兒？」躺椅本就是為照顧淮南王的人準備的。

莊蕾搖搖頭。「我再等等，沒有看見王爺醒來，我不放心。」

「王爺醒了嗎？」一名高大男子從外面走進來，身材高大，一張臉有稜有角，算得上是個型男。

莊蕾沈聲道：「外面的守衛呢？怎麼放你進來的？出去！」

「莊娘子，我是老徐，方才您讓我進手術室的。」男子說道。

居然是剛才那個絡腮鬍子。在手術室裡，他戴著口罩，完全判若兩人。

莊蕾捏了捏眉心。「這裡不能讓太多人進來。我知道關心王爺的人不少，但這幾天不要再讓人隨意進出，你得守著。如果有心，便去廟裡拜拜，求求菩薩。」與其進進出出，不如讓他們有個地方可以寄託。

老徐愣了一下。「我知道了。」

莊蕾站在淮南王身邊，聽見輕微的動靜，輕聲問道：「王爺，您是不是醒了？」

淮南王點頭，莊蕾安慰他。「箭已經取出來了，手術很成功，對肺部損傷不是很大，就是接下來幾天可能很難熬。不過我在身邊，您安心。」

「嗯。」淮南王又閉上了眼。

莊蕾拿紗布蘸水，幫他擦了擦乾涸的嘴唇。

淮南王被嘴上的潤澤弄得睜開了眼睛。

莊蕾帶著笑說：「麻醉剛過，不能喝水，只能濕潤一下嘴唇。」

淮南王硬扯出一個笑容，表示知道了。

聞海宇過來道：「師父，您去睡一會兒，我來照看。」

莊蕾也支撐不住了，點點頭。「一個時辰以後，你和老徐一起幫王爺墊高背後，這樣能改善肺部的呼吸，鬆弛胸部和腹部的肌肉，但還是不能讓王爺喝水。過了三個時辰，才可以進點流質，比如粥油什麼的。有什麼不對勁，立刻叫我。」

聞海宇點頭，莊蕾拉開被子，往身上一捲，躺在躺椅裡，閉上眼睛。長途跋涉，加上一場對她來說不算太大，但是絕對緊張的手術，便立刻進入了夢鄉。

莊蕾再醒來，天已經亮了，陽光透過窗紗照進來。

她睜開眼，問聞海宇。「王爺怎麼樣？」

「現在看來還好。」

莊蕾站起來，過去伸手探了探淮南王的額頭，有些發燙。

淮南王對她扯開了笑容。「丫頭，過來。」

莊蕾俯身，聽他輕聲道：「跟人說，孤已經無法領兵打仗了。」

莊蕾一愣，隨即反應過來，嘆了一口氣，故意提高了聲音。

「您問我還能不能打仗？您知不知道昨天是什麼情況，箭頭再偏半寸，您就沒救了。昨天動手術，您的心跳都停了，靠著我捏心臟，才重新跳動。連吸口氣都困難的人，現在問我能不能打仗？我跟您說吧，接下去幾天，您能活下來，那是運氣好。以後您死了這心思，回淮州去，以後媳婦孩子熱炕頭不挺好？」

老徐從隔壁進來時，正好聽見莊蕾在訓斥淮南王，點頭附和她的話。

「王爺，現在您千萬別再想什麼打仗的事。昨日連我都嚇死了，是莊娘子把您的心臟握在手裡……」

老徐把莊蕾捏心臟的樣子，有模有樣地做給淮南王看。

淮南王看得臉色變了幾變，他想趁著這個機會保存實力，也免去不必要的猜忌，可聽他們說的話，難道他以後就真是個廢人了？

莊蕾見狀，對淮南王擠眉弄眼，扮了個鬼臉。

淮南王會意，這才呼出一口氣。沒想到氣呼得太急，引起咳嗽。

真是要命了，莊蕾趕忙俯在他身前伸手按壓，保護切口。

哪怕淮南王是經歷無數之人，見一個妙齡少女這般將掌心貼在他身上，也很是尷尬。

莊蕾還在跟聞海宇解釋，為什麼要在淮南王咳嗽時這麼護著，然後直起腰，完全不覺得這種事有什麼奇怪的。

唯有一旁的老徐，臉色好生怪異。

聞海宇對莊蕾說：「師父，您去漱洗一下，用個早飯。」

莊蕾點頭，丫鬟便帶著她去昨日做清理的房間漱洗了。

漱洗完，莊蕾用了早飯，來幫淮南王把脈，又提筆寫下一張單子。

「昨天開好方子，先照著吃，再派人準備這些藥膳材料。有沒有小廚房？我來做。」

莊蕾把單子交給老徐，老徐出去叫人安排。

接著，莊蕾教淮南王腹式呼吸，進行有效咳嗽。

看莊蕾很認真地照顧淮南王，聞海宇過來說：「師父，有妳看顧王爺就好，我去外頭幫那些將士治傷？」

「去吧。」莊蕾點頭。房間裡還有小廝貼身伺候淮南王，不缺人手。

一會兒後，老徐進來，說東西已經到了，莊蕾便讓丫鬟帶她去小廚房。

鱔魚和烏魚已經處理乾淨，黃鱔剔出魚骨和烏魚一起燒湯。烏魚收斂傷口，黃鱔骨可提高免疫力。另外，鐵棍山藥蒸熟，碾成細泥放進去，做成略帶黏稠的奶白色濃湯，盛入湯盅，再裝進食盒。

莊蕾提著食盒，進淮南王的房間前，換鞋、換外袍，不能嫌麻煩。

淮南王睜開了眼，靠在床上休息。

「中午了，我做了點羹湯，今天先吃這些。下午我帶您下地走兩步？」

淮南王知道莊蕾出去幫他做飯，本想說一句以後不用這麼麻煩，畢竟她不是他的下屬，更不是這裡的丫鬟僕婦，而是最被看重的郎中。

可莊蕾剛揭開湯盅，一股鮮香便撲鼻而來。早上因為發燒而有些頭腦發脹，他胃口欠佳，吃了兩口米湯就作罷。被這個味道一勾，肚子倒是餓了起來。

小廝接過莊蕾的湯盅，拿了勺子伺候淮南王喝湯。

莊蕾坐到一旁，寫信給藥廠和家裡。淮南王這裡，她一定要多待一陣子看著，確定不會有其他問題才行。明州離淮州的路程將近兩千里，算算日子，大概得二月下旬才能到了。

淮南王的胃被這盅湯熨貼得無比舒坦，看莊蕾不停地寫東西，叫了一聲。「莊娘子。」

莊蕾趕緊放下筆，過來問：「王爺何事？」

「妳在忙什麼呢？」

「寫信給藥廠，尤其是實驗室那裡。幾個孩子雖然知道怎麼萃取青黴素，可我不在身邊，影響還是很大的。另外青蒿丸……」

聽莊蕾絮絮叨叨幾句，淮南王笑了笑。「倒是孤耽擱妳了。」

「這是什麼話？若非陰差陽錯，有了高夫人的事，我遠在淮州鞭長莫及，恐怕沒人能處理好您這樣的傷勢，定然是老天庇佑，才有這樣的機緣。再說了，若是沒有您在背後撐腰，匹夫無罪，懷璧其罪，我哪裡逃得過權貴的手心？恐怕會落入高大人之手。」

莊蕾說完，呼出一口氣。「王爺要下地走兩步嗎？」

淮南王點頭，老徐和小廝依照莊蕾的指點，扶淮南王起床。

淮南王下地，來來回回走了幾步，再回床上休息。不過走了幾步路，他的額頭上便滲出虛汗。這個傷失血不少，到底傷了元氣，得補回來。

淮南王靠在床上，笑著對莊蕾說：「真是天意。方才孤在床上想，若是沒有妳，宣兒歿了，孤也沒機會留下命來。孤沒了性命，只剩寧熙母女倆，往後的日子定然艱難。孤慶幸能得妳這麼一個大才，保全了孤一家子。」

莊蕾也笑得如春花燦爛。「王爺與王妃鶼鰈情深，簡直如話本上形容的一樣。我真的很開心，能成為王爺和王妃幸福到白頭的助力。看著你們圓滿，我也很高興啊。」

「是嗎？」淮南王靠在枕頭上，勾起唇，笑得很是開心。

許是淮南王長年練武，底子好，加上莊蕾照顧得當，每日湯湯水水不斷，四、五日之後，淮南王已經能出去在園子裡走一圈了。

因為這場手術，莊蕾被吹得神乎其神，尤其是淮南王沒了心跳，她還能用手捏著，讓他活過來。這個雖然是事實，但心臟按摩術起不起效果，其實還是講運氣的。

這般情形之下，莊蕾被聞海宇拉過去，幫忙醫治傷患。

這日，淮南王在院子裡溜達一圈，便到了開飯的時辰。莊蕾讓人傳口信，說要替一個病患動手術，不回來了，讓小廚房的人幫淮南王燉鴿子湯。

黃芪銀耳鴿子湯送上來，淮南王用勺子舀了一口，發現上面有一層浮油，喝到嘴裡，也沒有莊蕾煲的那麼鮮香，隱隱約約還有一股說不清的腥味。他喝了兩口，就放下勺子，拿起筷子挾了塊清蒸黃翅魚，塞進嘴巴裡，也沒有昨日莊蕾清蒸的梅子魚好吃。

淮南王扒拉了兩口飯，放下碗筷，坐在一旁的椅子裡。

老徐進來，發現淮南王沒在床上休息，桌上還有飯菜，便問一旁的小廝。「王爺已經吃飯了？」

「吃了，卻是沒吃兩口。」小廝側過頭，指了指幾乎沒動的飯菜。

「王爺，這是不合胃口？」老徐彎腰問。

淮南王仰靠著椅背。「可不是嗎？那丫頭做的飯菜清爽，吃著鮮香開胃。換了個人做，不對胃口，就沒什麼興致吃了。下午，那丫頭應該就回來了，晚上孤再多吃些。」

「我聽暗衛說，莊娘子很是伶俐，在杭城……」

淮南王讓暗衛稟報莊蕾的行蹤時，向來不太在意小事，畢竟人家是個小姑娘，他一個大老爺們問那些事有什麼意思。知道小丫頭做事情有分寸，分得清好歹就行了。

老徐有鼻子有眼地跟淮南王細細說起莊蕾在杭城遭遇的事情，淮南王聽完，皺著眉頭對小廝說：「把暗衛叫進來。」

小廝應下，請暗衛進房間，淮南王吩咐道：「把高修的底查清楚，事無鉅細。」

「是！」

等暗衛出去，老徐扶淮南王上床休息，看著他斜躺下來，閉上了眼。

莊蕾手術結束，想著這時正是下午，淮南王恐怕在睡覺，便輕手輕腳地脫了鞋，打算進來看看，卻聽見老徐說話的聲音。

「王爺，您是不是該納個側妃了？王爺身邊只有王妃一人，我看莊娘子對您也是情深義重，細心照顧。莊娘子長得好不說，人又機靈，還有一手好廚藝，王爺給她側妃的位分，想來她也願意。」

淮南王睜開眼睛。「她？嗯，孤喜歡這個丫頭不假。」

聽淮南王這麼一說，莊蕾愣住了。

她對淮南王有種粉絲對著偶像的情懷，不僅僅是抱大腿，更重要的是，淮南王真的是一個很好的人。可是，若她對他的照顧，在他眼裡變了味道，讓他們夫妻之間有了不必要的隔閡，讓感情生出裂痕，那她的罪過可就大了。

「既然王爺喜歡，老徐替您去探探口風，找個好日子納了她？」

探個鬼！莊蕾氣結。原以為老徐是如張飛一般的勇猛將軍，沒想到竟像個拉皮條的。

「老徐，你剃了鬍子，看上去倒是比以往顯得好看了些。」

莊蕾聽淮南王岔開話，想換鞋進去，卻聽老徐嘿嘿一笑。「是莊娘子那日叫我剃的。」

「與其我納了她，不如納了你如何？」

莊蕾立時覺得一股血氣湧上來，她是不是聽到不該聽的？

老徐更是驚訝。「王……王……」

淮南王沒好氣道：「王個屁！孤喜愛那丫頭，就跟喜愛你是一樣的。你是孤的親信，她也是。此喜歡非彼喜歡，孤是愛她的才情，是她對醫術的鑽研，是她做事的堅韌不拔，是她有一顆仁心。你胡思亂想什麼？要是把這丫頭放在家中後院，會害了她，也害了王妃。以後莫要亂傳這些話，孤將她當成晚輩看待，孤與王妃都願意為她遮風擋雨。」

莊蕾聽到這裡，手上的鞋子啪的落下了。

第九十四章 義父

老徐聽到動靜，回頭問：「誰？」

莊蕾換了鞋，吸著鼻子進來。「王爺！」

「眼圈紅什麼啊？」躺在床上的淮南王清減不少，眼角甚至還有了微不可見的細紋，笑著看她。「還不過來坐。」

莊蕾依言坐下，淮南王伸手揉了揉她的頭髮。「等王妃來，孤跟她商量，認妳當義女。杭城的事情，給了孤一個警醒，妳那農家女的身分，太容易被人打主意，若是變成孤的義女，有人要差使妳，妳拒絕起來也沒什麼。只是，從此妳和我們之間就是一榮俱榮，一損俱損，一旦孤這裡出了什麼事，妳也難免受牽累。」

莊蕾張大了嘴巴，淮南王的意思是，要認她當乾女兒？

淮南王輕聲一笑。「孤大妳一輪，當妳義父，應是當得起。」

莊蕾回過神來，古代沒有網路，否則她真想發文問一句：偶像要認我當乾女兒，我該怎麼辦？

「能與王爺同進共退，是我的榮幸。」她激動得不能控制，還是想掉淚。

淮南王閉上眼睛。「孤被老徐吵鬧得未曾午睡，午飯也沒吃好。妳去做幾道菜來，咱們父女倆等下一起吃飯。」

這不，還沒正式拜認義父，他已經把自己當爹了。

莊蕾點著頭，吸著鼻子說：「嗯，知道了。」

等莊蕾和老徐出了門，淮南王睜開了眼。

一個男人，尤其是像他這樣位高權重的男人，要做到對一個女人一心一意，並不容易。

可是，當初的承諾他不曾，也不會忘記——一輩子和寧熙在一起，永遠不會變。

他雖是隴西王的世子，但王妃的爹娘可瞧不上他。隴西王是個朝三暮四之人，後院姬妾無數，大家便認為他的兒子定然有樣學樣，不會好到哪裡去。

後來，王妃的爹娘撒手人寰，素來厭惡她的祖母，想將這個和她出身商家的親娘一樣，會打算盤、會掙錢的孫女送進宮中，當太子的侍妾。

是他不畏太子之勢將她搶過去，娶她當世子妃。

成婚那一晚，他說過，一輩子都會對她好，不會讓岳父岳母在九泉之下擔心。

人生的路上誘惑太多，莊蕾才貌雙全，對他又是那般貼心照顧，他自然有過那一點點的心思。

動個心無妨，若真的放任自己，一切就毀了，他不再是寧熙的好夫君，也不會是宣兒和蓉兒的好父親。

莊蕾這丫頭也希望他幸福美滿，他不能辜負這些對他至關重要的人的期待。

義女聽起來雖親近，卻將名分定得清楚明白，免了閒言碎語，也不會讓寧熙有不必要的誤會，更是時時刻刻提醒他，莊蕾是自家的大姑娘，不能再有其他念頭。

淮南王是被利器所傷，並非本身有病。他也不是過敏性體質，無須忌發物。明州靠海，海鮮又是優質蛋白的來源，一隻隻大蝦活蹦亂跳，而春筍剛剛冒尖，澄麵做皮，剁了大蝦、筍丁、豬肉做餡，再上籠蒸。

一條條軟嫩的龍頭魚切成三段，蔥薑爆香，略微煎一下，加料酒跟水燉著。

接著是糖醋雞胸肉，再將蘑菇切片和薺菜一起炒，最後做一道醋溜藕絲。

莊蕾待在廚房做這些菜，心情輕快。

這個世界雖然給了她打擊，給了她磨難，但情誼卻絲毫不少。想想自家公婆、大郎哥哥、二郎、月娘，還有朱縣令、陳三少爺……無論他們富貴還是貧窮，出色還是普通，都是用真心在對待自己的親人。

廚房的煙霧模糊了莊蕾的眼睛，揉了揉雙眼，繼續做菜。菜炒好了，龍頭魚和蝦餃也好了，盛兩碗飯，提著食盒，進了淮南王的屋子。

淮南王搭著小廝的手下床，莊蕾替他舀了半碗龍頭魚湯。

他喝了一口，滿足道：「丫頭，妳不知道，中午我吃的那個是什麼……」

聽著淮南王的抱怨，莊蕾覺得眼前的人可親又可敬。

淮南王挾了一個晶瑩剔透的蝦餃塞進嘴裡，對莊蕾說：「等妳義母過來，妳也做給她嚐嚐，她定然喜歡。」

「好！」

兩人吃過飯，莊蕾替淮南王拆了綳帶，看了傷口。傷口乾燥，癒合得不錯。

「再過三天，就能拆線了。」

「四、五日後，寧熙收到消息，也該過來了。」淮南王的話語裡有著期盼。

「允郎！」一個身穿胡服的婦人衝到門口，正是淮南王妃。淚水模糊了她的雙眼，就要往房裡走。

「娘娘，您先去漱洗，不能讓王爺的傷口受到感染。」莊蕾提醒她。

「寧熙，妳先去，孤在這裡等著。」淮南王淺笑著看王妃。

見自家男人還活著，王妃放下心，轉身去漱洗。

淮南王這才寒下臉。「人呢？」

十來個護衛齊刷刷跪在門口的地上。

淮南王恨聲道：「都是死人是吧？這才幾天工夫，王妃就趕來了，你們也不勸勸她？兩千里的路，你們就任由王妃換馬而來？」

跪在地上的護衛們面面相覷。當時情況危急，他們都懷疑自家王爺能不能熬上兩天，怕王妃見不到王爺的最後一面，這才說了實情。

他們趕路時，接到第二封來信，說莊娘子到了，在進行手術，也沒說王爺沒事啊。昨晚他們才接到第三封信，說王爺已經沒有大礙，但只剩最後五十里路，不如一鼓作氣跑來。

當時是當時，現在是現在。

王妃匆匆過來，見護衛跪了一地，一邊擦著濕髮、一邊說：「大家跟著我趕路，跑得快累死了，快去歇著吧。」

聽王妃發號施令，一群護衛飛快爬起來，趕緊溜了。

淮南王側過頭，數落王妃。「妳也真是的，不知道顧惜自己的身體。」

莊蕾收拾了藥箱，道：「義父、義母，我先出去了。」讓夫妻倆好好說話吧。

「花兒，幫妳義母做點飯菜，路上她肯定無心吃東西。」

「曉得了。」莊蕾往外走去。

見王妃疑惑，淮南王接過她手裡的黃楊木梳，幫她梳髮。

「花兒救了我的命，我收她當義女……」

聽淮南王說完，王妃埋怨道：「你嚇壞我了。要是你有個萬一，讓我怎麼活啊？」

淮南王攬住她的肩膀。「還好，我活了下來。」

「你說過會陪著我一輩子的，你不能丟下我。」王妃的眼淚流下來。

「莊丫頭說，想看我們白頭偕老。以後，一個小老頭牽著一個小老太太的手，兒孫繞膝。」淮南王把王妃的手拿起來，貼在臉上，用鬍碴輕蹭。

王妃起身，抹了抹淚水。「我拿剃刀幫你刮鬍子。」

一會兒後，莊蕾進來時，王妃正在幫淮南王刮鬍子，邊刮邊嫌棄地說：「叫你別動，手放哪裡呢？」

王妃聽到腳步聲，回頭見是莊蕾，臉一下子紅透了。

莊蕾連忙說：「我沒看見，你們繼續。」提著食盒轉過身。

王妃身邊的丫鬟趕緊上前，跟她一起端飯菜進去。

王妃已經恢復了端莊優雅的形象，淮南王側頭看著她笑。

莊蕾有些尷尬，但身為一個醫生，必要的醫囑是她的職責。

「我說，兩位一是久別，二是差點隔了生死，這心情我能理解。但是，傷口的線還沒拆，不適合做劇烈的動作，得等上個把月，把血氣養回來才好。」

這麼一說，王妃的臉又紅了，淮南王被莊蕾鬧得氣急。「混帳，胡說什麼？」

莊蕾已經知道，淮南王在家人面前就是隻紙老虎，也不怕他了。

「我不擔心義母，我擔心的是您。氣血不足，要是傷口有個萬一，又要劃開重新補。」

「別再取笑妳義父了。」王妃過來，捏著莊蕾的臉。「以後，妳就是咱們家的大姑娘，宣兒一直叫妳姊姊，這樣就名正言順了。妳是咱們家的救命恩人，沒有妳，剩下我和蓉兒娘兒倆，恐怕也活不長。」

淮南王接話。「等回去了，咱們總得擺幾桌，請一請淮州有頭有臉的人，讓大家知道妳是孤的義女。等妳除了服，孤去替妳請個縣主的封號回來。」

王妃拿出一對龍鳳珮，質地油潤白膩。「這是我和妳義父的文定之物，如今給妳吧。」這是訂婚的信物，看起來又是他們長年佩戴在身上的，送這個是不是太過貴重了？

莊蕾抬頭道：「這樣東西貴重的，也許不是玉珮本身，而是對於義父義母的意義，我不能收。」

淮南王笑著看王妃，轉頭說：「既然認妳當義女，天下父母的愛子之心都是一樣的。妳年紀還小，歲月還長，這玉珮代表我倆對妳的期許，希望妳美滿順遂。除服之後，若真有好姻緣，莫要錯過就是了。」

話說到這個分上，莊蕾便珍而重之地收起這對龍鳳珮。這是她最敬仰的夫妻對她最美好的期許，她自然得珍藏。

王妃吃了點東西，夫妻倆躺在床上。一個是累了要休息，一個是剛剛撿回一條命，需得休養。

王妃側著身，窩在淮南王身邊。她接到他重傷的消息，那一刻真是天要塌下來了，幸好峰迴路轉，莊蕾為她留下了。

「看什麼呢？」

「看你啊。」王妃蹭他的頸窩。

「睡吧，一路上太累。」

「嗯。」終究是太累了，王妃閉上眼睛。

淮南王看著王妃的睡顏，雖然眼底有青黑之色，依舊容顏嬌嫩，不禁想起他的母妃。

他的母妃也是一等一的美人，他在懵懵懂懂的時候，也曾見過她燦爛的笑容，一如他的妻子。

只是，等他長到宣兒的年紀，他的母妃已經成了形容枯槁的女人，不久便撒手人寰。

他一直以為他的父王對母妃是沒有情意的，他有各種各樣的女人，有正式冊封的側妃，也有無名無分的侍妾。

他父王臨死前，念叨母妃的名字，還說：「承允，你母妃來接孤了。」

他是這樣回答的：「不會。我記得小時候，她時常看著門外，只要您進來，她就會笑。後來她不會笑了，也不再看門外，您也不再進她那裡。她不再盼望您了，還會來接您嗎？」

他的父王瞪大了眼睛，盯著他，嚥下最後一口氣。

他的王妃，能為了他的生死，策馬狂奔而來。

成婚十年，情意不曾變過。

淮南王偷偷側過頭，在王妃的額頭印上一個吻，嘴角帶著笑。

這天，淮南王要拆線了，莊蕾將他身上的綳帶解開。之前淮南王一直不肯讓王妃看傷口，此刻一條將近七寸長的彎曲傷疤爬在他的胸口上。王妃咬住手，忍著不發聲。

「義母不用難過，這條傷疤看著雖可怖，不過義父身體底子好，如今度過危險期，便沒事了。」

莊蕾用剪刀和鑷子一根一根挑了線，做完便去洗手，再進房間，拿起矮几上的東西。

「義父，這個望遠鏡是從哪裡得來的？」方才她拆線時，就瞧見這個了。

「望遠鏡，倒是個好名字。」淮南王點頭。「那就改叫望遠鏡吧。」

「那這個玩意兒原本叫什麼？」莊蕾問道。

淮南王站起來，笑著說：「叫做千里鏡，說是以後放在船上用，就能看到遠處的倭寇，是工匠新做出來的。」

莊蕾一下子興奮起來，難道還有跟她一樣的穿越者？若是能做出望遠鏡，那是不是也可以做顯微鏡了？

「能不能把那人請過來，我想讓他做樣東西。」

「自然可以。」淮南王吩咐小廝去喊人。

不一會兒，一名國字臉、粗眉毛，身穿布衣的中年男子進來，向淮南王磕頭。

淮南王笑著說：「木先生請起，莊娘子說這個東西叫望遠鏡，你覺得如何？」

「很是貼切。」

按理說，若此人是穿越人士，聽見望遠鏡三個字定然有反應，卻絲毫沒有動靜。

莊蕾上前探問。「木先生怎麼想到做這個東西的？」

「家中一直做靉靆生意，年輕時候聽說西洋有透明無色的琉璃，從南洋的貨船上運過來，便讓人去買，這些年一直鑽研此術，終於做了出來。」

「什麼叫靉靆？」莊蕾聽得迷糊。

木先生解釋。「讀書人讀多了書，眼睛就會昏聵不明……」

「來來來，孤寫給妳看。」

看到淮南王落筆寫下的字，加上木先生的解釋，莊蕾這才恍然大悟，靉靆就是眼鏡。

木家一直做眼鏡生意，有百來年了，一直用水晶當材料，進行打磨。而且，他們家自有一套驗光技術。

木先生說：「這個千里鏡做出來很久了，我想著可以用在觀察倭寇的動靜，所以獻給王爺。莊娘子叫它望遠鏡，倒也是個好名稱。」

「還是千里鏡聽著更有氣勢一些。」莊蕾想起自己目前的難處。「木先生，您能不能試著幫我做個東西？我要看近處……」

莊蕾說了自己的想法，木先生道：「這倒不難，小人做做看。」

莊蕾對木先生彎腰。「木先生若能幫我做出這個東西，對我將是最大的幫助。另外，既然木家能煉製琉璃，能不能幫我煉一些器皿？」

「您說。」

這一說，莊蕾就停不了了，而木先生顯然也對研發有著極大熱情，如果不是外頭來人稟報，說京城的欽差柳大人到了，請木先生先出去，兩人的討論還停不下來。

第九十五章　重臨

一個中年文官進來，看見淮南王敞開著衣衫，七寸長的刀疤很是猙獰。

淮南王對他點頭。「柳大人，坐。」

王妃拿了紫色蟠龍常服過來，淮南王一邊穿袍服、一邊問：「柳大人，怎麼會是你過來？你不是要去河道赴任，怎會接了這個差使？」

「我是在半途中接到的，聽說朝中還沒有商議出由誰來接替您。您受了這等傷，且不用操心這裡的事，先回京養傷要緊。」

話語間聽起來，兩人很是熟稔。

淮南王搖頭。「食君之祿，忠君之事。孤來此半年，還沒有建功立業，卻要傷退，有負皇恩啊。」

「皇上知道王爺忠心耿耿，得知王爺出事，便派人加急傳旨給我，只因我離得近些，更是因為我與王爺交好。」

「辛苦你了。」淮南王對柳大人笑道。

柳大人笑了一聲。「辛苦說不上，何況也給了我方便。我的官職雖在河道上，卻是以黃淮河道為主，南來的機會有限。舍妹得病，家母寢食難安，連年都不過了，帶著內子去杭城探望。路上接到來信，說舍妹已經病入膏肓，不能救治，家母心急如焚，患上中腑之症。」

柳大人說著，站起來，對著莊蕾彎腰。「莊娘子，柳某人要對您道一聲謝。」

「竟是高夫人的兄長？」莊蕾連忙回禮。「我實在無能為力，望柳大人見諒。」

柳大人臉色微寒，低下頭。「舍妹之事，實在令人心寒。原只當小妹被嬌慣久了，找個鄉間出身、年紀大些的，或許能疼愛她。孰料……」

「我也多年未見柳家妹妹。王爺，不如我們稍作停留，前去探望？」王妃說道。

淮南王點頭。「去安排吧。」

柳大人再彎腰。「謝過娘娘。」

「何須此言？」淮南王對柳大人說道：「請出聖旨吧。」

王妃扶著淮南王跪下，所有人跟著跪，柳大人這才將聖旨請出來。一長串的文言文，柳大人讀得順溜，莊蕾聽了個大概，無非就是慰問之言，說淮南王勞苦功高，讓他好好休息，另外賞賜若干。

之前莊蕾聽范夫人反覆跟她說，高大人升官乃是靠自身的本事為主，可今日看高夫人的兄長，也是很厲害的人物，在皇帝面前似乎很得寵。

接了旨，王妃便帶著莊蕾去高家。

路上，莊蕾說出自己的看法，王妃哼笑一聲。

「固然有他自身的本事，可要在短短十幾年高升，又出身農家，岳家自然要有力。

「人走茶涼，柳侍郎退下來幾年了，能給的幫助有限。今天來的柳大人乃是河道總督，河道總督雖然不似其他總督的權位，甚至比不上一地巡撫，但油水最足，能坐這個位置的，都是皇帝的親信。柳大人乃是皇上的伴讀出身，王爺也不是隨意給他看傷疤的，是讓他可以親口向皇上稟報，王爺受的傷有多嚴重。」

「那您還去杭城探望高夫人？」莊蕾問她。

王妃笑了一聲。「幫妳出口氣，也是給柳大人面子。我會一會浙江巡撫的夫人，讓她知道，高修馬上就要失聖心，不用再捧著了。」

明州到杭城不遠，輕車簡從，一到杭城外的十里長亭，莊蕾就見識了什麼是皇家威嚴。杭城大大小小的官員跪了一地，莊蕾從馬車裡望出去，那一串還真是長。

淮南王連個面都沒露，只讓身邊的小廝敷衍兩句，說淮南王的傷還未養好，不便召見眾位，讓浙江巡撫進城之後回話。

莊蕾跟著王妃進了一座園子，發現裡面的太監跟丫鬟全是淮南王府的人。

王妃撥了兩個丫鬟給莊蕾，丫鬟們上前道：「大姑娘，娘娘讓奴來替姑娘梳妝。」

莊蕾任由她們幫她穿上衣衫，內裡是天藍色交領小襖和同色的羅裙，上面沒有一絲繡花，外頭罩著一件白色提花暗紋的對襟長衫。

兩人又幫莊蕾梳頭，從盤子裡拿起一條與衣裙同色的髮帶，髮帶上綴著如繁星般、米粒大小的珍珠，將髮帶紮在莊蕾腦後，再取一對小巧的白玉蝴蝶壓在莊蕾的髮上，看起來嬌俏可人。

知道莊蕾還在孝中，丫鬟沒有為她塗脂粉，道：「大姑娘麗質天成。」

平日莊蕾只求乾淨俐落，並不曾刻意打扮，此刻攬鏡自照，也覺得不同。

莊蕾走去王妃那裡，王妃也換了裙衫。那衣衫就繁複了，王妃本就生得好容色，這等富貴裝扮在她身上，竟沒有半分多餘。

王妃上上下下打量莊蕾。「看來，以後我有個大丫頭可以打扮了。」

王妃身邊有個穿著壽字紋團花錦緞的老夫人，正是浙江巡撫的妻子，陪著笑道：「大姑娘眉眼之間還真有娘娘的味道，一樣的雍容華貴，隱隱有寶相莊嚴之感。」

「嚴夫人過獎了，若說寶相莊嚴，我這大丫頭倒真是有一副想普濟眾生的菩薩心腸，居然從那蜀中高僧的方子中悟出了青橘飲，如今能治癰疽，在戰場上挽救了不少將士的性命。」

這番話一出，嚴夫人自然又說了幾句好聽話才作罷。

王妃過來牽著莊蕾的手。「走，一起去探望高夫人。」

莊蕾跟著王妃登上馬車。時隔半個月，再臨布政使的府邸，已經是中門大開。

高大人跪在地上迎接，王妃低頭看他一眼，也沒叫起，只是一路往院子裡走。

直到王妃走遠，王府的隨行太監才叫了一聲。「起來吧。」

高大人的臉色微微一變。

莊蕾又走了幾步路，跪在前面迎接的，是莊蕾熟悉的柳老夫人和柳夫人，還有一位白髮蒼蒼、一身瘦骨的老太太，身邊帶著一個跟莊蕾年紀相仿的姑娘。

王妃過去，讓柳老夫人起來。「老夫人莫要多禮，妳自己的身體也要多加注意。柳夫人也快快請起。」

柳老夫人的臉色與之前相比，又差了幾分，想來是日夜擔憂女兒的病情。

莊蕾走出去，對柳老夫人福身。「見過老夫人。」

「莊娘子。」柳老夫人過來，拉住了莊蕾的手。

莊蕾笑了笑。「等下我再幫您把把脈。」

「多謝。」

王妃看了還跪在地上的老太太一眼。「高老夫人不必多禮。」

高老夫人在一旁姑娘的攙扶下站起身，有些不知所措。莊蕾聽那姑娘叫了一聲祖母，想起高大人的元配生有一雙兒女，想來這是元配的女兒。

柳老夫人立在王妃身側，黯然道：「娘娘，有些事，馨然並不知情。」

王妃按了按柳老夫人的手。「我知道。」

王妃這才帶著人，跟柳老夫人往內院走，進了高夫人的院子，倒是沒了之前的藥味。

王妃剛剛踏進門，便見高夫人下跪迎接，虛弱得不得了，彎下腰扶起她。「妳這是何必？快起來。」

王妃把高夫人攙到羅漢床上，讓她斜靠著靠枕，再幫她調好舒服的位置，這才坐下。

高夫人言語溫柔，說話之間略帶嬌氣。因為是這種病症，王妃不知如何安慰她，只能說些兒時在一起的事，讓她換個心情。

想起做姑娘時的情景，想起那些時光，高夫人心中越發淒苦。

偏生，這時高老夫人拉著那個姑娘站出來，向王妃行了禮。

「娘娘，方才老身帶著惠姐兒給她母親請安，順帶提起惠姐兒的婚事。惠姐兒已經十五了，雖然范家的門庭低些，不過范知府和范夫人和藹可親，兩家又素有來往。老身想著，不如趁著春暖花開，把兩個孩子的婚事辦了？」

高老夫人道出這番話來，根本是恨不得直接說高夫人快死了，要是不快點辦婚事，難道還要惠姐兒這個繼女替高夫人守孝三年？

柳老夫人恨得牙癢癢，如今女兒病重，她也不好把前因後果抖出來。

對高老夫人來說，死兒媳真不能算是大事，那是她自己沒這個福分，就像鄉下用爛泥糊成的牆一樣，坍了就坍了，大不了再砌一面就行。

高夫人有氣無力地撐著頭說：「人要講信義。先夫人在的時候，已經跟翰林家訂了親，這會兒卻說要嫁給范大人府上的四公子，這不是嫌貧愛富嗎？庚帖都還在翰林家手裡，如何使得？要嫁，就是嫁給翰林家的二公子，否則不作他想。」

惠姐兒一聽，扯著自家祖母的衣衫，眼眶裡的眼淚要掉不掉的。

莊蕾實在不明白，一個大家閨秀緣何在這個時候跟自己的祖母跑過來，逼著病重的繼母替她改人家，這是大家閨秀的做派？

高老夫人跪下，對王妃說：「娘娘，當初先去的林氏糊裡糊塗替惠姐兒訂下這門親，如今門不當、戶不對的。再說了，高家與翰林家好些年沒有來往，翰林家又遠在京城，惠姐兒自小沒了親娘，千里迢迢嫁過去，老身哪裡捨得？」說著便抹眼淚，好似受了多大的委屈，好似高夫人這個繼母在虐待繼女。

問題是，這門親事是惠姐兒的親娘替她訂下的，完全不能賴上高夫人。

高夫人側過頭，用帕子擦了臉頰上的淚，再回過頭。「母親，您先回去，我與娘娘多年未見，娘娘定然不想聽我們家的這些事情，明日我再與您商量。」

「妳這商量來商量去，不知道商量多久，惠姐兒的終身都要耽擱了。」

高老太太這般無賴的模樣，倒是和李春生的娘有得一拚。

王妃抬起眼。「高老夫人，我是來看馨然的，讓我先敘姊妹之情，如何？」

王妃身邊的丫鬟走出來，對高老夫人說：「老夫人，請吧。」這才把祖孫倆請走。

柳老夫人的臉色很是難看，嚴夫人過去安慰她。「老姊姊，莫要氣壞了身子。」

「娘，您也別生氣了，她就是這樣的，不明白事理。」高夫人也勸柳老夫人。

「馨然，妳身子不好，讓花兒幫妳搭搭脈。」

莊蕾上前搭了高夫人的脈，果真是一日不如一日了。

柳夫人問莊蕾。「莊娘子，如何？」

「跟之前相差不大，我開些緩解症狀的藥，您派人去抓。」莊蕾說道：「高夫人體力不濟，還是先讓她休息吧。」

王妃點頭，對柳老夫人說：「我們一起出去聊聊，讓馨然睡一會兒。」

柳老夫人請王妃去她住的院子，等人坐定，便用帕子擦了擦眼淚。「讓娘娘見笑了。」

王妃嘆息一聲，對她來說，沒發生高夫人的事，莊蕾就不會來杭城，興許也救不了淮南王了。加上是兒時的玩伴，不由對高夫人生出另一種感激之情。

「何來見笑不見笑的？馨然是我兒時玩伴，看她到了這個地步，我心中也難受。高姑娘的親事，老夫人是怎麼打算的？」

「我想勸馨然答應，可那丫頭不明就裡，還說翰林家的孩子正直可靠，看不上范知府家的公子。」柳老夫人說著，又掉起眼淚。

柳夫人勸她。「母親來這裡後，消瘦了多少，難道小姑就看不出來？您繼續這樣，我們怎麼去瞞著小姑？」

莊蕾幫柳老夫人把脈之後，坐下來。「我把之前的方子改一改，您繼續吃，飲食禁忌一定要注意。另外，我看方才那個情景，若是不把高家姑娘嫁給范家公子，恐怕高夫人還落了繼母不慈的口舌。」

王妃聽了，知道莊蕾素來有主意，側過頭問：「妳什麼看法？」

「我看高夫人是個講信義之人，不如義母做主，讓翰林家退親，促成范家的親事。」莊蕾答道。

「若是我作媒，豈不是代表淮南王府跟高、范兩家交好？」王妃笑著看莊蕾。

莊蕾把開好的方子遞給柳夫人，往嚴夫人身邊一坐，伸出手搭上嚴夫人的脈，嚴夫人被她嚇了一跳。

「夫人腸胃不好？容易積食？」

嚴夫人驚道：「可不就是。」

「跟我說說其他的症狀？」

「吃不得油的東西……」

聽著嚴夫人的敘述，莊蕾借了柳老夫人的榻，幫嚴夫人檢查膽囊區。叩擊之後，果然有痛感。

莊蕾坐下，笑了笑。「不算什麼大病，但是遷延不癒，也是個麻煩。我幫您開個方子，您試試。不是每個人都有用，也許能幫到您。」

嚴夫人原本覺得，這麼一個漂亮的小姑娘，是不是被人傳得過分厲害了？結果現在看莊蕾，眼光都不同了。

莊蕾低頭開藥方。「高家嫁女之後，請嚴夫人悄悄透露，說高老夫人不識相，在義母探望高夫人時，跪下來求情。您不忍高夫人病重還要煩心這些事，索性成全高家姑娘，也算是全了閨中姊妹的情誼。」

這話說完，莊蕾將方子遞給嚴夫人，對著嚴夫人笑了笑。

嚴夫人看向王妃，一個是有實權的王妃，一個是兒子任河道總督的前侍郎夫人。原本是來探望布政使夫人，現在看來，布政使夫人和布政使府之間，不能算是一體了。

嚴夫人呵呵笑著。「這門親事，不就是高老夫人不顧高夫人病重求的嗎？」

王妃放下茶盞。「罷了，少不得我就做了這個惡人。不過，退婚的事，總要問一下高大人的意思吧？」

另一邊，高大人待在書房裡，坐立難安。

方才王妃進來時，連看都沒看他一眼，讓他有了不好的預感。其實，莊蕾走的時候，他就開始忐忑不安，而范夫人也不知聽到了什麼話，匆匆而別。

今日他去城外迎淮南王，但淮南王重傷在身，只接見了浙江巡撫，沒有傳他。

他想探個底，不知道那個莊娘子到底透露了多少？他不過是犯了男人的通病。再說了，他也沒有真的動了淮南王的女人，或許淮南王並不會介意。

就算舅兄懷恨他，他和馨然還有兩個兒子，把他弄倒了，孩子怎麼辦？這幾日，在馨然面前，柳家婆媳不敢露出端倪。只要兩個孩子姓高，柳家人就不能拿他們怎麼樣。

高大人想到這裡，心裡篤定了起來。

這時，來人稟報，說王妃有請，他便站起來，進了柳老夫人的院子。

王妃坐在首位，莊蕾侍立在側，之前他就覺得這個小娘子不可方物，今日打扮之後，倒有傾國之容。到底是位高權重的淮南王，身邊的女人一個雍容高貴，一個清雅出塵。

高大人一邊在內心評價兩人、一邊向王妃行禮。

王妃開了口。「方才去探望馨然，如今她身子虛弱。令堂卻為了兒女之事煩擾她。原本我一個外人，不該多說，不過老夫人求到我這裡，少不得就問問高大人的意思。若是你也答應，我便去勸勸馨然，她有些想當然耳了。」

高大人完全沒想到王妃居然是要跟他商量這件事，他一直專注於自己的前途，不太關心女兒，便側頭看向自家母親。

高老夫人說：「之前跟你商量了，范夫人來探過口風，你也說好。」

高大人想起來了，他是說行，但回屋後被高夫人反駁兩句，便作罷。此刻忽然被提起，倒是不好回答了。

高老夫人還在抱怨。「媳婦口口聲聲一定要把大丫頭嫁到京城。那麼遠，我捨不得。」

王妃淺淺一笑。「馨然單純，有些事情想簡單了。高老夫人，若妳依然堅持，就用我的帖子幫妳要回孫女的庚帖，妳也可以跟范家走動起來了。」

高老夫人聽見這話，笑逐顏開。「還是娘娘通情達理。」

這話讓柳老夫人再次寒了臉色。

王妃站起來，拍了拍柳老夫人的手。「這個時候，馨然不宜再勞神。與其跟翰林家聯姻，弄得誰都不高興，不如高高興興把事情辦了，多少也算是沖喜不是？」

高大人一聽，心思立即活了起來。看樣子，誰都在乎馨然的最後一程，自然要利用的。他彎腰道：「多謝王妃娘娘保媒。」

這就上桿子了？

王妃沒有否認，說了一句。「那便如此吧。」

莊蕾跟在王妃身後出去時，聽見牆外有些微的笑聲，應該是高姑娘。

高夫人真心為她著想，她卻當成惡意，自己要往那糞坑裡跳，可憐可嘆啊。

第九十六章 離心

上了王府的船，一行人到了蘇州，淮南王和王妃自有當地的官員要見。

莊蕾見了陳三少爺夫婦，三少奶奶的狀況不錯，便跟陳三少爺聊了幾句。朱管事已經去淮州，莊蕾也看了朱管事寄給陳三少爺的信，看上去黃成業還壓得住，略微寬心些，這小子也算是漸漸走上了正途。

聽聞莊蕾來了，范夫人動了心思，剛好石夫人的丈夫也趕來了，便假借陪自家小姑的藉口，對莊蕾點頭哈腰，求她看個病。

這次石家夫婦是一起過來的，石夫人的官人是個文弱書生模樣的男子，看起來倒是很呵護他的妻子。

莊蕾對石家夫婦仔細解釋病情，才知道石先生並無功名在身，之前因為石夫人跟著范夫人，大家才叫她一聲夫人。

「石先生，您現在清楚了，這個手術會導致身體殘缺，治不好的可能也很大。您考慮好了嗎？如果考慮好了，你們夫妻一起去遂縣。您能陪伴在她身邊的話比較好，不去也沒關係，我把手術知情書寫好，您在上面簽字。」

石先生拿起手術知情書，上上下下看了一遍，又問了些問題，道：「事關生死，我還是在她身邊的好。只要有希望，咱們就治，人在什麼都在。您盡力，我們就感激不盡了。可是，我家娘子得病已久，再說這幾日您去了杭城，病情會不會有變化？」

莊蕾見他對自家娘子這般體貼，頗有好感。「這種病雖然凶險，但進展很慢，一、兩個月不會有太大變化的。」

「看，莊娘子都說了，這下妳放心了？我們明後天動身吧。」看來，這位石先生也是心急如焚。

莊蕾原想讓他們緩兩日，但將心比心，知道自己身患惡病，都是希望能越早治療越好。

范夫人也等久了，對著莊蕾笑。「莊娘子，能否幫我看一下？」

莊蕾到底是郎中，要她完全不顧病患，還真是做不到，問了句。「范夫人，您平時行房的時候，有無出血？」

范夫人臉色微微一變。「好像有。」

「白帶增多，經期延長呢？」莊蕾繼續問。

自從莊蕾跟她說了那番話後，范夫人寢食難安。現在又聽莊蕾問這些，嚇得後退一步。

「有。難道我也得了那種病？」

莊蕾皺眉，如果有出血，還有這些症狀，那就極可能有病變了。

「我懷疑妳也病了，不過即使有，妳的病可能還不算晚。妳也來遂縣吧，這裡只有我隨身的器械，沒辦法看清楚。」

「您現在幫我看看？」
「現在要是看得明白，那妳也跟高夫人一樣，沒有救了。這可能是早中期的……」
「有沒有一半的機會？」
「這種病症跟妳小姑的病症不同，要說一半的可能，我不敢說。我說過，這種病比妳小姑的要凶險。」莊蕾老實回答。「到時候如果診斷出來，妳還要跟妳夫君商量是否需要手術。這個，妳明白嗎？」
范夫人已經聽不進任何言語，雙耳嗡嗡作響，站起身，如同天塌下來一樣。
她一步一步走出去，又猛然回頭，衝過來問：「莊娘子，這個毛病真的一定要男人染了那種毒回來，才會得嗎？」
「確切來說，是長期反覆地感染。」莊蕾說道：「妳要看，就跟妳家小姑一起來吧。」
范夫人失魂落魄地走了出去。
范夫人回到家裡，范大人便說了一堆事。
「妳去哪裡了？我讓人找，也沒找到。剛才王妃提及，高家有意把大姑娘許配給四郎。妳去杭城一趟，到高家提親。高家想趁著高夫人還在，把他家大姑娘嫁過來。」
「我沒空。你能陪我去遂縣嗎？」范夫人問他。
范大人皺著眉頭。「為什麼去遂縣？」

「我可能得了跟高夫人一樣的病。而得這個病的緣故，可能是你。」范夫人笑得淒涼，看向范大人。

「怎麼可能？妳還真信這些話。」范大人哼道：「我看妳是沒事找事。」

「我在你心裡，是不是不值一文？」范夫人問他。

兩人睡在同一張床上，當了這麼多年的夫妻，她為他主持中饋不說，還為他諂媚上峰的夫人，以求升遷；跟當地的富商夫人結交，收受錢財，做了多少他不好做的事情。如今她得了這種病，他卻不聞不問。

他那個窮秀才妹夫還知道要陪著他妹妹去遂縣醫治，她若真得了那個病，可比他妹妹嚴重多了。

「你告訴我，你是不是跟高修一樣，在外面有很多女人？」

范大人也不知道怎麼回事，原本務實的娘子居然變成如今這副模樣？

「夫人，妳不要疑神疑鬼，也不要去找那個莊娘子了。」

這幾日，范夫人為了自己可能得病而心事重重，今日又從莊蕾那裡得到算是肯定的回答，立時爆發了。

「你是不是也想學高修，娘子死了就再娶？我在你心裡，已經沒有什麼價值了？是你把病傳給我的！」

范大人關上門，說話就沒那麼客氣了。「傳給妳？妳自己說的，要反覆感染才會得病，咱們現在一個月撐死有一次嗎？我拿什麼傳給妳?!」
范夫人聽到這樣的話，恨意湧上心頭，衝過去大罵。「你說的是什麼話！」
到了這個時候，原本為了利益而有志一同的夫妻，扯下了最後一層遮羞布。
兩人惡言相向，吵完了架，范夫人蹲坐在地上，哭得撕心裂肺。
這麼一來，范夫人當然不願讓自己的兒子去娶高大人的女兒。不過，她的想法不重要，身為一家之主，范大人決定了，范夫人就不用出面。
他託了朋友，帶了自己的親筆信，求娶高大人之女，結兩姓之好。
范夫人曾經跟他說，高修可能得罪了莊娘子，也得罪了他岳家，恐怕形勢不妙。女人到底是女人，根本不懂，哪個男人不放蕩，真以為淮南王會為了每個男人都有的喜好而厭惡高修，豈不是可笑？
如此一來，該嫁的自然要嫁，該娶的也是要娶。哪怕范夫人跳起來不答應，也沒有任何用處。范大人只說，范夫人得了癔症，需要靜養。
淮南王的船抵達淮州時，已經是二月下旬。
莊蕾在淮南王府歇了一天，淮南王派車送她回遂縣。
車子剛剛停下，莊蕾下車，見到張氏便喊了一聲。「娘！」
「花兒，妳總算回來了！」張氏叫道。

聽見張氏的聲音，陳熹和陳月娘連忙出來。

陳月娘一把抱住莊蕾。「花兒，怎麼去了那麼久？」

莊蕾卻看向陳熹，笑著問：「考得如何？」

「還行。」陳熹淡淡笑著。

「什麼還行？是縣試的案首！」陳月娘說道。

莊蕾大叫。「是嗎？什麼時候出來的？」

陳熹帶著笑說：「還有府試和院試呢，這算不得什麼。」

「算不得什麼？」莊蕾說道：「第一名，難道還不厲害？」

陳熹問莊蕾。「王爺如何了？」

「當時很凶險，後來倒是很順利，已經回家了。」莊蕾跟著一家子進了屋。

前世她一出去就是一年兩年，這輩子卻是第一次跟家人分開這麼久。吃著張氏做的晚飯，一家子嗑著瓜子，坐在客堂間聊天，真是愜意無比。

聽聞莊蕾認了淮南王夫婦為義父義母，張氏看了陳月娘一眼，臉上有笑容，卻不像是打心眼裡為她高興。

莊蕾以為張氏是怕她攀了高枝，對家裡就兩樣了。

「娘，王爺是怕以後我的名聲大了，整日被權貴差使，才認下我的。我是陳家的人，這個不可能變的。」莊蕾坐到張氏身邊，勾住張氏的手臂，把頭擱在張氏肩膀上，一副小女兒的模樣，往她身上蹭。

張氏這才真正綻開了笑容，摸著莊蕾的頭髮。自家養的兒媳婦，被人喜愛也是正常。

「這話是妳說的，一輩子都是咱們陳家的人？」

陳熹聽張氏這麼說，心裡有些疑惑。阿娘素來希望嫂子能找個好人家，怎麼會說出這樣的話？

莊蕾沒感覺出哪裡不對，還撒嬌著說：「永遠都是。」

「以後伺候我終老，給我披麻戴孝？」張氏捏著她的臉。

「是！」

聽著莊蕾的承諾，張氏覺得有點心虛，轉了頭，恰巧對上陳熹的目光。見陳熹疑惑地看著她，又側過頭去。

陳熹這才感覺到，阿娘說這些話，不是隨便的玩笑，卻不知到底是什麼意思。又見月娘對著他淺淺一笑，越發覺得大姊和阿娘在打啞謎。

陳熹想多問幾句，外面傳來敲門聲，便站起來去開門。

「嫂子，聞爺爺來了！」

莊蕾一聽，連忙出去迎接。「爺爺，這麼晚，您怎麼來了？我想著明天去您那裡，海宇讓我帶了好些東西回來呢！」

莊蕾一連串的話，讓聞先生不知道接哪句好，便問：「阿宇好嗎？」

「好得很，比以前長進了不少，如果不是他處理得當，王爺未必能救回來。聞小大夫在那些軍醫裡，是說一不二的。」莊蕾一邊說、一邊帶著聞先生往屋裡走。「還有他讓我帶的家書跟明州的物產，我幫您拿來。」

「別忙，我不是來拿這些的。」

陳月娘倒茶出來，聞先生坐下，朝外頭招了招手。

一個少年走進來，正是壽安堂的小學徒，對著莊蕾彎腰。「莊娘子。」

「是這樣的，妳不在的這些日子，我閒來無事，就帶著孩子們去鄉下幫人看診。有個放牛娃過來看病，手上起了水疱，那樣子跟天花很是相似。」

莊蕾聽到這裡，睜大了眼睛，屏住呼吸。

「我跟著那孩子去他家，果然也在他家裡的牛身上發現水疱，隨後按照妳講過的方法，把這個水疱裡的漿液收集起來，在自己身上扎針試試，發了兩天燒，起了水疱。妳看。」

聞先生把袖子撩起來，手臂上面已經結痂，又指了指小學徒。「這孩子跟我一起去的，我開始好轉之後，他說要試試，所以我也讓他試了，正好在發作期，剛好給妳看看。但是，他沒有發燒，一切如常，反而水疱更大些，我覺得這個水疱可以做痘種。」

少年也撩起袖子給莊蕾看。

莊蕾根本沒有見過天花或牛痘的流行，前世她出生的時候，肆虐全球的天花病毒已經被消滅，牛痘疫苗在人類疫苗史上有濃墨重彩的一筆。

少年的胳膊上有個水疱樣的大瘡，比聞先生的大了很多。

莊蕾問聞先生。「我們需要確認種牛痘的效果，附近有無流行天花的地方？」

聞先生站起來。「我年紀大了，趁著兩條腿還行，想去疫區看看。這件事，我已經找了淮州醫局的許太醫幫忙。許太醫正在幫我查，如果有的話，我就去。」

莊蕾說：「爺爺，按照我們目前的條件，雖說這個像是牛痘，但還是無法確認一定可以預防天花。您去疫區，豈不是有危險？」

聞先生笑著說：「我這個年紀了，以前哪裡有病，我就去哪裡。再說了，得天花死的多半還是稚兒，而不是大人。」

醫者仁心，這是他們之間最為相像的地方。

莊蕾想了想，道：「行。等我完成石夫人的手術，您也幫我種痘。」

「妳暫時不要種痘了。這些天，壽安堂接了六、七個需要手術的病人，如果妳因為種痘而無法手術，那些病人該怎麼辦？這個東西從發到好，要好些天。」

莊蕾一聽也是，小學徒說：「莊娘子，我也想跟著聞先生一起去疫區。」

「好，到時候爺爺就要交給你照顧了。」莊蕾對小學徒說道。

莊蕾又跟聞先生商量，如果這個痘種真的有效，怎麼利用再生痘種？

「這個簡單，直接從痘瘡大的人身上取瘡汁，幫下一個人種痘便是，跟人痘一樣。」

莊蕾這才想起，前世史上有過類似的做法。天下醫者為求解決之道，做過多少實驗？

第二日，莊蕾去壽安堂，與聞先生一起進去向藥王上香，在心頭默念。

多謝前世致力研究疫苗和新藥的偉人們，讓我有機會將這些知識轉化為救人的力量。

莊蕾默默想著，又看了聞先生一眼，也感謝這些和她一樣，願意用畢生精力去解決病痛的醫者。唯有與他們一起往前，醫學才會有不斷的進步。

藥王不是一個人，而是一群如夜空中耀眼群星的人。從神農嚐百草到願意以身試險走進疫區的聞先生，他們每一個都是藥王。

第九十七章 燒烤

莊蕾一回到自己熟悉的地方，又開始沈浸在工作中。

朱管事帶了幾箱子東西過來，說是他們家的衣衫，陳家都包了，陳三奶奶還決定在淮州城開鋪子，這樣莊蕾做衣衫方便。

「莊娘子，對於三奶奶來說，這些衣服一年用不了幾個錢，您也能省點心思，不挺好的？」朱管事說是省點心思，這是生怕莊蕾覺得他們拿錢砸人了。

莊蕾扶額。好吧，有錢人的世界她不懂。

楊秀才也要備考，沒空教藥廠的學徒了，陳熹便向莊蕾推薦了羅先生，讓他底下的貧寒學子輪流過來教書。

在正式授課之前，羅先生過來聽了一堂楊秀才的課，看到楊秀才在黑板上寫字，很是驚訝，感覺撿到了什麼大寶貝。

等莊蕾出來，羅先生抓著她問：「那塊黑板是怎麼回事？寫了就擦，不費紙，還能掛在那裡，教孩子很好用。」

「我要回去揍二郎那個小混球，這個東西搗鼓出來一段時日了，他居然沒有告訴您？」莊蕾轉過頭。「我讓人送幾塊給您？這樣吧，我先讓人把議事廳裡的那塊送過去。」

「那粉筆是怎麼做的？」

莊蕾笑著說：「不值多少錢，不用自己做了，還挺煩的。您真要，我給您方子。黑板和粉筆都能買，縣學要多少？」

「也是，那我回去看看要多少，然後跟二郎說。」

莊蕾點頭笑著說好，回去讓陳熹去小溝村找三叔。

之前她要這些東西，就讓三叔幫忙做，現在是不是可以當成一項營生？莊蕾讓三叔開始備貨，做粉筆和黑板。從縣學推廣，再到淮州，粉筆還能做成裁衣畫記號的劃粉。

果然，兩天後羅先生要了二十塊黑板，還要粉筆。沒兩天，羅先生淮州的朋友說要五十塊黑板，對三叔來說，也是一次小小的機會。

石夫人在石先生的陪伴下來了遂縣，莊蕾幫她做了手術。

莊蕾聽石家夫婦說，最近范夫人身體不太好，所以范大人讓她在家養病，不讓她出來。在家養病？她已經知道自己罹癌的可能，只怕是越養越糟糕吧？

府試在四月，一家子在三月初選了個日子，搬進淮州城的新院子。

淮南王和王妃說要來吃喬遷宴，但淮南王一家什麼沒吃過，索性來一場粗獷的烤肉。當初設計這個院子時，莊蕾就加了個露天烤爐進去。

淮南王和王妃輕車簡從過來，小世子宣兒和小郡主蓉兒先進院子。

蓉兒一進來，就哇的叫了起來。

王妃踏進院門，也是一陣驚喜。院落不大，陳熹又是一個能完全復刻莊蕾心意的小能手，這麼一來，一座她心目中具小資情調的院落就出現了。

「阿娘，快過來，這座秋千好大！」蓉兒被像是吊床的秋千吸引了。

莊蕾要陳熹把秋千設計成沙發的樣子，上頭做了廊柱跟頂棚，一旁種凌霄花。以後凌霄爬滿，下面就是一個大秋千，拿本書靠在裡面，能消磨一下午。一旁的杜鵑、芍藥、月季開了個遍。

蓉兒爬上去，可惜腿太短，踩不到地，趕緊叫道：「哥哥來！」招手讓宣兒過去推她。

烤爐就在院子裡的魚池附近，陳照生起了炭火。

莊蕾帶著淮南王和王妃去一旁的長條桌邊坐下。「義父義母，喝茶。」

「大姊姊，我也想要這個秋千！」蓉兒趴在秋千上，對著莊蕾說道。

「讓陳二哥哥幫妳弄。」

小丫頭看向陳熹。「陳二哥哥，蓉兒也想要秋千。」

「明日我過去看看，叫人來做？」

「我不止要秋千，覺得這個地方也不錯。你看上頭有遮蔽，能喝茶聊天，一旁便是花草。這座院子雖然小，卻頗有趣致。」王妃打量自己坐的地方，實在喜歡。

「咱們不是有水榭嗎？妳還能聽雨、彈琴，就不要蓋新院子了。」淮南王道。這娘兒倆就是什麼都好，什麼都想要。

原本莊蕾想帶著陳熹和陳照一起烤東西，陳月娘過來幫忙。「我來吧，妳去陪王爺和娘娘說話。」

莊蕾幫淮南王夫妻倒上米酒，兩個孩子喝芝麻核桃糊糊。陳月娘端上烤好的五花肉，莊蕾已經烙好餅子，把五花肉塞進餅子裡，先遞給兩個孩子，再給淮南王、王妃和張氏，最後才自己吃。

「這是西北的吃法，妳怎麼知道？」淮南王問莊蕾。

陳熹把烤好的牛肉粒拿來，莊蕾幫他做好了一個夾餅，塞在他的嘴巴裡。

陳熹叼著餅，讓莊蕾把牛肉粒的盤子接過去，自己回去烤東西。

「不過，這雖像是北地的風味，卻又精緻了很多。」淮南王道：「當初在西北，牛、羊肉就是這麼烤來吃的。」

「義父去過西北？」

「他跑過的路，吃過的苦，就不用提了。」王妃帶著笑說。

「沒有那些經歷，怎麼能遇見妳啊？」

莊蕾托著腮問王妃。「義父和義母是怎麼遇見的？」

「不是先皇賜婚嗎？」王妃橫了淮南王一眼。

莊蕾笑著坐直了身子。「一定有隱情，我要聽。」

「大姊姊，肉肉。」蓉兒靠過來，張開了小嘴。

莊蕾幫她挾了塊牛肉，她邊吃邊說：「母妃說父王喜歡別人，叫父王去找紅衣姑娘。」

莊蕾瞪大了眼睛，淮南王過來，一把抱起小丫頭。「紅衣姑娘就是妳母妃。」

「對，所以母妃說妳傻！」

王妃拿出帕子，幫蓉兒擦了嘴。剛擦好，小丫頭的囉嗦勁兒跟貴兒有得一拚，便繼續說下去。

「父王說不要母妃，要去找紅衣姑娘，結果紅衣姑娘就是母妃。然後，母妃就不要父王了。」

「宣兒帶妹妹去玩秋千。」越說越離譜了。淮南王把女兒揪下去，交給兒子。

小丫頭不去吊床那裡，奔到陳熹身邊，抱住陳熹的腿。「陳二哥哥，蓉兒要吃肉肉。」

陳月娘抱起她，對陳熹說：「去把裡面的雞蛋羹端出來，花兒特地幫小郡主準備的。」

陳熹進去端了蝦仁蒸蛋，陳月娘問蓉兒。「大姊姊幫妳準備了雞蛋羹，要不要吃啊？」

「我先吃吃看。」小丫頭還不上當，嚐了味道，這才點點頭，坐在陳月娘的腿上，吃起了蛋羹。

「花兒，這些夠吃了。讓妳姊姊和弟弟過來吃飯，別弄了。」王妃拍著莊蕾的肩膀。

莊蕾叫陳熹他們過來，笑著說：「我進去做碗春筍薺菜疙瘩湯。」

她出來時，王爺正在跟陳熹聊，說道：「你既有這個想法，工部那裡，孤幫你留意合適的先生。跟著這些先生實地探訪，多學多看。」

「是。所以，我不想這麼快就去春闈，想用三年的時光，學一些工事的東西。在京城的時候，我就發覺，自己學這一塊比別人要快些。」

「若只是當成養家官職，工部是個肥缺。真想幹事情，上上下下關係盤根錯節，難啊！」淮南王說道。

陳熹笑了一聲。「嫂子能做到現在這樣也難。既然我年輕，自然要試試。」

「好小子，為了你的志向，乾了這一杯！」淮南王舉杯。

陳熹站起來敬淮南王，仰頭喝下一杯酒。

京城，東宮裡，年約五十的秦院判跪在地上，橙黃袍服的青年男子站在他面前。

「你現在跟孤說，別無他法了？」

「殿下，微臣不承想那遂縣竟有如此能人，能解此毒，更沒想到那人竟攀上了淮南王，還與蘇老夫人相識，更不會想到周院判居然要去遂縣。若微臣現在下藥，無論淮南王還是蘇相，立刻就能推舉此人過來。藥沒用不說，還會立時被人拆穿。」這件事真不能賴他，他也不知道怎麼會這樣。

青年男子正是當朝太子，皺著眉頭，一腳踢過去。「沒用的蠢材，去把謝景同叫來！」精心布局這麼多年，想要用的時候，卻發現是一招廢棋，他豈能不氣？

太子走過去，坐在圈椅內，看低下頭的秦院判。

秦院判冷汗直流，一滴一滴落在石板上，暈出一點一點深灰色的印記。

臺階上腳步聲陣陣，侍衛帶著安南侯過來。

安南侯跪倒在地。「臣參見太子殿下。」

太子不叫他起來，冷哼出聲。「謝景同，這就是你為孤引薦的人才？」

安南侯看過去，發現秦院判背心上已經濕了一塊。

「殿下息怒！」

「息怒？既然你替孤出了這麼一個計策，就該讓這個計策成事。」

安南侯仰頭，太子看著他。「你安南侯府缺一口飯？你安南侯府養不起住窮鄉僻壤的一家子人？你要是有本事，殺個乾淨也就罷了。現在呢？」

最近安南侯被送來的消息弄得心驚肉跳。他帶著弘益離開後，如今陳家又是一番氣象。把持太醫院多年的周院判從遂縣回來，便急著要告老去淮州。而那個小寡婦已經和江南巨賈陳家合作，如今青橘飲成名，她的小徒弟在明州軍中救了無數傷患。淮南王親筆上書，建議所有軍醫都可以去淮州新辦的濟民醫院學個半年到一年，以增強醫術。

這件事，皇帝曾經問過太醫院，為何太醫院下屬的各地醫局不辦？

周院判跪下回稟。「莊娘子是老臣平生僅見的聖手，老臣自愧不如。這個想法是莊娘子提出的，老臣以為莊娘子來辦這件事很合適，若是太醫院能協助，會更有效果。」

接著，他說要乞骸骨，願用餘生跟隨莊娘子。若能僥倖找出醫治痲瘋的藥，死而無憾。

這話一出，御書房的人皆愕然。痲瘋之症，眾人聞之色變，周院判卻想醫好痲瘋？一把年紀還有這個雄心壯志。

皇帝感懷，周院判這把年紀了，還有赤子之心，勇於擔當，特別賜下仁心仁術的牌匾，准其致仕。並寫信給淮南王，問起莊蕾的事。

現在，莊蕾的事蹟已經上達天聽。這是個能人，卻不能為己所用。

太子寒著一張臉，看著安南侯，又看向秦院判，伸腳踢人。

「你說說，怎麼了結？」

秦院判仰頭看太子，嚥下一口口水，定了定神。「微臣素有心疾，太醫院事務繁忙，定然無此等精力全然顧及。微臣願請辭，回山西老家養老，從此不踏出山西半步。」

這話一出，太子臉色大變，一腳踩在秦院判的背脊上。

秦院判趴倒在地，太子的腳移到他頭上，讓他的臉貼地，上面傳來太子冰冷的聲音。

「老滑頭，想跑？」

太子恨不得一腳將他踩得腦漿迸裂的氣勢，讓秦院判知道自己跑不了了。

太子稍稍挪開腳，秦院判抖著身體說：「微臣但憑殿下吩咐。」

太子這才走到安南侯面前。「秦院判是你引薦給孤的，現在你怎麼說？」

安南侯低頭趴在地上。「微臣肝腦塗地，以報殿下。」

「孤不要你肝腦塗地，只要原來的路行得通。」太子看了安南侯一眼，臉色冷凝，往外走去。

秦院判坐在地上，緩過神來。「謝侯爺，我情願一生碌碌無為，也不想把一家子的性命提在手上。您害了我啊！」

安南侯咬著牙，呼出一口氣。「如今說這個還有什麼用？現在我們要想想，怎麼把事情做下去。」

「這個藥已經被人識破，我還能做什麼？就算我能再做出一種藥，依舊可能被識破。」

太子扶持他上這位置的目的，就是讓他將周院判的人趕出太醫院，好對當今皇帝下藥。下的毒就是對陳熹下的那種，接近於肺癆，慢慢消耗人體的所有生機，最後走向死亡。

「跟我回去，咱們細細商量。」安南侯看著沒有擔當的秦院判，心頭更是五味雜陳。這樣一個一點膽量都沒有的貨色，憑什麼敢有這樣的野心？

第九十八章　招牌

周先生拿了皇帝賜下的牌匾，卸下院判之職，帶著一家子，還有幾個小徒弟，浩浩蕩蕩去了淮州。

周老太太不高興，周先生去也就罷了，把兒孫全帶去幹什麼呢？

周先生說：「老婆子，京城的水太渾，咱們就不要去攪和了。到了淮州，孩子們開了眼界，以後回太醫院就很容易。」

「呸，太醫院是你家開的？回去那麼容易？」周老太太罵了自家男人一聲。

周先生笑了笑。「我在太醫院這麼多年，咱們家的孩子一出生，就比旁人在學醫路上有機緣，但這種機緣也害了他們，侷限他們的眼界，也讓他們眼高手低。即便我自以為已經是聖手，可那一日見了莊娘子，才發現差得太多。妳別多想，去了淮州，定讓妳滿意。」

周先生帶著一家人順著運河南行，淮州有許繼年這個老徒弟，雖然學醫學得一般，但伺候起人來，卻是比旁人更靠得住，早早替周先生看好了一所三進的大宅子，讓他能把一家子安頓得妥妥貼貼。

這些日子，莊蕾一直在濟民醫院坐鎮。最近在招郎中，她早就扯起了周先生的大旗，布告上說了，周先生是本院的名譽院長，她是執行院長。

這麼一來，看見太醫院的第一塊招牌要來淮州，吸引了一堆本地郎中。莊蕾每天見十幾個，挑挑選選之下，也招了三、五十人。

她心裡感慨，聞先生和她雖然能幹，但是論名聲，卻是周先生厲害。大津的第一塊金字招牌，真是太有力了。

昨兒許太醫過來，說周先生明日就到了。今兒一早，莊蕾便跟著許太醫去碼頭等著，迎接濟民醫院的金字招牌。

周先生從船上下來，看見莊蕾對他揮手，牽著周老太太的手，快步走上岸。後頭跟了一家子，把莊蕾包下的涼棚擠得滿滿當當。

待周先生夫婦站定之後，莊蕾笑盈盈地向兩人行禮。「見過周院判，周老夫人。」

「我已經退下來，不是什麼院判了。妳叫聞先生一聲爺爺，不知道老朽當不當得這一聲？」周先生不擺架子了，顯得和藹可親。

莊蕾隨了他的意。「周爺爺，周奶奶，馬車已經備下，我們先回去。我安排了天香樓的接風宴，等下一起吃飯。」

周先生和周老太太跟著莊蕾和許太醫上了馬車。周老太太見莊蕾是個漂亮的小姑娘，就讓她挨著坐。

「淮州是什麼水土，竟能養出這麼靈秀的姑娘。」

周先生最希望周老太太和莊蕾能聊得來，忙著介紹。「花兒，妳周奶奶家傳婦科，雖然沒有妳開腹的本事，方劑上卻是一絕。」

莊蕾聽了，立時雙眼放光。「是嗎？如此正好。前幾日，我替一個婦人切除乳岩，後來開了方劑給她，您幫我看看這方劑合不合適？乳岩這塊，我雖有研究，於方劑卻不精深。」

「妳擅長哪一科？」

「手術和心肺。」莊蕾說道。前世她花最多時間鑽研的，就是肺癌。

莊蕾說出她開的方子，周老太太想了想，道：「之前我幫麗妃娘娘瞧過，已經太晚了，而且病灶不除，沒有辦法斷根，靠著草藥來壓也難。妳這個方子裡，配伍很不錯，我通常會加蟹殼、瓜蔞。蟹殼在破瘀消積上，有獨到的功效。」

俗話說，行家一出手，就知道有沒有。兩人一談，猶如遇見知音，而且周老太太對於治療不孕不育，很有一套。聽聞莊蕾幫陳三奶奶治病的方子，便說：「這個辦法我也用，不過若是……」

周先生見兩人言談投機，心一下子鬆了下來。

周家人跟莊蕾前世的家很像，大多數都是圈子裡的人，聯姻找的不是做藥的，就是當郎中的。

周老太太和兩個兒媳都是醫學世家出身，兒媳們都有基礎，加上周老太太的傳授，醫術都不差。

「男郎中好找，女郎中太少。原本想從小培養，如今有了三位前輩，婦科就不愁了。」

莊蕾問周先生。「周爺爺，兩位嬸子可以來嗎？」

「自然可以。」周先生說道：「自古女子從醫者少，太醫院雖有醫女，但都是裝裝樣子。若非見到莊娘子，我也以為女子修習那麼點醫術也就夠了。我的夫人醫術高明，這一生卻侷限在京城之內，替交好的人家診病，不如從此放開手腳。夫人以為呢？」

周老太太說：「老爺從遂縣回京後，跟我說了許多，我卻顧慮重重。周家世代從醫已有兩百多年，祖上也是游方郎中，但侍奉御前後，醫術進步得慢，若繼續故步自封，這塊世代太醫的招牌早晚得砸了，所以才勉強答應來淮州。不過，見了莊娘子本人，我深信是來對了。想有長進，就要多學多看。」

莊蕾聽了，開心至極。周老太太是個明白人，如此一來，婦產科就能靠她撐起了。

轉眼端午將近，陳熹赴了院試，考過院試就是秀才了。

縣試和府試，陳熹都是案首，大家對他的期待就高了。莊蕾送他進考場，正常發揮就好，第一名畢竟還關乎考官的好惡，不強求。

莊蕾剛剛回到濟民醫院，就有人來報。「莊院長，外頭有位柳老夫人要見您。」

莊蕾匆匆出去，兩輛馬車停在大門外，柳夫人扶著柳老夫人下了車。

莊蕾上前迎接。「老夫人進來喝盞茶？」

「好。」

莊蕾帶著柳老夫人一行人進去，到會客的廂房坐下。

「老夫人這是要回京城？」

柳老夫人搖頭。「不，我們回青州，將馨然葬入柳家祖墳。」

莊蕾嘆息。「高……柳娘子故去多久了？」

「快一個月了。與妳所判，幾乎無差。」柳夫人神色黯然。「小姑臨走前的遺言，說要回家，兩個外甥也讓我們帶走。」

「她終究是知道了。」

柳夫人擦著眼淚。「范夫人藉著商議婚事的名義，來了杭城，將事情和盤托出，也不避諱兩個孩子。小姑聽見，傷心欲絕，若非那時已經重病不起，那一刻她就要回家鄉。」

莊蕾驚呼，范夫人是何等惡毒，要去挑破這個膿瘡。

柳老夫人呼出一口氣。「這樣也好。我家老爺說，從此不必再有牽扯，乾乾淨淨。」

莊蕾想起一事，問道：「前陣子，范大人的妹子在我這裡做了手術，這幾日來複診。聽她說，范夫人病了，如今一直在靜養？」

柳夫人嗤笑一聲。「這般蛇蠍心腸的女人，難道還放她出來害人？」

范夫人自然不值得同情，但罪魁禍首卻是高大人與范大人之流，他們才是真凶。

柳老夫人看莊蕾沈默不語，說道：「報應遲早會到。」

莊蕾聽見她這麼說，知道她定然是要動手的，笑了笑。「老夫人最近身體如何？」

「吃了妳的藥，也按照妳說的去做，身體輕鬆了許多。這次路過，請妳再幫忙看看？」

「好。」莊蕾幫她搭了脈，又調了藥方。

看完後，柳夫人捧上一個匣子。「莊娘子的仁義，我們一家都感激，此物聊表寸心。」

莊蕾沒有打開，看那盒子就不是什麼便宜的東西，直接推辭。「做郎中的，看病是本分，我拿過診金了。其他東西真不能收，您拿回去吧。」

婆媳倆見莊蕾怎麼也不肯收禮物，不再勉強，柳老夫人拍著她的手。「以後去京城，別忘了來家裡吃個飯。」

「一定要去的。」

莊蕾送柳家婆媳出去，卻是不勝唏噓，柳娘子就這樣香消玉殞。

周老太太聽莊蕾說了柳娘子的事，說這種病跟男子在外不知節制有關，竟然同意，如聽到了新奇的見解。

「之前我也懷疑與男子有關，不過一直認為是情志鬱結。因為丈夫在外尋歡作樂，導致婦人不能開顏，天長日久，鬱結成病，卻沒有想過是外面帶回來的髒病。」

莊蕾點頭，又不由感慨起來。

院試要放榜了，莊蕾知道不可能有意外，最多就是名次上的差別而已。

今兒一早，陳熹說想吃水煮魚。這孩子看上去斯斯文文的，身體還不好，卻是愛吃重口味的菜。

莊蕾正好休假，就應了。濟民醫院訂了休沐日，她和周院長則是輪休，否則成天不停不歇地幹活，也是要人命的。

莊蕾打算去集市逛逛，陳熹屁顛屁顛地跟出來，說要幫她拎籃子，順便一起在集市上吃早飯。

叔嫂倆並肩往前走，莊蕾打量陳熹，發現他又高了許多。她在女子裡已經算是高挑的了，這傢伙已經比她高了一寸多吧？

陳熹見莊蕾側頭看他，便問：「嫂子看什麼呢？」

「你最近又高了不少。」莊蕾道：「按照這個情形，大概還能高上兩、三寸。過兩年，定然是姑娘們心中的俏郎君了。」

陳熹低頭笑了笑。「嫂子也這麼覺得？」

「那是自然。在我心裡，二郎現在就很俊俏。」

陳熹聽她這麼說，臉上一紅，不似以前那般否認，只回了一聲。「嗯。」

早上的集市，叫賣聲陣陣，有熱騰騰的豆花、白白胖胖的包子，還有一根根在油鍋裡翻滾的油條。

這邊的小攤子有鹹豆花和蒸餃，莊蕾坐下，要了兩碗鹹豆花，還在兩人碗裡加了一小勺辣油。

陳熹去旁邊買油條，扯成兩半，半根遞給莊蕾，又替莊蕾在蒸餃上倒醋。

兩人對坐著，莊蕾問他。「轉眼八月就要鄉試，你來得及參加嗎？」

「來得及，只是廩米卻不能領幾天了。」

「什麼是廩米？」莊蕾對科舉不太熟悉。

「縣試、府試和院試中的前幾名，就能成為廩生，廩生每個月是有廩米的。」陳熹解釋給莊蕾聽。「不過也沒多少，只能養活自己罷了。」

「那一般的秀才呢？」莊蕾問道。

「一般的就沒有了。」

莊蕾懂了，這像是獎學金啊。

陳熹說：「現在放榜，我八月參加鄉試，九月放榜，就可以吃舉人的俸祿了，一年大約也有幾石糧。而且免除稅賦和徭役，還會給盤纏，供人上京參加會試。」

「還給盤纏啊！」

「是。但仍是不夠的，畢竟窮鄉富路嘛。」陳熹說道。

「如果像楊秀才那樣，中舉了再上京赴考，大約要多少錢？」

「嫂子問這個做什麼？」

「我在想，怎麼把錢給楊秀才，但不要駁了他的臉面。」

陳熹笑了一聲。「當作借給他的，以後讓他還就是了。他要真那麼小心眼，事事需要咱們顧忌，幫了也沒意思。再說了，如果想讓他當咱們姊夫，他最艱難落魄的一面被我們見過了，妳不怕又變成一頭中山之狼？」

「說得有道理。」

兩人吃過早餐，又打包了些點心，放進籃子。

叔嫂倆往集市裡走去，一個六十多歲的老頭子叫賣著，他的木盆裡有條兩尺來長的黑魚，莊蕾看著不錯，付錢後用柳條串了，提在手裡。老頭子看她大方，索性把簍子裡的那點河蝦便宜賣給她。

陳照愛吃肉，兩人買了豬蹄跟五花肉，加上童子雞，燜一鍋神仙雞，應該很不錯，又看了些新鮮菜蔬，直到手裡都提滿東西，才心滿意足地回去。

第九十九章 心動

兩人回到家裡，其他人才剛起床。

莊蕾把點心拿出來，陳照吃了去上學堂。如今陳月娘也在濟民醫院幫忙，收拾了一下，準備出門。張氏跟隔壁鄰居相熟了，說要去教人做米糕。

廚房裡，陳熹拿刀殺雞，莊蕾則把豬蹄跟五花肉汆過，接著燒水幫雞褪毛，陳熹在一旁殺魚。

「如今月娘越來越活潑，剛才咱們不是說起楊秀才嗎？我覺得他們之間缺一把火，最好能夠燒一燒。」

陳熹抬頭看莊蕾。「什麼叫缺一把火？」

「就跟捅破窗戶紙似的，需要一點點外力。不過，現在若真把這件事說開了，楊秀才大概也不敢。」

「我倒是覺得不著急，如果楊秀才今年中舉，明年去會試，阿姊定會幫他帶孩子。若是會試不中，回來有貴兒在，也是順理成章；若是中了，到時候京城榜下捉婿，說不定就有變數。真變了，也不稀罕不是？」

陳熹把魚收拾好，在水桶裡洗手，說道：「時辰差不多了，我去看榜。」

莊蕾抬頭看他，一直覺得陳熹跟個小大人似的。男女之間的相處，他也這麼明白了？

她片魚剔骨，再上漿，就開始處理神仙雞了。

神仙雞之所以叫神仙雞，就是用修仙那樣漫長的時間把肉煨爛，跟以前在遂縣做的瓦罐煨湯是同一個道理。

莊蕾切了薑片，墊在砂鍋底部，將汆過的豬蹄放進去，再放五花肉塊，最後放上童子雞。淋上醬油，放上糖，澆上小半壺的花雕，加一大把蔥蓋住童子雞，這才蓋上蓋子，炭火慢煨，慢慢地將豬蹄煨爛，五花肉的油脂逼出來，也把雞肉煨熟。

這廂莊蕾把菜做好了，門外隔壁家的半大小子進來叫她。「小嫂子，嬸子讓我過來說一聲，她一起幫著把米糕做完，就不回來吃中飯了。」

這麼一來，家裡只剩下她和二郎一起吃午飯，莊蕾索性簡單些，切一塊鹹肉，做了一鍋菜飯。再從院子裡的廊棚上摘了兩根絲瓜，做絲瓜蛋湯。

張氏嫌棄凌霄長得太慢，在凌霄旁栽下幾根絲瓜。絲瓜藤爬滿架子，這時太陽又轉了向，涼風習習。

陳熹從外頭進來，莊蕾看不出他的表情，問道：「考得怎麼樣？」

「還是那樣。」陳熹聞著菜飯的味道。「好香！」

「說話怎麼說一半的呢？」

「還是案首。」

「哇，三個第一啊！」莊蕾笑逐顏開。「我家二郎太聰明了！」

「比起嫂子，好似還差些。」陳熹側過頭盛飯，和莊蕾一起端出去吃。

「不能這麼比，我們行業不同。醫術和科考不一樣，所以別人看我才覺得更厲害些。」

吃過飯，莊蕾把飯碗放在灶臺上，拿了話本躺在吊床上，靠著靠枕，隨便翻看，無非就是那些落第書生寫的，大家姑娘和窮書生一見鍾情，簡直扯淡。

莊蕾將話本往一旁的桌上一扔，索性躺了下去。許是平時忙個不停，只要閉上眼睛，就睜不開了。

陳熹看見飯碗，順手洗了。出來時，發現莊蕾不見人影，剛想喊一聲嫂子，卻見廊棚下，莊蕾蜷縮著身體躺在吊床裡，睡得正酣。

一隻蜜蜂嗡嗡飛過來，陳熹怕蜜蜂打擾了莊蕾的睡夢，伸手揮掉。

莊蕾嘴唇粉嫩，嘴角微翹，像是夢見了什麼好事。

陳熹一時間挪不開眼，手不覺落在她的臉頰上。滑嫩溫暖的感覺傳來，心跳卻是漏了半拍，如觸電般收回了手。

他匆匆進去拿了本聖賢書出來，坐在長椅裡，翻開想讀，卻怎麼也讀不進去。瞧見桌上的話本，他隨手拿起，翻看幾頁，裡面寫著亂七八糟的內容，什麼橋上相遇一見鍾情，夜半三更翻牆解相思，半推半就，鴛鴦枕暖，太無恥了……

陳熹看到話本中要拆散鴛鴦的老夫人出現，發覺莊蕾睜開眼睛，伸了個懶腰，忙把話本放回桌上。

莊蕾坐在吊床上，揉著眼睛，趿拉了鞋，對陳熹說：「我去泡壺茶。」

「好。」陳熹仍被書裡的情節弄得有些尷尬，只簡單回了一個字。

莊蕾端茶出來，陳熹才抬頭看她，她臉上睡覺的印子還在，一縷髮絲貼在臉頰上。

莊蕾問他。「怎麼了？」

陳熹想抬手幫她撥開髮絲，終究沒有伸手，指了指她的臉。

莊蕾拍了拍，頭髮飄落，坐下替陳熹和自己倒了茶，拿起桌上的話本。

「我看不下去了。這種文筆，這種套路，就出來寫書？太扯了。把人家姑娘當成什麼啊？翻牆過去，這種垃圾能託付？還說那姑娘的娘不好。」

陳熹聽見門外傳來敲門聲，起身去開門。

「花兒姨姨！」貴兒清脆的聲音響起，小小的人兒噔噔噔跑進來，展開了雙手。

莊蕾一把抱起他，把他放到吊床上。

楊秀才跟著進來。「我們搭藥廠的車子過來的。前幾天在藥廠後面的荷塘裡，幾個小子抓到了一隻烏龜。之前妳不是說要在這裡的池子養隻容易養活的活物嗎？幫妳拿來了。」

莊蕾聽了，把貴兒抱下來，四個人圍著池子，把烏龜放出來。

楊秀才又指了指一旁的蘆草包。「有親眷送了些蒲菜來，我和貴兒大部分時候都是吃食堂的，留了些給王婆子，其他的給妳。」

「這麼多，我得分一分，拿一點去周爺爺家。」莊蕾拉開蘆草包，發現這些蒲菜飽滿鮮嫩。

張氏進來，貴兒一見她，就跑過去。「婆婆！」

「貴兒，給婆婆抱抱。」張氏抱他。「喲，貴兒長大了，婆婆都快抱不起來了。」

莊蕾進去泡了茶，請楊秀才坐下。

楊秀才問：「二郎放榜了吧？」

「對啊，二郎去看榜，考得怎麼樣？」張氏轉頭問陳熹。

陳熹笑著說：「還是案首。」

「這次鄉試，若是能拿個解元回來，連中三元就好了。」楊秀才說道。

「連中三元就不要想了，這種事情自古以來罕見，慢慢考就好了。」陳熹坐下。「這幾日，王府的兩位先生提點了幾句，我做了注釋，等會兒楊大哥拿去看。」

陳熹跟楊秀才論起文章，張氏幫貴兒剝花生吃。

「楊大哥，來回太趕了些，不如留在這裡吃晚飯。也別住醫院了，就住這裡，咱們家有多餘的客房。」莊蕾笑著看楊秀才。

楊秀才有些猶豫，陳月娘走進來。「貴兒來了嗎？」

「姨姨！」貴兒衝到陳月娘身邊。

陳月娘牽著他的小手走進來。「跟你說好的吧，姨姨馬上就回來。姨姨帶你上街去玩，好不好？」

「好！」

「月娘，妳別破費。」楊秀才站起來。

「我們貴兒這麼乖，我能破費多少？」陳月娘笑著說道。

莊蕾揮揮手。「你們去吧，我準備晚飯，等三郎回來就能吃了。」

兩人出門去，莊蕾和張氏將客房的床鋪上藺草席，備了毯子，又放了牙擦子和澡豆。陳熹和楊秀才去書房討論文章，張氏和莊蕾一起進廚房，中午煨的雞已經上了色。

「娘，我看大姊和楊秀才處得不錯，早上跟二郎說，要是楊秀才以後進京趕考，咱們就幫他一把，您看怎麼樣？」

張氏切著蒲菜。「若他中了舉人，就有一堆人上門來結親，而且送銀、送屋的都有，人的心思就會變得不一樣。男人和女人不同，就算有個孩子，黃花閨女嫁過去，還是做填房。咱們幫是幫，但不要想著月娘嫁他做填房，更不要拿這些日子幫他的事挾恩圖報。」

莊蕾在一旁道：「咱們家可不差，且不說我，就是二郎，金榜題名指日可待。再說了，這怎麼是挾恩圖報？月娘溫柔善良，是難得的好姑娘。」

「之前我也是這樣想的，甚至想開口打探，最近幾日又想了想，覺得不能光以咱們想要的為主，也要想想人家的意思。」張氏笑著說：「之前月娘嫁給那樣糟的人，這次一定要睜開眼睛，挑個能一心一意對她好的人。妳不是說一輩子都能照顧她嗎，難道妳著急了？」

「娘說得是。」莊蕾接著做鍋塌蒲菜，點點頭。

「我是想明白了，以後你們幾個都不要著急，找個合心合意的，能夠長長久久。」張氏說道：「不過我最想要的，還是把妳留在家裡，陪在我身邊。」

莊蕾盛起鍋塌蒲菜，用早上養在盆裡的蝦做鹽水蝦。「那我就留在家。想來也不會有人要我的，既不能持家，又不能伺候家人，也就您覺得我好。」

婆媳倆忙了半個時辰，陳照回來，進門就喊餓了，便去廚房。

莊蕾揭開神仙雞的蓋子，一股濃香飄出來，幫陳照挾了一塊豬蹄，讓他先站在灶臺邊吃一口，這才把飯菜端出去。

一會兒後，陳月娘和貴兒回來，一家子在絲瓜架下開飯。

有個小娃娃在院子裡鬧騰，氣氛更顯得熱鬧了。

貴兒黏著陳月娘，陳月娘把雞腿給他，他倒是有良心，塞給陳月娘。「姨姨吃。」

楊秀才見貴兒對陳月娘這般貼心，摸了摸他的腦袋。

貴兒也把自己碗裡的肉挾給楊秀才，這才左右看看，咯咯笑了起來。

莊蕾看著楊秀才做的事情，一如陳熹說的，這是個明白人。

陳照又挾了一塊豬蹄，他的碟子裡已經有一堆骨頭，莊蕾便幫他挾了一筷子萵筍絲。

「吃點素的，不能這麼偏食。」

陳照知道嫂子不許他吃肉了，耷拉著臉，低頭扒飯。

莊蕾看他那樣子可憐，伸手揉了揉他的頭髮，說了一聲。「乖。」

陳照抬頭，貴兒說：「三叔不乖。」狠狠再舀了一勺絲瓜毛豆放進碗裡，再也沒有吃一塊肉。

莊蕾側頭看陳熹，見他也不動碗裡的水煮魚，便問：「你不是想吃魚？怎麼不吃了？」

陳熹挾了一筷子魚肉放進嘴裡，一口吃下。他喜歡吃辣，卻吃不得太辣，所以小口小口吃，一邊嘶嘶的喊辣、一邊吃進嘴裡，這會兒猛塞一口，辣得重重咳嗽起來。

莊蕾一看，唉，她多話了吧？趕緊幫陳熹倒茶。

陳熹喝了好幾口才緩過來，莊蕾卻怕他還沒順過氣，一直拍他的背。他的臉還是通紅的，跟煮熟的蝦子似的。

「嫂子，我好了。」陳熹彆扭地叫了一聲。

莊蕾放下手，幫他挾了一筷子鍋塌蒲菜。「來，吃這個，解解辣。」

張氏對楊秀才說：「咱們家二郎說今年要參加鄉試，他自己去金陵，我不放心，總是要結伴而行的。他年紀小，你多照顧照顧他。」

「二郎比我強多了，哪裡需要我照顧？」楊秀才說道：「不過結伴是肯定要的。今日來，也是想麻煩孀子，把貴兒託給旁人，我不放心。您對他這般疼愛，若能替我看顧他是最好的。只是孩子調皮……」

「如今我就一個人在家，孩子們也不讓我開鋪子，每天閒得慌。有個孩子帶在身邊，倒是好事。」張氏拍了拍貴兒的小臉。「貴兒，你阿爹要去應試，你可願意跟著婆婆啊？」

「阿爹一定要去嗎？」小傢伙很乖覺，看著楊秀才。

楊秀才說：「是啊，阿爹去考試，你是知道的。」

「那我跟著婆婆和姨姨。」貴兒仰頭看著陳月娘。「姨姨，晚上我能不能跟妳睡？」

楊秀才聽了，故意板起臉。「別胡鬧。」

陳月娘抿嘴一笑，貴兒牽著陳月娘的手。「我會很乖的。」

「寶貝兒，你都這麼說了，今天晚上就跟著姨姨吧。」陳月娘捏了捏貴兒的鼻子。

過了兩個多月，莊蕾收到聞先生的信，種牛痘已經在疫區證實有效。

莊蕾接到消息，立時去找周院長。

「宮裡有天花痘種，曾有太醫建言要用。然用在貧者之上，十者有一，因種痘而亡，故不敢用於龍子鳳孫。」

莊蕾點頭。「對於人痘，聞爺爺早有研究，這一次的痘種與人痘類似，卻是從牛身上得來。人一旦染上，最嚴重的不過是發熱一、兩日。但若是身體虛乏到極致的人，就是另外的情況了。」

「真的？」周院長問道。

莊蕾將聞先生的信遞給周院長。「這是聞爺爺從疫區寄來的信，但凡種痘的人，都沒有再被感染，而且鮮少出現不適，六百多人種痘，只有四個低燒。您看，這個辦法，簡單可行，很快就可以在各州府施行。」

周院長仔細讀完聞先生的來信。「這件事，我可以上書給皇上。接下來，要如何讓各州醫局來學習如何種痘？」

「等聞爺爺回來，我們一起商量。」莊蕾說道。

「可以，不過上報的事，我們還是要盡快做，畢竟各州府的醫官過來也要時間。」

莊蕾想了一下。「我們可以分批，按照路程遠近來分派。淮州這裡，我去找淮南王和魯大人，他們應該會答應，您可以先幫我種痘試試。」

從濟民醫院離開，莊蕾去了淮南王府。

淮南王在家養病。之前去打仗是奉皇帝的旨意，如今自然要繼續遵從藩王不得擅離屬地的規矩。現在他日日陪著孩子和王妃，倒也愜意得很。

「妳說，這個方法能防天花？」

「是的，聞爺爺已經驗證了。」

淮南王問道：「按照妳說的，別人血液中的毛病，感染給其他人的可能性有多大？」
「主要是沒有辦法檢測出來。取孩童的膿漿，會相對好一些。」
「按照妳的意思來。需要的話，讓宣兒和蓉兒一起來種痘。」淮南王說道。
莊蕾點頭。「能這樣最好了。」

第一百章　醫鬧

這一日，莊蕾從手術室出來，一個學徒匆匆忙忙叫住她。「院長，周院長請您過去。」

莊蕾跟著學徒往外走，聽見周院長的診室內，有人高聲吼道：「光是這麼一句話，我爹就沒得救了？」

「你這個後生怎麼說話的，令尊確實已經沒救了。」這是周院長的聲音。

「你們莊娘子呢？不是號稱可以開腹嗎？我要找她！」

莊蕾撥開人群。「我在這裡。」一見五名男子圍著一個老漢，問了一句。「怎麼回事？」

周院長說：「這個老漢的舌根都短了，肯定沒救了，但是他的兒子們不信。」

「我們聽說這裡有太醫，還有一個能起死回生的莊娘子才來的，沒想到也是給這樣的結果，豈不是白來了？」其中一個男子氣勢洶洶地說。

莊蕾過去幫老漢搭脈，坐下來，對男子說：「仔細說說令尊的病情。」

「什麼？不是讓妳來看病的嗎？怎麼反而來問我了？」男子橫著臉對莊蕾說。

莊蕾皺眉看他。「望聞問切，問病情是必須的。你是他的兒子，難道對他的症狀不熟悉？你不能說清楚，我怎麼能正確地判斷他的病情。還是說，你今天是來給我出難題的，就跟問仙似的，你將信將疑，所以用你父親的病來試我？」

「不可以嗎？如果妳本事夠大，靠搭脈就能知道我爹生什麼病了。妳到現在還不知道，還要問，算什麼本事？」男子說道。

莊蕾抬頭看著他們，五個男子一個個身材魁梧，手臂上肌肉凸出，心頭閃過一個想法，對跟她說話的男子道：「你的脈讓我搭一下。」

「是我爹來看病，不是我來看病，妳搭我的脈做什麼？」

「你不願意告訴我症狀，我只能問你的脈搏了。」莊蕾伸手過去，搭上男子的脈。一會兒後，莊蕾放掉他的手，笑了一聲。「難怪了，你不知道也正常。」

「妳說什麼？」

「這個老漢不是你的父親，你卻一定要我們替他診治，我不知道你是什麼意思。」莊蕾看向男子。「到底是哪間藥堂過來的？」

濟民醫院有太醫坐鎮，所以吸引了很多的病患，現在聽到這樣的話，都覺得有好戲看了，一個個打算吃瓜看戲。

莊蕾退下一步，雙手抱胸。「說吧！」

男子臉色變幻。「妳這個庸醫，胡說什麼？」

「我胡說嗎？親生父子的脈象是能被探出的，這個老漢不是你們的父親。若真來看病，你會不知道老漢的病情？」莊蕾哼道。

她說的話，完全是胡說八道，怎麼可能經由脈象判定是父子，不過是要逼男子說出真相罷了。

即使如此，圍觀的人卻相信了。

「我不能是養子嗎？」

「可以啊，那你剛才為什麼不說？」莊蕾繼續問道。

「剛才妳沒有問這是不是我親爹。」

莊蕾笑著說：「你的把戲被拆穿了，這位便宜老爹也確實沒得救了。我勸你快些離開，不要耽擱我們幫人看病。」

「來人，請他們離開！」莊蕾喊了一聲。

濟民醫院的護衛走進來，正要趕那人走，聽見背後傳來一聲吼——

「妳不肯救我爹，我就要讓妳死！」

四名男子往她這邊撲過來，莊蕾身邊的暗衛跳下，莊蕾往外退，心裡浮現出一個可怕的想法。

這群男子像瘋了一樣拿刀捅人，一旁看戲的人這才反應過來，莊蕾大叫。「快走，大家快走開！」

「沒本事治病，濟民醫院就是個騙子醫院，我要為民除害！」

莊蕾的第一個反應是醫鬧，可是這凶悍的樣子，哪裡是來鬧事的，分明是要人命。如果要她的命，自會去看她的門診，何必來找周院長？

莊蕾想通，趕緊大叫。「護著周院長！」

圓臉小哥哥立刻貼近周院長，把周院長護在牆角。

幸好淮南王的暗衛是一等一的好手，眼看那群男子就要被制伏，後面卻傳來一聲驚叫。

「莊娘子，小心！」

莊蕾還沒反應過來，就被推了出去，撲倒在地。推她的老伯，手臂被劃了好長一道口子，湧出鮮血。

男人舉著刀，繼續朝她撲過來，被暗衛一掌劈下，刀落在地上。

這真是生死瞬間，莊蕾坐在地上喘了口氣。

醫院裡的護衛跟著過來，把人制住。

莊蕾爬起來，走到老伯身邊，已經有學徒拿來紗布，莊蕾哽咽著幫他止血。

「莊娘子不要哭，我沒事。」老伯看著她，笑呵呵地說。一旁是一個瘦弱男孩，是他的兒子，也是她的病患，這次是來複診的。

爺兒倆從附近的縣裡趕來，聽聞這裡有辦法治病，就來試試。他們到時，已經排不到隊了，因長途而來，莊蕾還是幫他們看了。

慢性結腸炎困擾著孩子，莊蕾開了藥。等她收拾好診室出來，看見爺兒倆正在櫃檯繳錢。

老伯哆哆嗦嗦從懷裡摸出銅錢，聽櫃檯上的夥計說：「大爺，您這些只夠一半的藥錢。還有，您需要先付診金啊。」

老伯只能從櫃檯上拿回藥錢，付了診金，用袖口擦著淚，走到院子裡，躲在牆角邊，爺兒倆分吃一個饅頭。那樣子，真是讓人心酸不已。

看到莊蕾站在他們面前，老伯無奈苦笑。

莊蕾問：「等下就回去了嗎？」

「是啊。」

莊蕾把手裡的藥遞給他。「您忘了拿藥，我幫您送來。」

老伯愕然，莊蕾看著十多歲的男孩說：「記得半個月之後過來複診。」

當時，老伯連一句謝也沒有，默默轉過身離開。

那一刻，莊蕾不知道自己是不是幫了該幫的人，連回家都沒有說，總覺得是她濫好心。

莊蕾沒想到，今日這般危急，那位老伯居然不顧生死地推開她，救她一命。

她擦了擦眼淚。「我幫您縫兩針。」

莊蕾帶著老伯進診室，老伯憨憨地笑著。「莊娘子，我沒事，妳別難過了。」

「我不難過。」

莊蕾從不去回想她前世的死因，那個死因讓她悲哀。

她是死於醫鬧。

那天，她開完最後一刀，已經是晚上八點多，還去病房一個一個查看當天手術的病人。如往常一樣，她拿著包包，往自己的公寓走。她的公寓就在離醫院一條馬路的小社區，而小社區的另一邊就是醫學院。

她習慣花最少的時間在路上，用最多的時間做研究和診斷。如果她跟其他同事一樣是開車通勤，或許就不會發生這種事情了。

她走出醫院大門，被衝過來的人用水果刀扎進了胸口。

她不回想這件事，是因為回想了就會產生太多的困惑，她還要不要從醫？她還要不要力所能及地幫助病患？這是她前世家庭的影響，是她的人生信仰，卻在她倒下的那一刻，產生過動搖。

她避免去想那些，刻在心底的善良促使她回到前世的道路上。她還是那個莊蕾，可心底某個角落裡，到底有一種意難平的情緒。

今日這位老伯不顧生死將她推開，只因為她做了一件小小的事。

她忽然可以呼出一口氣，告訴自己，前生不過是遇到垃圾人罷了，她的信仰並沒有錯。

「莊院長何在？」淮縣縣令王知縣帶著一群捕快過來。

莊蕾走出去，向王知縣行禮，王知縣忙道：「不敢當，不敢當。」

濟民醫院位於淮州的淮縣，王縣令對兩位院長很是恭敬，一個是淮南王的義女，一個是前太醫院的院判，淮州知府魯大人時時刻刻關心濟民醫院，出了這等事，他怎麼能不上心？

莊蕾雖然不願回憶前世的醫鬧，但身為一個有豐富經歷的醫生，一般醫鬧的邏輯，她還是明白的。

比如她前世發生的事，那個病患已經是肺癌晚期，她進行手術切除之後，建議他進行放療跟化療，並且使用標靶藥物和中藥聯合治療。而且說明，雖然盡力，但整體治療效果並不會太好。

不過，那個病患用了網路搜尋引擎查找之後，認為她進行了過度治療，是要騙錢的，為此曾經到醫院裡鬧了幾次。

莊蕾要看診，又要做科學研究，還要帶學生。出了這種事情，還要面對上頭的調查，有問不完的話、寫不完的報告。

就是泥人也有三分土性，莊蕾被這件事弄得不勝其煩，氣得對病患說：「那你去那間醫院治啊！」一最終釀成了惡果。

這個因果是說得通的，但今天這群人，莊蕾始終覺得不對勁，她不否認醫鬧會隨著時代的改變而改變，可今天的事，實在有些不明不白。

「一般願意長途跋涉帶著老人家來看病的人，都曾經在居住的地方求醫，而且陪著老人家的都是孝子，對老人家的病瞭若指掌，這個郎中怎麼說，那個郎中怎麼說，說起來大多是一套一套的。

「可是，這群人進來，只說自己父親生病，但到底是什麼症狀，一樣都沒說。我就起了疑心，用把脈的方法來唬他，他也承認自己不是老人的親子。所以，這件事並非起因於病，而是另有他謀。」

王知縣問莊蕾。「莊院長的意思是，有人故意藉著這個病患，來動周院長或是您？」

「這個不好說，也可能是衝著濟民醫院來的。」

莊蕾說著，淮南王和魯大人匆忙趕進來。

王知縣沒想到居然驚動了這兩位，先彎腰向他們稟報方才的調查情況。

淮南王說：「先把人押進淮州大牢，不能讓他們死了。孤親自監審！」

這句話讓王知縣鬆了一口氣，淮南王親自監審就好，他也能少擔一點責任。否則，這件事若不能查到水落石出，到時候不能向淮南王和魯大人交代，就全是他的錯了。

待王知縣和魯大人離開後，淮南王留下周院長和莊蕾。

「丫頭，妳可有得罪過什麼人？」

「有，但是我爹和李家不可能鬧騰出這麼大的動靜。要不，就是杭城的高大人了。」莊蕾想了想。「平日我在醫院和藥廠說話嚴厲，但還不至於讓人恨我入骨。其他的人，我就想不出來了。」

「老夫與人結怨的事，確實不少。這些年，老夫恃才傲物，著實得罪了不少人，若說等老夫退下來，有人想要老夫的命，倒也不稀奇。」周院長對著莊蕾笑了笑，然後細數起記憶中那些冤家對頭。

莊蕾一個一個名字記下來，發現居然有一長串，其中還有一群是京城裡有權有勢的人，只能說周院長也不簡單啊。

最後，周院長總結。「若說利益牽扯最深的，莫過於太醫院的秦羧。我雖是個祿蠹子，他卻是心術不正，不配為醫。只是，他背後有太子撐腰，有些事情我也只能睜一隻眼、閉一隻眼。」

淮南王會意，看向周院長。「您說。」

「醫者父母心，就算許繼年沒什麼大的本事，開的藥也是竭盡所能想醫治病人，但秦羧不是這樣。他的藥是治病，還是殺人，可不好說。」

「比如？」

周院長閉上眼，回憶道：「他曾經替淑妃娘娘開過安神藥，方子是山柰、蓽茇、黑胡椒、紫硇砂、鐵棒錘、兔心、野牛心等等。但藥渣裡有千金子，千金子不容易被識別，會以為是黑胡椒。」

「千金子？」莊蕾嗤笑一聲。

淮南王轉頭。「妳笑什麼？」

「熟悉的配方，熟悉的味道。」莊蕾道：「當初二郎回家，他吃的是治肺癆的藥方，唯獨裡面多了一味藥材，叫土荊皮，乃是殺蟲藥。而周院長說的千金子，是治療癬疣的。」

周院長點頭。「說起這個，妳不是讓許繼年來找我嗎？說那個非禮妳的人被抓到了。」

「那個人不是您認識的人？」莊蕾問道。

周院長點點頭。「他是經由我的弟子，被介紹給許繼年的。」

「那就是了。按照二郎的推測，秦院判與安南侯也有交情。他不想讓人知道某些事，比如二郎的病因。」

「一石二鳥？」淮南王摸了下下巴。「此事，孤來深查，你們專心做你們的事。」

莊蕾考慮了濟民醫院、壽安堂與藥廠的安全，決定診室和實驗室外要加裝欄杆，而每次看診，只能有一個家屬陪同等待。

時間過得飛快，陳三少爺成婚五年，終於添了男丁，喜不自勝，寫信請莊蕾去參加滿月宴，莊蕾欣然應允。

幾日後，趕考的陳熹從金陵回來，聽見莊蕾被攻擊的事，當場只說還算慶幸，晚上卻去敲了莊蕾的房門。

莊蕾開門，他走進來問：「那件事，如今可有音訊？」

「沒有，義父讓我不要再問了。」莊蕾也不明白，為何淮南王會這樣交代。

陳熹靠在門背後，仰著頭想了一會兒。「王爺這麼說，想來摻和其中的，恐怕不只是太醫院和安南侯了。」

「還有誰？」莊蕾問他。

「皇家秘辛。」陳熹回答。「之前選我伴讀的那個皇子，是德妃的兒子，皇上很是喜歡。當今太子已經成人，皇上卻不太喜歡他。」

莊蕾脫了鞋，盤腿坐在羅漢床上。「既然不喜歡，立為太子做什麼？」

「他是嫡子。而且皇后的母家還有從龍之功，妳說能不立嗎？」

陳熹頓了頓，向莊蕾說起了大津皇家的事。

第一百零一章　種痘

莊蕾一邊聽陳熹講、一邊整理，發現當今皇帝原來是個撿漏的傢伙。

原本皇帝跟淮南王一樣是宗室子弟，十多年前，也就是陳熹和陳燾被調換的時候，發生了宮變。正統的幾個繼承人，在那場宮變裡狗咬狗，不是死了，就是鬥輸了。實在沒法子了，只能扶持先皇的老姪子登基，也就是當今皇帝。

他從西北苦寒之地進了京城，所謂一人得道，雞犬升天，身邊值得信任的，也就是岳家和他的小堂弟淮南王了。

淮南王的封地原本不在淮南，而在隴西，就在皇帝未登基前的封地隔壁。皇帝一登基，就把跟在身邊護衛他的堂弟從窮地方調到鹽稅重地淮南。而皇帝的岳家在京城，國丈手中的兵權還是以北方為主，畢竟皇帝不可能把兵權全交給一人之手。

當今皇帝登基後，開始選美人，充後宮。皇帝不到三十歲，正值男人最好的年華，美人一多，孩子就多了；孩子多了，各人的心思就多了。

皇帝愛德妃，也愛德妃的兒子，但國丈家手裡有兵權，皇后還是皇帝的元配，從前一起吃過苦的髮妻。雖然皇后又老又胖，根本沒辦法跟水靈靈的美人比。

當今皇帝其實是矮子裡拔出的高個子，本事不強。朝堂兩黨相爭得厲害，時常唾沫齊飛，相互謾罵，卻解決不了事情。

總之，京城就是一潭渾水，沒有最渾，只有更渾。

「皇后是正統，太子也是正統，倒也合情合理。」莊蕾說道。

「太子是正統沒錯，可我不喜歡他，他的眼神比謝景同還陰鬱。」

聽陳熹這麼說，莊蕾便能想像出太子是什麼樣的人了。

「聽說太子私下做的事情很出格，之前惹怒了皇上。我不知到底是何事，不過私德有虧是肯定的。」陳熹對莊蕾道：「太子勢大，皇上對他也有忌憚。」

「你的意思是，太子與這件事有關？他對付我一個在南方行醫的郎中做什麼？」莊蕾看向陳熹，想起前世宮鬥劇中有人將一大顆藥丸往皇帝嘴巴裡塞的情景，不用下毒，那皇帝也會被噎死吧。

太子沒打算把皇帝噎死，而是打算把這個已經對他沒了愛的爹毒死，要用什麼藥，就要想清楚了。一點點的小毒，比如像胡椒的千金子、桂皮的土荊皮，毒性不大，但是長期服用，便會出現肝腎損害……

周院長還在太醫院的時候，他們不能下手，怕周院長會查出真相。所以他們要等機會，要等周院長離開京城。

但是，其中有個很大的變數——陳熹沒有死。那代表有人知道陳熹被下毒，而且治好了他。而且，這個人的影響力越來越大，讓他們開始害怕。

淮南王身為受皇帝信任的小堂弟，遇到此事，肯定會推舉自己的乾女兒。就算改了方子，難道莊蕾就診斷不出來？就沒辦法治？他們沒這個把握。

所以，在下毒之前，需要弄死她和周院長，才能安安心心對皇帝下毒。

叔嫂倆坐在一起，說來說去，居然把事情的真相扒拉了出來。

「現在太子也不敢跟這位皇叔硬槓，不過王爺要保妳，這件事情他就管定了。太子沒有辦法，只能壁虎斷尾。」

「怎麼斷尾？」

「把秦院判推出來。他知道得太多，與其讓他胡說八道，不如弄死算了。妳說呢？」

「要弄死太醫院的院判，沒那麼容易吧？秦院判不會說出來？」

「不會，他總是要為家人著想的。死了他一個，保全全家人。」陳熹說道。

莊蕾躺靠下去，看著屋頂。「當我們是螻蟻的時候，安南侯就是一頭餓狼，我們能被他一腳踏死。如今我們成了一頭花豹，他想要動咱們，已經有些力不從心了。等我們長成一頭大象，那他就再也動不了我們。我們要不斷地增強實力，總有一天，讓安南侯把欠下的債，用血償了。」

「嫂子說得是！」

莊蕾轉了話頭。「這次考得如何？」

「在意料之中，沒什麼特別偏的題目。我跟楊秀才對下來，他考得似乎也不錯，就看別人如何了。中舉應該是在意料之中，名次就不知道了。解元，我是沒有想過。」陳熹說道。

「反正只要中舉，以後能參加會試就行，咱們不強求連中三元。從古至今，沒幾個連中三元的不說，而且未必能有很大的建樹。」

陳熹這般盡力，莊蕾已經很滿意了。

淮州開始種痘，這日濟民醫院門前搭起高臺，淮南王抱著蓉兒，王妃牽著宣兒上臺。

淮南王夫妻在南方深受愛戴，加上淮南王高大英挺有氣勢，王妃雍容華貴又可親，而且兩人成親十來年，恩愛情濃，成為佳話。

誰都喜歡看這樣的一對，而他們的一雙兒女，更是可愛得讓人想上去疼一疼。

一下子，高臺下就圍繞了很多人。

莊蕾上前說：「各位父老鄉親，大家都知道，患了天花之後，輕則毀壞容貌，一輩子麻臉；重則一命嗚呼。這個牛痘是我的師父，壽安堂的聞先生偶然發現的……」

她把發現牛痘的功勞推到聞先生身上，如果史書會記載此事，她希望聞先生能有一筆。

「剛才我跟大家說了牛痘是怎麼發現的，這個痘種為什麼會有效。聞先生已經在贛州幫幾千個人種痘，整個濟民醫院的人也種了，目前的不良反應，千裡有一二。

「現在，王爺和王妃帶著小郡主和小世子過來，我們要選出十個十歲以下的孩子和小郡主、小世子一起種痘，誰願意上來？」

由於淮南王夫婦的威望，和濟民醫院開業以來的口碑，又是在濟民醫院門口，下面看客紛紛舉手，孩子由父親或者母親帶上臺。

莊蕾坐在高臺前，王妃把蓉兒抱到腿上，大家都能看見，小郡主眼睛裡含著眼淚。

「大姊姊，輕點。」蓉兒要哭不哭的模樣，讓圍觀的人心都要化了。

「蓉兒乖。」莊蕾拿起纖薄的小刀。

蓉兒看見刀，哭出聲。「阿娘！」

王妃摟住她，淮南王抬起女兒如嫩藕的胳膊，讓莊蕾劃開她的皮膚。

蓉兒看見血，撲到王妃肩膀上大哭。王妃拍著她的背，安慰她，淮南王拿著帕子幫她擦眼淚。

眾人看著淮南王夫妻哄著小姑娘，真如自己心裡想的一樣，王爺和王妃就是這樣恩愛，還這麼疼愛女兒。

莊蕾拿了象牙勺，從瓷瓶裡蘸出漿水，點在傷口上，抬頭說：「等漿水自然收乾。」

夫妻倆點頭，抱著蓉兒站起來。淮南王從王妃手裡接過女兒，摸著她的腦袋安慰她。

下面的看客都快尖叫了，這是據說鐵血無情的淮南王啊，他居然這樣溫柔地哄小郡主。

另一邊，小世子宣兒走過來坐下，自己撩起袖子。「大姊姊，來吧！我是男子漢！」

「蓉兒，看哥哥多勇敢。」王妃拍著蓉兒，指著宣兒。

蓉兒臉上還掛著淚痕，睜著大眼睛看宣兒。

宣兒在刀劃開皮膚的時候皺了皺眉，立刻換上笑臉，對蓉兒說：「大姊姊劃的，一點都不疼。」

莊蕾看見宣兒這麼配合，伸手摸了摸他的頭。「我們宣兒最勇敢。」

「我可是父王的兒子！」種好後，宣兒站了起來，靠在淮南王身邊。

接著，一個瞎了一隻眼的男人帶著兩個孩子上前。「莊娘子，我小時候得天花，才瞎了眼。聽說您這裡有防天花的痘種，我特地帶著兩個孩子過來。」

看著眼前男人的眼睛還有他滿臉的坑坑巴巴，兩個孩子卻是眉清目秀，莊蕾笑著說：「放心，你家娃娃再也不會被這種病害到了。」

如此一來，種痘的速度就很快了。每隔一陣子，淮州就會流行天花，對於天花，人們還是有深刻的恐懼，能夠避免感染是最好的。而且種痘要價低廉，一個人五十文錢，如果被選中做痘種，不僅會退回五十文，還會另外給十文。

至於負責種痘的人，先到藥廠學認字，又在濟民醫院學過半年，加上莊蕾專業的教導，目前已經有二十多名種痘師了。

莊蕾發了一張識別身分的牌子給每位種痘師，除了濟民醫院有專門種痘的診室之外，莊蕾還讓他們帶著新鮮痘漿，去各縣城擺攤種痘。

陳三少爺孩子的滿月禮，讓莊蕾撓禿了頭。人家是頂級富豪，到底要送什麼才好？

陳月娘靈機一動，扯了細軟的棉布，做了一堆小衣服，沒有任何繡花，手工精緻極了，這才拯救了莊蕾的滿頭黑髮。

黃成業與莊蕾同行，去蘇州赴宴。

幾年工夫，黃成業脫胎換骨。經過藥廠的籌備，乃至於如今的經營，他成了正兒八經，又有擔當的男子。但在莊蕾面前，她說往東，他還是不會往西，簡直聽話得很。

如今孫子成器了，卻從好色到不近女色，讓黃老太太原本就沒幾根的黑髮，也朝著雪白快步邁進。

陳三少爺有了兒子，黃老太太羨慕得不得了。生意沒法跟陳家比，連生兒子都比不上。

兩人出門之前，她再三叮囑莊蕾，要莊蕾好好勸勸黃成業，讓他早點找一房媳婦，生個大胖小子。

「黃成業，我認真說，你該娶個媳婦了。」

「雖然我認為妳是另外一個奶奶，可也不要一模一樣吧？這麼念叨，會讓我發瘋啊。」

黃成業靠在船頭的欄杆上，嬉皮笑臉地說：「讓我再清靜兩年，我總歸是要成婚的。」

這小子！婚事不能勉強，莊蕾拿黃成業沒辦法，卻又從他的語氣裡，聽出了弦外之音。

兩人到了陳家，莊蕾跟黃成業一起送上禮金，再跟著丫鬟進了陳家內院。

莊蕾進去時，陳三奶奶正在幫小傢伙餵奶。她聽了莊蕾的話，親自幫孩子餵奶，能促進子宮收縮，對乳腺也有好處。

小傢伙吃飽喝足了，莊蕾接過去，抱在手裡，看他閉著眼睛的樣子，很是可愛，伸手點著他肉嘟嘟的臉。

「我也沒什麼好東西可送的，月娘幫孩子做了幾件貼身的衣衫，我帶來了。」

陳三奶奶打開莊蕾遞來的布包，笑著說：「就是要這樣舒服的衣衫呢。」

「哎呀，寶寶睜開眼了，讓我看看像誰。」莊蕾看向三奶奶。

外面有聲音響起。「妳說像誰？」

「三哥。」莊蕾抱著孩子叫。

陳三少爺走進來。「聽說妳到了，我就趕緊過來。」

「你要是忙，別顧著我這裡，只管去忙，我跟著嫂子一起聊聊天就好。」莊蕾笑道。

「今天還好，剛好可以抽空跟妳聊幾句。」

兩人說話間，莊蕾手裡的孩子哭了起來。陳三奶奶上前，把孩子抱走。

陳三少爺和莊蕾去一旁聊。雖然朱管事與他們有書信往來，但能見面的時候少，莊蕾也說了下最近遂縣和淮州的事。

關於牛痘接種，莊蕾想到了前世的牛痘東傳，想藉著陳家的財勢，和江南第一藥堂的名號，在仁濟堂開闢一間種痘站。

「這件事不僅有利可圖，而且還能行善積德，自然要做。走，去找我爺爺聊上兩句。」

陳三少爺伸手請莊蕾，莊蕾便跟著他去見陳老太爺了。

陳老太爺正在逗著走廊裡的八哥，八哥叫道：「三爺來了！」
陳老太爺轉頭見莊蕾跟在陳三少爺後面，招手道：「丫頭，過來。」
莊蕾上前行禮，三人進了議事廳，陳三少爺說了牛痘的事，以及莊蕾的提議。
陳老太爺說：「這是大好事，仁濟堂定要出力。」
莊蕾道：「這件事，濟民醫院出種痘師，仁濟堂出人力。至於牛痘，是聞爺爺去鄉下發現的，並且深入疫區試驗。
「因此，我想著，仁濟堂占兩成利，聞先生占兩成。另外六成，歸入濟民醫術學堂的籌建之用。我想辦一所學堂，把醫術傳授出去。教出來的郎中不僅僅是在濟民醫院看診，至少都有一定的醫術，也能去其他州縣執業。所以，這次的利要得多了些。」
陳老太爺站起來，帶著笑看莊蕾。
莊蕾不知道陳老太爺是怎麼想的，是不是她太貪心，讓陳老太爺不高興了？
「老太爺，我要的是有些多，這筆錢也不會用於濟民醫院。不過……」
陳老太爺打斷她。「小丫頭，聞先生以身涉險，但妳在這裡做的事少嗎？妳分文不取，難道我就是個唯利是圖的人？既然妳想要開學堂，那就開學堂好了。仁濟堂有幸做這些事，咱們也不要那兩成，給妳開學堂去。
「創辦仁濟堂，本不是為了賺錢，如今有盈餘，也是因為貨真價實，得天下人的信賴。

能預防天花，是天大的功德，妳的醫術學堂也是惠及天下。以後，陳家投進去的錢，妳可以決定分不分利，不用跟我們說。」

莊蕾站起來，向陳老太爺彎腰。「老太爺，您說這樣的話，我不知道該說什麼才好。依我的性子，恐怕不會想著掙錢，還是要有人來拉著我。」

「妳還不會掙錢？妳就是個金娃娃。不過從醫從藥，不能以掙錢為先，若是為名為利，就失去了本心。妳手裡有錢，卻不為己用，身邊也沒有人伺候。這般心性，老頭子信妳。」陳老太爺笑著說：「按照妳的意思去做就是。若是缺錢，找妳三哥要去。」

三人又聊了一會兒，送莊蕾出去後，陳老太爺囑咐陳三少爺。

「陳家樹大招風，這次范、高兩家倒臺，也有人拿了把柄，想做文章。不過你和這丫頭在一起，也算是擋了一擋。只要她想做的事情做成了，對我們大有裨益。只是，你以後做事更要小心，更珍惜自家的名聲，愛惜羽毛。如此，陳家百年之內無外患。」

陳三少爺點頭應下。

第二日的滿月宴，這次陳老太太把莊蕾當成座上賓，在一旁堆著笑臉相陪。如今大家都知道莊蕾是淮南王的義女，何況她的金孫還是莊蕾帶來的。

席間有人說起，蘇州知府范家因貪墨被抄，遠因是范大人的好友浙江布政使高修倒了。

陳老太太聽了，偷偷打量莊蕾的臉色。

莊蕾唏噓不已。「那高夫人年紀輕輕便香消玉殞，實在讓人嘆息。」

「范夫人瘋瘋癲癲，說是高大人染了髒病回去，才讓高夫人得病。高夫人的娘家知道之後，大為震怒，才有了這些事。」

「蒼蠅不叮無縫的蛋。若高大人禁得起查，想來也不會這樣。」莊蕾說了一句，這件事便過去了。

吃過滿月酒，莊蕾便急著趕回家，跟陳熹一起等放榜。

陳熹考了第七。這名次對於陳熹這個年紀來說，已經夠可以了。

張氏說要回老家擺酒席，畢竟中舉不是小事，是全族要一起祭拜祖先的。而且，也應該讓陳然和公爹知道，大家都過得很好。

一家子合計一下，打算一併修繕老宅，這差事就交給剛考完試的陳熹。

楊秀才也中了，是十二名。

中舉之後，他的處境完全不一樣了。中舉起碼能做小官，日後若是金榜題名，最低也有縣老爺的身價。

楊秀才看著手裡的喜報，想了半日，去找黃成業，讓黃成業替他引見黃老太太。

第一百零二章　提親

黃老太太聽說過楊明德這個人，以前大家叫他楊秀才，知道他在藥廠教過書，是個有學識的人。一年考試，遂縣能中舉的也就那麼幾個，十二名是不錯的名次了，便記在心裡。但舉子多清高，平日也少來往，為何楊明德一考中，就來拜訪她這樣的商賈人家？

黃老太太讓黃成業帶楊明德進來。楊明德提了禮物，雖然黃家豪富，但總是一片心意，又向黃老太太行禮。

「楊老爺請坐。」不論年紀大小，成了舉人，就當得起老爺這個稱呼。

「老太太客氣，叫我明德就行。」楊明德坐下。

黃老太太讓人上茶之後，看著楊明德。「楊先生此來為何？」

「我想請老太太出面保媒。」楊明德說道。

黃老太太實在驚訝，她與楊明德素無來往，怎麼就要她保媒了？

「不知是哪家姑娘？」

楊明德站起來，彎腰行禮。「正是老太太認識的，是陳家的月娘。」

黃老太太一想，那不是莊蕾的小姑嗎？仔仔細細回想，陳月娘長得白白淨淨，說話也溫柔。莊蕾為了照顧她，可是費盡心血。

楊明德考中舉人，那是鯉魚躍龍門了，要娶個黃花閨女都簡單，卻想要一個和離的女人？而且不是隨便找個媒婆，是找她這個跟陳家有情分的長輩來保媒，足見對這樁婚事的看重，不簡單。

「先生看得起老身，只是陳家月娘父兄雙亡，還有一年才能除服。這個時候去提親，恐怕不妥。」

楊明德笑著說：「老太太說得是，這次是想先請老太太跟陳太太私下提一句，我還要參加明年京城的會試，至少表明我的心跡，不管能不能金榜題名，我都想與月娘結成連理。

「如果我現在貿然上門表明心跡，實在不夠莊重。春闈之後，若是考中，陳家太太興許就有其他想法；若是沒考中，倒顯得我是因為沒有考中，所以才去求娶。您也知道陳家人的脾性，寧願自己吃虧，也不願占人便宜。所以，這個時候是最好的時機。」

黃老太太聽他前後想得明白，結交之心大增。「先生是個明白人，陳家老小皆聰明實誠，你的性格倒也與他們家相合。既是如此，我幫你跑一趟，剛好也去向陳家二郎賀喜。小小年紀中舉，實在不容易。若你們倆同時金榜題名，倒是佳話一樁。」

「二郎覺得自己年幼，明年先不赴考。」楊明德笑了笑。「如此，多謝老太太幫忙了。」謝了再謝，這才離去。

等他離開，黃老太太就問黃成業了。「楊明德怎麼會認得花兒的小姑？」

「花兒不是讓他去藥廠教那些孩子識字嗎？月娘也跟著學，後來她跟在花兒身邊，幫忙整理文書。」黃成業老實回答。

「這個月娘，你覺得如何？」

「好姑娘，長得白淨，雖然沒有花兒好看，不過容貌也是算好的了。至於脾氣，比莊花兒好太多了，做事仔細……」

黃老太太一拍桌子。「這麼好的姑娘，你之前怎麼不說？咱們不是缺個大少奶奶嗎！」

「奶奶，您怎麼遇到好姑娘，就想要人家當孫媳婦？」

「你別嫌人家成過親。你看楊明德，考中了舉人，還要娶她，可見她明理溫柔，是最好的。陳家出來的孩子不會差，不過現在說什麼都晚了。」黃老太太惋惜道。

「那明天我陪您去淮州？」黃成業問道。

「好。」黃老太太想了想，又恨鐵不成鋼地罵道：「你不要癩蝦蟆想吃天鵝肉，那丫頭不是你能妄想的。」

「我沒想！」黃成業叫了一聲，有些遲疑地問：「奶奶，您不嫌棄人家成過親，那會嫌棄孫媳婦家裡窮嗎？會不會嫌棄人家脾氣不好？」

黃老太太聽見這話，眼睛亮了起來。「怎麼說？」

「咱們藥廠裡有個姑娘，做事特別麻溜，按照莊蕾那丫頭的考核，一直是優等，小小年紀便成了出廠檢驗的組長。哪怕是再緊急的藥，要是她判定不合格，就是我去了，她都不會點頭，為此我跟她吵過幾次。」黃成業低著頭。「我覺得，她很好。」

「我許久沒去過藥廠了，得去看看。」黃老太太立刻站起來，喊人備車。

「奶奶，八字還沒一撇呢！」黃成業追上去。

「先去看看再說！」

第二日下午，黃家祖孫到了淮州，陳家只有張氏一人在家。

張氏見是黃老太太，連忙迎她進屋。「老太太怎麼來了？」

「聽說二郎考中舉人，我就緊趕慢趕地來了，向妳道聲喜。」黃老太太說著，讓身邊的嬤嬤捧上禮物。

「怎麼能讓您破費？」張氏客氣道。

「這不是見外了？咱們兩家，妳還分這個？孩子考上，大家高興都不是？」黃老太太說道：「今日我過來，還有一件事，是受人所託。」

「什麼事？您老人家隨口說一聲，難道我們還能不照辦？」張氏對黃老太太很是感激。

「昨日楊明德來見我，想請我出面跟妳要句話。」黃老太太說：「他心裡存著月娘，春闈之後，無論是不是能考中，都想娶她。月娘明年才除服，他知道時間還寬裕，是希望妳能明白他對月娘的尊重。我看這孩子的脾氣，倒是和妳家相配，就應了下來。」

張氏沒想到，楊明德會為了遞句話，特地請黃老太太過來，這個心思真的不一般。

「老太太，您也知道，我這個人素來是沒有主意的，家裡的事情，大大小小就是花兒和二郎說了算。今晚您住咱們家吧？我知道黃家在淮州有產業，可誰讓咱們兩家親近呢？」
「本就是這麼想的。」
張氏站起來。「那我去叫花兒回來，讓她親手做幾道菜。」
「讓成業去叫就成了。」黃老太太打發黃成業出門。
接著，張氏帶黃老太太在陳家轉了一圈，看看院子的佈置。
「這麼別致的小院，可真好。」黃老太太讚道。
「就是花兒和二郎搗鼓的，兩個孩子新鮮想法多。」張氏也笑。
「怎麼不買兩個丫頭？如今花兒手裡有那麼多產業，就是奴僕成群也不為過。」黃老太太問道。
張氏搖頭。「孩子們幹活的幹活，讀書的讀書，都不用我操心。早上起來，我跟月娘把衣衫洗了，花兒做早飯，三郎打水，二郎掃院子。等他們幾個出去，我把房間打掃一遍，到中午就沒事了。吃過飯，做點針線，去隔壁鄰居那邊聊天，再準備晚飯。吃完晚飯，孩子們搶著洗碗刷鍋，一天也就過了。一家子沒多少活，買了人伺候，還不自在呢。」
「妳啊，就是不會享福。」黃老太太說她。
「等年紀大些，再找個小丫頭來陪我說說話。」
兩人聊著，黃成業的馬車回來了，莊蕾跟著他下車，一進門就叫道：「老太太，您來了！」

「我常回遂縣的，您有事讓人說一聲，我去看您不好？非要大老遠的跑一趟。」莊蕾牽著黃老太太的手。

黃老太太拍拍她。「老婆子也想進城走走啊。」

「花兒，妳陪著老太太說話，我去買些菜回來。」

黃老太太忙道：「陳家太太，簡單些。」

「好！」

莊蕾跟黃家祖孫進屋，黃老太太說起楊明德的事，莊蕾聽得眼睛都笑彎了。

「是嗎？楊大哥真是有心。」她也乘機改了稱呼。

「妳覺得好嗎？」

「我當然覺得好。」

莊蕾泡了茶，陪著黃老太太和黃成業一起喝。「只是，我們都在想，如果楊大哥中了進士，到時榜下捉婿多的是，只怕人心有變。既然他這樣說，咱們就知道他的決心了。之前月娘遇人不淑，自己苦成那樣不說，還丟了大郎和公爹的性命。我娘希望她有個好歸宿，實在不行，就養她一輩子。我看月娘對楊大哥也有心，咱們一家子也喜歡貴兒。」

這時，張氏買了菜回來，莊蕾進去擇菜，張氏便帶黃老太太去客房瞧瞧。

黃成業無趣，進來幫莊蕾的忙，莊蕾教他怎麼摘芹菜葉子。

放榜之後，陳熹就被淮南王招進王府，名義上是當小世子宣兒的伴讀。去了才知道，壓根兒不是如此。

淮南王親自幫他選了老師，讓他開始正式學河道治理跟橋梁工事等等。其中一個老師，就是向河道總督柳大人要來的積年老手，精於水利。

方才，淮南王親自問了他的功課，老師們狠狠誇讚了他一番。

淮南王問陳熹。「二郎，文能提筆，武能殺敵，方是男兒本色。孤想幫你找個武藝師父，你要不要學？」

陳熹知道淮南王在培養他，自然點頭答應。一回來就想告訴莊蕾，沒想到家裡有客人。他向黃老太太行禮之後，問張氏。「娘，嫂子回來了嗎？」

「做飯呢！」

陳熹鑽進廚房，卻見黃成業在幫莊蕾剝大蒜頭，莊蕾接了過去，拍蒜做魚。

黃成業還問：「花兒，還要我做什麼？」

「成業兄，咱們喝茶去。」陳熹拍著黃成業的肩膀。

黃成業說：「我陪著花兒說說話。」

莊蕾笑出聲。「他跟我說，昨日他不過提了一句，說是看上藥廠裡負責出廠檢驗的蓮香，老太太就跑去看人家，還問了人家的祖宗十八代。現在他心裡很忐忑，怕蓮香姑娘生氣，不理他了。」

「有我奶奶這樣的嗎？我跟她說了，別嚇壞人家。」

聽黃成業心裡有了人，陳熹控制不住臉上的笑，非要替他出主意，博得蓮香的好感。

莊蕾嫌棄地看他倆一眼。「你們出去，在這裡礙手礙腳的，等下帶著嘴吃飯就行。」

有了莊蕾的話，陳熹揪著黃成業到院子裡坐，當黃成業的狗頭軍師，出了不少主意。

黃老太太見狀，甚感安慰地說：「我家成業不成器，沒承想倒是跟二郎很合得來。」

張氏點頭。「是啊。平日二郎雖然好說話，不過能這麼跟他聊的不多，可見大少爺和他真是有緣。」

過了一會兒，陳月娘從濟民醫院回來，莊蕾便把她拉進房裡，說了楊明德託黃老太太來探問的話。

陳月娘早就知道楊明德的心思，也喜歡貴兒，知道楊明德這麼安排，是考慮周全了。

按理說，她這樣的人，能有舉人老爺提親，已經是天大的造化，但依然有些舉棋不定。

「這件事，還是得由妳自己拿主意。不過，妳別擔心，楊秀才跟李春生完全不同，妳不能一朝被蛇咬，十年怕草繩，還是要問問自己的心，到底喜不喜歡人家？」

是夜，陳月娘反反覆覆想著莊蕾說的話，回憶著和楊明德相處的點點滴滴。

她知道，自己是喜歡他的。

楊明德雖然了解陳家人，也有把握讓陳家人答應親事，但心裡還是有些忐忑，在家等著，溫書也溫不進去。

幸好今日沒有那些亂七八糟的人上門，他索性陪著貴兒，坐在門前翻花繩。

貴兒叫道：「阿爹笨，姨姨才不會這樣。」

院門外有人過來，喊了一聲。「貴兒！」

楊明德抬頭，竟是自家岳母和大舅子。

他中了舉，卻沒有告訴嚴家。去年他上門，岳丈說的難聽話歷歷在耳。他不是全然沒有氣性的人，既然如此，斷了來往也好。

楊明德站起來，拉著貴兒開門，請他們進來。「岳母，舅兄。」

嚴婆子的臉有些掛不住，她是被逼著過來，很是為難，低頭把手中的點心遞給貴兒。

「貴兒，外婆買了點心給你。」

貴兒知道，不熟悉的人給的東西不能拿。這個外婆，他一年也見不上幾次。

他仰頭看楊明德，見楊明德點頭，才接過那個小紙包。「謝謝外婆。」

嚴婆子環顧一周，牆已經粉刷過了，窗戶上糊了紗，地面鋪了青磚，家什雖然是半新不舊，但床上的被子是藍印花布的被面，蓬鬆柔軟。一張板桌上，紗罩裡有三碗菜、小半碗紅燒肉、一塊炒蛋，還有半碗炒青菜，吃得不錯。

楊明德一身青色圓領棉布長袍，料子跟做工都一般，但是乾淨整潔，也沒有補靪。貴兒靠在他身邊，身上是藍色的綢緞小衫子，襯得膚色白嫩嫩的。

看起來，他們的日子過得很不錯。中舉了和沒中舉，完全不一樣。

楊明德開口道：「不知岳母與舅兄有什麼事？」

嚴家大郎問：「沒事就不能登門了？」

楊明德看著他。「過年時，岳父不願見我們父子；岳母拉著我跟貴兒去廚房，想打發我們吃口飯就走，禮物也沒送成。我以為兩家的這門親，定然是斷了。」

嚴大郎沒想到楊明德會這樣直白，氣得站起來。

「楊明德，當年你家裡窮，咱們可沒嫌棄你，我妹妹嫁過來，可是一天福都沒有享，留下孩子就去了。這樣的情分，你說斷就斷？」

楊明德不緊不慢地說：「是我想斷嗎？自從娘子去世後，我年年上門，身為女婿該有的禮數，我還是有的，卻被說成是懷了別樣心思，這才明白過來，不敢連累岳家。」

嚴婆子勸兒子。「大郎，好好說話。」又道：「明德，我沒有虧待你吧？」

楊明德沒說話。她說的沒有虧待，只是沒有給他冷臉看罷了。

他想起了張氏。前些日子去金陵趕考，張氏存了補貼他的心思，卻說是讓他路上多照顧陳熹。

陳熹那般聰明，哪裡需要他照顧？一路上，兩人同住一間屋，一起吃飯，雖然他搶著付了房錢和飯錢，到底還是沾了陳熹不少的光。

貴兒呢？待在陳家一個月，被養得白白胖胖，還把嘴養刁了，一會兒說姨姨給他吃什麼，一會兒說花兒姨姨做了什麼好吃的。

等他回來，貴兒原本認的字，不僅一個都沒忘記，還學會了簡單的加減。帶貴兒回去時，貴兒死活不肯走，被抱上馬車後，小嘴還嘟了好一會兒。

有了比較，再要他開口說嚴婆子一句好，實在挺難。

「岳母不曾對我惡言相向。」

嚴婆子語塞。這個女婿雖然窮，可到底是有氣性的，怎麼就讓她來做難人？

楊明德看向他們。「有什麼話，就直說吧。」

嚴大郎坐下來。「秀才，我妹妹故去快五年了，你至今也未娶。接下來你要進京趕考，貴兒必然是不能跟去的，沒人幫你帶孩子，給別人帶也不放心。俗話說，兄死叔就嫂，姊死妹填房。家裡的小五今年也十六了，開春就十七，讓她嫁過來，幫你帶著貴兒。貴兒總歸是她姊姊的兒子，肯定會放在心口疼。」

楊明德沒想到，嚴家居然打起這種主意，恨不能站起來問一聲要不要臉？

自家娘子剛剛故去時，貴兒嗷嗷待哺，他也不過是個少年，別人家還有外婆家能幫忙，可是他呢？街坊的老婆子看他可憐，幫他扯舊床單縫了尿布，他則拉下臉，出門向人討要奶水，學著照顧孩子。

這些事，嚴家人未曾幫扶過，他也只當自己福薄。

這會兒，嚴家打的主意，即便他心裡沒有陳月娘，也是萬萬不願的。

看楊明德不說話，嚴家大郎說：「我告訴你，要不是看著貴兒可憐，你以為我們會想把如花似玉的小五嫁過來給你當填房？」

楊明德中舉的消息傳到他們村裡，嚴家人只當聽見而已。年前他們雖然被好吃的點心驚訝了一下，不過後來反覆打聽，知道楊明德在藥廠幹活，除此之外並沒有發什麼横財，嚴老頭又不許家人跟他來往，便不再多打聽了。

後來，嚴大郎聽一起做事的夥計說，昨日去吃筵席，因為他家的親戚考到四十多歲，終於中了舉人。本省取兩百五十多名，險些就落榜了。

嚴大郎不以為意。「都這個年紀才中舉，還是兩百多名，來年上京趕考又考不上，有什麼值得慶賀的？」

「你懂什麼？你以為他還要進京趕考嗎？他不考了，直接去縣裡做官。昨天擺酒請客，連村裡的大財主都來了。」夥計一臉見過世面地說道。

嚴大郎聽到這裡，心思活絡起來。

又有人問：「那黃家怎麼沒有去？」

「黃家不可能去的。黃家跟壽安堂的莊娘子好得不得了，莊娘子的小叔聽說拿了第七，是咱們淮州的第一名，還是本省鄉試年紀最小的舉人，黃家哪裡還會看得上那個老舉人。」

「本省第七，也拿不到狀元郎啊。」

「這就是你不懂了。年紀小，長得好看，還有學問，皇帝老爺最喜歡了，當狀元郎也是有機會的。聽親戚說，這次咱們遂縣還有一個舉人，不說狀元，榜上有名倒是極有可能。」

「誰啊？」

「說是一個姓楊的秀才，不過二十多歲，中了十二名，這可了不得。親戚說科考上三成的進士都是出自咱們省，金榜題名沒什麼大問題。那人還是個白白淨淨的書生，媳婦死了多年，如今好些人家想跟他攀親。等他高中，最差也是個縣太爺，那就有個縣太爺女婿了。」

嚴大郎聽到這裡，已經清清楚楚、明明白白，這是在說他那位妹夫了。這才知道，中舉竟然如此厲害，而楊明德是厲害中的厲害，回家後就趕緊跟家人說。

全家人都傻了，忍了幾年，沒有趕走楊明德，偏偏今年趕走了。哪怕女兒死了，只要他還上門，關係就在，現在怎麼辦？

他們合計兩天，看著正在說親的小五，拍桌決定，上了楊家的門。

第一百零三章　填房

楊明德聽完，笑著站起來。

「貴兒已經長大了，既然他在襁褓中我都能帶，以後更是簡單。小五年輕貌美，做人家的元配娘子都行，沒必要來當填房。我還要進京趕考，岳父之前說的話沒錯，兩家不要再來往的好。」

「你跟我們要斷絕來往？你對得起二娘嗎？」嚴家大郎問他。

楊明德無奈地笑了笑。「先斷絕來往的不是我。二娘去了之後，我獨自撫養貴兒，逢年過節上門問安，替她盡孝，禮數沒少過，自問也算是對得起了。以後路上見面，貴兒還是叫你一聲舅舅，叫一聲外婆。至於填房的事，不要再說起，我也當作沒聽見。」

嚴婆子說：「明德，你是不是已經看中了哪家閨女？你要為貴兒多想想，後娘的心毒著呢。貴兒跟著你，還不算苦，若是有了後娘，以後那女人有了自己的孩子，貴兒要吃虧的，你捨得？」

楊明德聽了，真是不知說什麼才好了。

以前夜深人靜的時候，他看著襁褓中孩子的臉，想著故去的娘子，真覺得她去了也就去了，留他一個人熬著，他真的要熬不下去了。

那時候，嚴家人沒有來拉他一把，如今他好過起來，倒是來樣樣為他好了。

「岳母，我心裡有數。」楊明德回了一句。「小五的事，我當作沒聽過，到此為止。」

嚴婆子見他水潑不進，彎腰對貴兒說：「貴兒，有空來外婆家，外婆做餅給你吃。」

貴兒看著她，搖搖頭。

見孩子對她一點都不親，嚴婆子說：「你爹要給你娶後娘了，以後要是後娘打你，你就來找外婆。」

楊明德聽她說得不像話，想要張口阻止，貴兒卻高興地仰頭問：「阿爹，我真的要有後娘了嗎？」

有些事，楊明德心裡明白，但現在不適合說出來。若是貴兒亂說，恐怕對陳月娘的名聲不好，便摸了摸他的頭。

「以後的事情，以後再說。」

「阿爹……」貴兒好生失望。

嚴婆子看貴兒這個眼神，轉念一想，蹲下問：「貴兒，你的後娘是誰？」

貴兒對這個外婆本就不親，靠在楊明德的腿上不說話。

這時，外頭有聲音傳來。「楊老爺！」

楊明德抱著孩子走出去，見是黃老太太身邊的嬤嬤。

他放下孩子，開了門，嬤嬤提著大包袱，笑著站在門口。

楊明德招呼道：「嬤嬤進來喝茶。」

「不了，老太太讓我來跟您說一聲，陳家太太應下了。」

這話一出，楊明德眉眼都帶了笑，終於可以鬆一口氣。

「陳家太太說，有些日子沒見小少爺了，很是想念。明日陳家二爺回老家看看，後天去淮州，要是小少爺樂意，就讓二爺接過去住幾日。」嬤嬤見貴兒粉嘟嘟的，很是可愛，逗了一下。「小少爺好啊。」

貴兒甜甜地笑。「婆婆好。」

「這是陳家太太讓我捎來的東西。」嬤嬤把包袱塞到楊明德手裡。

楊明德接了，從懷裡摸出碎銀子塞給嬤嬤。

嬤嬤在黃老太太身邊伺候，平日眼界也寬，知道楊明德不容易，忙推道：「咱們是替老太太辦事，哪裡用得著楊老爺給賞錢？」

她蹲下身，對貴兒說：「小少爺長得跟小仙童似的，讓婆婆親一口，婆婆肯定能多活三年。」這麼一來，把給賞錢的事化解得乾乾淨淨。

貴兒把臉貼過去，嬤嬤親了他一口，站起來道：「老婆子先回去了。」

「嬤嬤慢走。」楊明德彎腰。

這一幕，全落在嚴家母子眼裡。

「阿爹，我去婆婆家住幾天？」貴兒問楊明德。

「兩、三天，阿爹會來接你的。」這般就有理由去淮州，能見她了。一想到這裡，楊明德臉上帶著溫暖的笑。

同住大雜院的胖大嬸聽到動靜，對楊明德說：「喲，陳家又送東西給你啊？」

楊明德不理會她的酸話，走了進來，把東西放到桌上，對嚴家母子道：「舅兄和岳母若是沒別的事，便請回吧。」

貴兒爬到凳子上，打開包袱，上頭是兩身寶藍色錦緞小衫子，下面是厚實的棉衣，還有一些糕餅和一疊紙。

天氣轉冷，陳月娘幫貴兒縫了兩身棉衣，莊蕾挑了兩盒王府送的精緻點心給貴兒。那疊紙是陳熹最近在王府上課的一些心得，有幾位夫子也是淮南王的幕僚；有一些是對時政利弊的分析，於春闈很有幫助。

楊明德看著包袱裡的東西，心中感激。如今貴兒身上的衣衫全是陳月娘做的，天還沒完全冷，冬衣就準備好了，他不用再為了這些事操心。

嚴家母子看著桌上的東西，臉色變幻，默默出去了。

兩人遇見胖大嬸，胖大嬸說：「妳是貴兒的外婆吧？」把嚴家母子拉到一旁，悄悄說：「妳家女婿，攀上高枝了。」

「什麼高枝？」

「知道壽安堂的莊娘子吧？她在淮州開了大醫院，那天來貴兒他家，和他爹待了半個多時辰……」胖大嬸說得眉飛色舞。

楊明德聽見他們在那裡低聲細語，雖不知道在說什麼，不過也猜得出，不會是什麼好話，走出去冷聲阻止。

「不要胡說八道，壞人名聲。」

與此同時，陳熹回來跟老家親眷說了中舉的事，分了糖果，再去三叔家看看他的境況。因為做了幾家書院的黑板生意，那些書院的人發現三叔做事實在，就讓他打一些課堂裡的家什，比如學生的課桌什麼的。

莊蕾聽說了，想起前世的課桌椅，讓陳熹依照她說的樣子設計圖紙，做出樣品，發現椅子也好、小課桌也好，都要比原來的好用，三叔因此又多了新的生意。

黃家的鋪子幫他們代售黑板和粉筆，黑板太大，不容易賣，但粉筆就簡單多了。這門生意漸漸傳出名聲，三叔也忙了起來，帶著好些村民一起做。

見陳熹回來，三嬸很高興。如今家裡這般富足，全因他們家幫襯，便拉著他問東問西。

整個小溝村的人，對陳家的際遇簡直羨慕至極。這是祖墳上冒青煙還是怎麼了？兩年時間，莊花兒那丫頭生意做得多大；從京城回來、像紙糊燈籠似的陳熹，轉眼考中舉人，還是個風姿翩翩的少年舉人。他們還不知道莊蕾已經被淮南王收為義女，否則更是羨慕了。

陳熹去二叔公家吃了茶，再回三叔家吃飯，住了一晚。又跟三叔和三嬸商量修繕老家和辦酒席的事，留下三百兩銀子，說好年底回來，祭祖和酒席一起辦。

他臨走時，一群叔伯嬸子拿了一大堆新鮮菜蔬塞給他，還有隻大鱉，三叔非要他收下補身子，才動身去遂縣，先去藥廠接了兩個要去濟民醫院的學徒，再去接貴兒。

楊明德以為自己已經拒絕得乾乾淨淨，沒想到隔了一天，嚴老頭上門來理論，罵他沒良心。

楊明德氣結，說不要來往的是嚴老頭，現在要來往的也是嚴老頭。到底把他當成了什麼？想要就要，不想要就不要了。

嚴老頭是個十足的勢利眼，當年楊家母子窮苦，但楊明德十六歲便中秀才，聽說讀書人厲害，考上科舉就能做官，腦子一熱，就把女兒嫁給他。後來知道，中了秀才之後，雖然可以繼續赴考，但多少人考到老死，也不過是個秀才，又覺得虧了，跟女兒也不熱絡了。

女兒一死，嚴老頭生怕被這個窮女婿帶累，連外孫也不想看，不願再跟楊明德來往。

這次楊明德中舉，還是第十二名，嚴老頭被兒子細細一說，又心動了，也不管人家願意不願意，就要把小女兒塞給他。黃花大閨女，一個鰥夫還能不要？

母子倆回來，嚴老頭聽說窮鬼女婿不肯要自家小女兒，頓時覺得煮熟的鴨子飛了，連死掉的二娘都是白搭了，養了這麼大，他什麼都沒撈到。想來想去，連著兩個晚上睡不好，乾脆找上門來。

趁著楊家門前來來往往的人多，嚴老頭揪住楊明德當眾質問，指責他沒有良心，手指都要戳到楊明德臉上了。

嚴老頭罵完，又低頭唾沫橫飛地罵貴兒。「沒良心的東西，枉費你娘生你丟了性命！」

楊明德忍無可忍了。「你說夠了沒有？你想斷就斷，不想斷就不斷，天下的道理全在你那一邊不成？」

這時，陳熹走進來，發現有人鬧事，便出去把車上的兩個學徒叫下來。

嚴老頭沒想到一直沒脾氣的楊明德會發火，怒吼一聲。「怎麼，你看上了小寡婦，勾搭成姦，就不准別人說？」

楊明德氣得一把揪住嚴老頭的領子。「你說什麼呢？」侮辱他便罷，但萬萬不能侮辱陳月娘。他和她私下連一句話都沒多說過，哪怕他心悅她，也謹守禮教。

「被我戳中心事了？那小寡婦也不是什麼好東西，拋頭露臉的，還行醫？一個個把不要臉的陳家小寡婦捧到天上去，呸！」嚴老頭罵罵咧咧。「你打呀！剛剛中舉就打老丈人，我到縣太爺那裡去告你！」

陳熹聽見嚴老頭這樣罵，知道他搞錯了，但歷代帝王以孝治天下，岳父雖然是妻父，卻也是親長。楊明德若是一拳打下去，被人告狀，那還得了？

陳熹過去，一把拉住要打人的楊明德。「楊大哥，消消氣，把手放開。」

楊明德紅著臉，手被陳熹拉下來。

貴兒抱住陳熹的腿。「二叔！」

陳熹拉開楊明德，揉了揉貴兒的頭髮。「乖，先進屋去。別出來，當心傷著。」

嚴老頭彷彿勝利似的對楊明德說：「看你敢不敢打我？你只要敢打，我讓你連舉人都做不成。你跟小五的親事，成也要成，不成也得成。」

陳熹看貴兒進屋後，問了一聲。「你是楊大哥的岳父吧？」

嚴老頭瞪向陳熹。「我們家的家務事，不用外人來管。」

陳熹伸手過去，就是一拳。

嚴老頭猝不及防，頭被他打得撞上牆。

陳熹退後一步，挑眉道：「你們家的家務事，我管不著。但行醫的陳家小寡婦是我的長嫂，你侮辱我長嫂，我能不能打你？」又轉頭喊：「藥廠的兄弟，有人在侮辱照顧你們的莊娘子，要不要來補一腳？」

嚴老頭要伸手抓陳熹，被陳熹身邊的暗衛格擋開來。

兩個學徒衝上前，一人踢上一腳。

嚴老頭蜷縮在地上，抬頭看陳熹，還想挑撥。「你居然替你嫂子的姦夫打人！」

楊明德怒吼。「你血口噴人！莊娘子為人正直，救人無數，你竟敢這般侮辱她，不怕遭天譴嗎？」

楊家的動靜鬧得太大，外面圍了很多人。

陳熹道：「天譴的事且再說，我喜歡當場了斷。」過去一腳踩著嚴老頭的肩膀，森冷地看著他。

「我嫂子為我兄長守節，撐起陳家，救我這個小叔，護著小姑，孝順婆母，行醫積善。這些是遂縣人有目共睹的，今日卻被你侮辱，說她與人有姦情？」

嚴老頭仰頭看著陳熹。「你不要仗勢欺人！她與人有姦情，不是我說的，是有人明明白白看見的，孤男寡女同處一室！」

陳熹腳上的力氣加大了，問：「誰說的？」

嚴老頭看見胖大嬸，對她一指。「是她親眼看見的！」

陳熹放開他，一步一步走向胖大嬸。

胖大嬸一步又一步地後退，叫道：「陳二郎，你想幹什麼？」

「問問妳，看見什麼了？什麼時候看見的？」陳熹的聲音散發著與年紀不符的冰冷。

胖大嬸從沒有被這樣的人用這樣的口氣問過，一直口齒伶俐，到處搬弄是非的她，此刻舌頭卻打結了，結結巴巴地說：「那一日，你嫂子過來，去貴兒他爹的屋裡待了很久……」

「我問，是什麼時候？妳這個都記不起來嗎？」陳熹繼續問。

「大概是一年前了。」

「一年前？貴兒摔斷腿的時候？」

「對！」

「貴兒的腿是怎麼摔斷的？」陳熹問她。

胖大嬸雙頰的肉在抖動。

陳熹說：「是妳把他推到地上摔斷了，也不帶他去看郎中，直到楊大哥從外面回來，發現貴兒的腿不對勁，大半夜抱來，我家嫂子見孩子可憐，去找聞先生，一起幫貴兒正了骨。她擔心貴兒亂動，骨折的地方會錯位，便在家試了石膏綁帶，來幫貴兒換綁帶。那個時候，屋裡有楊大哥、貴兒和我嫂子。她換綁帶肯定要時間，所以待得久一些，竟被妳這樣誣衊。」

楊明德走到胖大嬸面前。「貴兒是我的性命，他摔斷了腿，妳卻任由他哭叫了兩日。我抱著孩子去找莊娘子，莊娘子與聞先生救了貴兒。莊娘子見我父子艱難，讓我在藥廠幹活，又請王婆子幫忙看顧貴兒，才有我的今日。」

他說完，看向嚴老頭。「你呢？你見我落魄，年前家中請客，唯獨沒請我這個二女婿。我送年禮去，你說我沒安好心，想讓嚴家出錢供我趕考，當場趕我走。岳母見我匆匆而來，想讓我們父子躲進廚房吃飯，我不願如乞兒一般，抱著貴兒走出嚴家，從此恩斷義絕。

「可笑的是，你見我中舉，就來逼我娶你家五娘做填房，被我拒絕。我一直隱忍，是念及小五是二娘的妹妹，若被人知道這件事，會影響她的姻緣。可你一逼再逼，甚至侮辱莊娘子，拿著孝義來壓我？」

楊明德話落，突然伸手起誓。「蒼天在上，我楊明德怎敢妄想莊娘子這般人物？若是有一絲一毫的邪念，願五雷轟頂，不得好死！」

眾人看他發誓發得毒烈，也知道讀書人要臉面，加上他方才說的那些話，對勢利的嚴老頭很是鄙夷。

陳熹瞪向胖大嬸。「妳給我過去！」

胖大嬸的男人見自家婆娘被陳熹逼著往楊家走，要來阻攔。陳熹身邊的暗衛伸出手，將他擋住。

胖大嬸嚇得臉上血色全無，哆哆嗦嗦問：「你要做什麼？」

「妳先過去，我再說話。」

陳熹逼著胖大嬸站到嚴老頭身邊，淡笑著看蹲在地上的嚴老頭。「老丈，你聽見令婿起的誓了？應該知道，你是被謠言所惑了吧？」

平日嚴老頭在村裡作威作福慣了，今日過來就是吃定楊明德沒脾氣，好欺負。沒想到，同樣是讀書人，陳熹竟然這般凶狠，只能嚥下口水，連連點頭。

「是，是我信了這個女人的話，才誤會了秀才和莊娘子。」

陳熹笑得燦爛。「哦，是這樣？」

「是！是！」

「我已經讓那人站到你面前了，她讓你誤會了女婿，還侮辱我家嫂子，吃了這麼大的虧。你要不要教訓教訓她？若是你不想教訓，那麼我就要問了，其實你心裡還是覺得她說的話是對的，是嗎？」陳熹看著嚴老頭。「亂說話是要挨巴掌的。二十巴掌，你覺得夠不夠，要不要添些？」

胖大嬸尖叫一聲。「不要！」

陳熹橫她一眼。「貴兒在床上躺了那麼久，因為妳，差點瘸了腿，害他一輩子，還侮辱幫他的人，不打妳打誰？只是小爺不想弄髒手罷了。」又對嚴老頭道：「你今日吃的苦頭，以及為了你家外孫吃的苦頭，全是因她而起。嚴家老丈，動手吧！」

嚴老頭站起來，緩慢地伸出手。

陳熹道：「快點，我還要帶貴兒回淮州，別讓我等太久。」

胖大嬸抱住頭，陳熹對兩個學徒說：「兩位小哥，幫嚴家老丈一個忙，按著那位愛胡說八道的大嬸。」

兩人立時過去，扣住胖大嬸。

嚴老頭原是想趁著人多讓楊明德丟人，沒想到被半路殺出的小煞星鬧成這個樣子。見陳熹盯著他，嚴老頭心頭害怕，揮下一巴掌，聽胖大嬸疼得大叫，又揮了一巴掌。

陳熹說：「太慢了，太輕了。難道她這樣挑撥、這樣害你外孫，你心頭不氣？」

今日是躲不過了，嚴老頭只能啪啪猛打。胖大嬸的鼻涕眼淚都流出來了，滿臉青紫。

陳熹見狀，這才冷笑一聲。「我爹歿了，我哥歿了，但陳家還有我和三郎。陳家有男人，陳家的女人是不能被人亂嚼舌根的。」說完，看了胖大嬸一眼。

胖大嬸瞧見陳熹這樣的少年用這種目光盯著她，冒起冷汗。

「貴兒，出來跟二叔走了，婆婆等著你去吃晚飯呢。」

貴兒小跑出來，怯生生地仰頭看著陳熹。

陳熹一把將他抱起。「我們走了！」

貴兒看陳熹笑得溫和，立刻勾住他的脖子。

陳熹對楊明德說：「楊大哥，過兩日，你要來接貴兒，還是我們送回來？」

「我自己過去，還沒向嬸子道謝呢。」楊明德道：「二郎，多謝。」

「大哥也得有些脾性，善心是對著善人的。」陳熹笑著拍了拍楊明德的肩膀。

人打得不重，這件事卻是陳熹占了理。莊花兒在陳家是什麼樣的人，整個遂縣誰不知道？他身為小叔，聽見旁人侮辱自家長嫂，要出個氣，合情合理。而且，兩人不過臉上青紫，沒有別的傷勢。

這件事讓遂縣人發現，印象中病弱的陳家二郎竟是這般有氣勢，不由警醒，有些胡言亂語，說出口時需要掂量掂量。

第一百零四章　縣主

種痘的奏摺上達天聽，再吵鬧的朝堂，看到這樣一份奏摺，也是振奮人心。

皇帝聽說，發現牛痘，且不顧自己年邁親入疫區的聞先生還有一個孫子在明州救下無數傷患，大為感動，親自題下「良醫世家」四個字，封聞先生為從六品的承務郎，聞海宇為從七品的從仕郎。雖然是散官，但品階已經跟太醫院的院判沒有差別。又命朱縣令為聞先生建功德牌坊，這等榮耀可是一般太醫都沒有的。

周院長當了一輩子的太醫，只得一塊牌匾，還是皇帝看他有志於發揮餘熱才給的。

皇帝又問了莊蕾的功績，聽聞淮南王認她當義女，便賜下回春縣主的封號。

可問題來了，莊蕾被封為縣主，卻是個寡婦，那她已故的丈夫要追封什麼？

宮宴上，大家聊起回春縣主，蘇老夫人在遂縣住了小半年，沒事就跟女兒聊莊蕾，畢竟莊蕾的事蹟太多，故事太多。如此一來，她倒是跟說書的一樣，說起了莊蕾的故事。

莊蕾的公公疏財仗義，在村中頗有名望，丈夫也溫和孝悌。沒有陳家，這位縣主可能早就沒命了，遂引出了一段讓人哀嘆的過去。

莊蕾兩次被陷害，當然也有人認為天下無不是的父母，但這個要看皇帝怎麼想。

當初皇帝被選中繼任大統，當今的皇太后可不樂意，非要鬧騰著上書，將次子過繼給先帝。這不是笑話嗎？也埋下了母子反目的導火線。

皇帝登基之後，跟堂弟淮南王要好，將自己的親弟弟貶到隴西，駐紮在淮南王原來的地盤上，名聲終究被人詬病。

聰明的貴妃把這件事放進心裡，膩在皇帝身上時說，回春縣主明理，她對陳家公婆純孝，對自己爹娘仁至義盡之後便義絕了，這是果斷。可見，孝順也是分人的。

這話可對了皇帝的胃口，大筆一揮，追封陳然父子為武德將軍和忠顯校尉，張氏為五品宜人。

莊蕾看著到手的封賞，仰頭看天，當真是天上掉下來的餡餅。只是這個餡餅太大，一口吃不下。

皇帝要召見莊蕾和聞先生，莊蕾很想問，能不能不要封賞？那就不用去京城，這一跑又是個把月，對她來說實在是浪費時間。當然這樣的話還是不要提了，不實際。

皇帝的封賞下來後，忙壞了一堆人。這等榮耀，陳家當真是祖墳冒青煙，祖墳跟祠堂要重修了。原本陳熹中舉的筵席還沒辦，如今還要加上一家子封賞的筵席，張氏少不得帶著陳熹和陳照先回小溝村準備。

年前聞先生從贛州回來，又去了明州，在木先生那裡配了一副霧霴，再和聞海宇到淮州乘車回來。

朱縣令帶著遂縣鄉紳和聞家家人、族老，一起站在城門口迎接。

聞先生下車，一身風塵，他身後的聞海宇不僅長高，還壯實了，顯得沈穩有擔當。

聞海宇的爹娘和聞家人圍過去，聞先生招手，莊蕾提起裙子奔上前，叫了一聲。「爺爺！」

「小丫頭，我們回家了。」

聞海宇帶著笑看莊蕾，輕聲道：「師父。」

「海宇，回來了？」

「嗯。對了，木先生叫我帶回來的東西還在車上，我去拿。」聞海宇興奮地說著，趕緊從車上搬下木箱。

莊蕾猜出裡面是什麼，雙眼都要放光了。

聞先生說：「你們倆先等等，明天再好好開箱子看，行不行？」

這一頓飯莊蕾吃得是心癢難撓，到底沒能忍住，和聞海宇一起連夜去藥廠，打開木箱，把裡面的寶貝取出來。

聞海宇說：「我在明州，已經在黴毛上面看到了妳說的菌體，也看到了黴蟲。」

有了顯微鏡，就可以對很多病理進行分析。這等興奮，可不是建牌樓的官樣文章可以比擬的。

於是，師徒倆帶著一群小徒弟在藥廠的實驗室昏天黑地地忙活起來。

莊蕾想著，年前多做掉一些事，如此年後離開一個多月才不心疼。若非張氏讓陳熹把她拖出實驗室，她大概就日以繼夜泡在那裡了。

莊蕾被逮回回小溝村的馬車上，回到闊別已久的老家，老家早已煥然一新，粉牆黛瓦。家人裡裡外外忙碌開來，見到久別的鄰居，就被拉過去話家常，莊蕾立時便投入其中。

如今的小溝村，年紀大一些的，就跟著陳三叔一起做做木工活計，做做粉筆。滿了十五歲的孩子，就想著問問張氏，看看能不能進藥廠。如此一來，村裡有二十來個孩子都在藥廠或壽安堂幹活，比種地多一份出息，還有工錢可拿，鄰村的人羨慕得不得了。

如今陳家人回來，陣仗是大，但莊蕾還是那般可親，依然是那個在河邊洗衣的莊花兒。

李家村的情形就兩樣了。自從李婆子癱瘓之後，李老頭一直伺候她，伺候不了時，便由幾個女兒輪流照顧。

李老頭在菜地裡挑菜，李家族長一身簇新，帶著兩個半大小子往前走，有人叫他。「族長，您這是去哪兒呢？滿臉春風的。」

「小溝村的陳家請我吃飯。」

「喲，您老好大的面子啊，還能去陳家的筵席，聽說知府大老爺和縣太爺都來了。」小溝村的熱鬧，早已傳到李家村來。

「可不是嗎？這次陳家的陣仗可大了，莊娘子被淮南王認為乾女兒；爺兒倆雖然歿了，但重修墳塋，追封大官；陳家二郎考中舉人，年後還要上京見皇帝呢。」李家族長說道。

「可是，您跟他們家有什麼淵源啊？」李老頭疑惑。

李家族長看了挑菜的李老頭一眼。「還不是當初月娘和離，我出來說了兩句公道話。你們家真有本事，跟陳家斷在人家要發家的時候，親家變仇家。要不然，你家春生現在起碼也是個藥廠的大管事。之前玉蘭得了花柳，弄得不成人樣。昨日她跟著回來，病好了不說，那個端莊模樣，早不似當初的妖裡妖氣了。」

李老頭沒說話，站起來，低著頭往家裡走。如今他們一家，一個老婆子半死不活，家裡空蕩蕩的，還欠了一屁股債，靠著他也還不清了。幾個女兒上門是上門，但久病床前無孝子，也是怨聲載道。

他回到破破爛爛的家門口，聽見李婆子啊啊啊叫著，大女兒正哭著罵她。

「妳再不死，我也要死了。我替妳端屎端尿，夫家還有一家子要伺候。妳生我出來，嫌棄我是個丫頭片子，為了生兒子拚了命。現在呢？妳兒子把家敗光了，我們幾個也要被妳拖累死了。妳要是不那麼無理取鬧，妳兒子興許就不會打月娘。如果月娘還是李家的媳婦，現在家裡就能起高樓了！妳知道現在陳家多有錢有勢嗎？」

李老頭走進去，大女兒抹了一把眼淚，繼續罵李婆子。

「妳叫什麼叫？咱們村裡有孩子進了藥廠做工，一個月拿一兩銀子回來不說，一天三頓在藥廠吃好的，還能讀書識字，現在誰不想託個情面進去？妳外孫想進去，託人去問，一聽見是哪個村的，叫什麼名字，爹娘叫什麼，就不要了，說是莊娘子親自囑咐，只要是妳的血親，一個都不用。要是妳不作孽，他叫月娘一聲舅媽，難道還進不了藥廠？」

李老頭終於忍不住了，扔下手裡的菜籃子，蹲在地上大哭起來。

本就要過年了，加上有這麼大的喜事，陳熹、陳照和三叔公他們一起忙著明天的祭祖，莊蕾則待在家裡招待親眷。

這次，莊蕾找了阿四過來掌廚。這些日子，阿四也帶了小徒弟，口齒雖沒有他兒子清楚，不過在藥廠，大家的胃都靠著他照顧，他是藥廠最受歡迎的人物，根本沒人在意他那如同含著一顆棗子的聲音，一口一個阿四師傅，讓他可以大膽地開口。

「阿四師傅，都準備好了嗎？」

「娘子放心，包管吃得滿意！」

第二日早上，淮州一眾官員到了之後，修繕一新的陳家祠堂迎來小溝村有史以來最大的一次祭拜，前前後後多少村子的人都來看熱鬧了。

魯大人迎了聖旨，走進祠堂，親自唸了祝文。

中午時分，莊蕾這兩年的生意夥伴一個個到來，陳三少爺、朱縣令夫妻、黃家祖孫、聞家祖孫等等，開席百來桌，陳家成了當地的一個傳說。

這個年過得熱鬧，陳家如烈火烹油般地旺，日日赴宴。

朱縣令的調令也下來了，調往蘇州府昆山縣任知縣，雖然官職還是七品，但是遂縣人口少、稅賦少，跟魚米之鄉的蘇州完全不能比。莊蕾聽陳熹說，這種好位置都是要熬的，熬很多年才可能輪到。如朱縣令這樣，算是升官了，到底是世家子弟，不一樣。

莊蕾笑道：「人家是神仙下凡歷劫，上頭有人。咱們是凡人修仙，沒什麼好羨慕的。」

「嫂子說得是。」

原本莊蕾想帶著一家子去京城，但張氏說陳照的學業重要，別讓他丟下了功課，她得在家陪陳照，幫他做飯洗衣，免得沒人照顧。這話弄得胖乎乎的陳照眼眶裡含了一包淚，他一個被家人嫌棄了賣掉的孩子，卻被張氏這般珍視。

莊蕾摸摸他的腦袋。「哭什麼？不求你能讀得跟你哥一樣，但讀書明理是一定要的。以後，咱們一起好好孝敬娘才是。」

陳照重重點頭。既如此，陳月娘也留下了。

莊蕾對陳熹說：「你去找楊大哥問問，原本我想著一家子上京，就帶上貴兒。但月娘和娘都待在家，那孩子放在家裡如何？」

「行啊，這樣阿娘在家也熱鬧些。」

陳熹應下，去找了楊明德，讓他準備準備，一起進京。

如今聞海宇坐鎮壽安堂，周院長管著濟民醫院，黃成業打理藥廠也靠得住。莊蕾發現，別看家業大了，如今也是人才濟濟。

原本上京可以坐官船，雖然不用錢，但船隻大多又舊又破。陳家往來運河，貨物極多，跟漕運那幫人關係又好，陳三少爺便讓人安排一條船，送他們上京，也安全些。另外，陳三奶奶在城西有一處私宅可以讓他們落腳，這般才算是安置好了。

京城這個地方，對於陳熹來說，記憶並不美好。

當初離開，自然不會有人說是謝家故意調包兒子的，很多人揣測，是陳家為了讓兒子能過上好日子，才把兩個兒子換過來。哪怕他天資聰穎，哪怕他努力向上，當侯府世子的光環被剝下來，他什麼都不是。

他拖著病軀來遂縣，只是心存一點點期待，希望自己的父母不是那樣的人。他們不是故意將他調包的，他們是疼愛他的，他能夠死在他們身邊也好。這是一個孩子最後的一點孺慕之情。

回了陳家，雖然父親和哥哥歿了，但家人治了他的病，補了他的心。父母善良正直，姊姊溫柔，嫂子有本事也有抱負，一家子在一起，當真是和和美美。

當初出城，他心想不會再有機會過來，也不願意再來，沒想到會故地重遊。

如今身邊有了嫂子陪伴，他絲毫沒有怯懦之心，一切都變得不同了。

碼頭上，陳家的馬車已經等在那裡，載著他們到城門口，給了路引，一個個下車驗看之後，才放行，比其他州縣嚴格很多。

到了城西，這裡大多是商戶在京城置辦的產業。京城寸土寸金，給莊蕾住的，是陳三奶奶的嫁妝，比她在杭城的宅子小了很多。

京城的院子也是四合院的格局，聞先生住了正屋東側，陳熹住正屋西側。莊蕾一個人住東廂房，楊明德住在西廂房。

去年淮南王受了重傷，休養數月後，皇帝在年前召他回京，暫時住在皇子府內。

安置行李，略微整理儀容之後，陳熹寫了拜帖，便與莊蕾一起去拜見淮南王。

馬車到達皇子府，果然巍峨高大，門口也有重兵把守，無閒雜人等進出。歷來不許官員與皇子之間牽扯過深，所以明面上，大家也不會去遞拜帖，明目張膽地來皇子府。

陳熹上前，對門口的守衛道：「這位大哥，麻煩將拜帖遞交給淮南王妃。我們是淮州來的，娘娘見了拜帖，應當就知道了。」

守衛打量陳熹一眼，又看了看外邊的莊蕾。兩人都是十幾歲的模樣，陳熹的素色衣衫雖然不似京城那些王孫公子穿的華美，但鴨蛋青的長袍穿在他身上，顯得溫文爾雅。他身邊的姑娘上身是素白小襖，下面繫一條淺藍羅裙，外罩杏色斗篷，氣色極佳。京城的高門女子雖然也出門冶遊，卻個個戴上帷帽，眼前這位卻未遮面，倒是顯得大器。

這兩人不似出身一般人家，守衛便把拜帖送進去了。

第一百零五章　太子

莊蕾帶著淡笑，跟陳熹一起等候。

馬蹄聲陣陣，一前一後來了四匹馬，一名穿著紫色袍服的男子從馬上翻身而下，其他人跟在他身後。

門口的守衛跪下行禮。陳熹拉著莊蕾一齊跪下，莊蕾這才恍然大悟，來了京城，動不動就要磕頭的。

男子側過頭，看了地上的兩人一眼，帶著人走進皇子府，問一旁的守衛。「這是誰？」

「稟殿下，是淮州來的，找淮南王妃。」

郭伴伴急匆匆走出來，見到紫袍男子便行禮，等他點頭，才到了門外叫道：「大姑娘，陳二爺，快快進去吧，王爺和娘娘都在呢。」

莊蕾忙上前道：「伴伴最近可好？」

「託大姑娘的福，老寒腿貼了膏藥，走水路回京，竟然沒有發過。」郭伴伴感激地說。

三人進去，不想又見到那紫袍男子，郭伴伴便帶著莊蕾和陳熹向他行禮。

「郭伴伴，這兩位是？」

「稟殿下，是淮州的回春縣主和陳家二郎。」郭伴伴回道。

男子看著陳熹，笑了一聲。「謝弘顯？兩年多未見，我竟認不出了。」

陳熹彎腰。「學生陳熹，見過太子殿下。」

「哦，你回了親生父母那裡，改回陳姓？」

「正是。」

「自稱學生，這是過了院試？孤記得你回去的時候，還是病得不輕。」

「殿下好記性，確實過了院試。」

「以後試試鄉試，當初你可是西麓書院那幫子老學究竭力誇讚的，若是能金榜題名，也不枉少年才子之稱。」太子勉勵陳熹。

陳熹低頭稱是。太子並不知他已經中舉。

太子雖對著陳熹說話，眼睛卻一直看著莊蕾。

莊蕾的頭越發低了，心裡卻在嘀咕。太子身材魁梧，皮膚黝黑，還有戽斗。不是她以貌取人，大多富貴中人長得不管如何，因為家庭的培養，氣質上總能過得去，但這位太子的氣質也差了一重。不過，人家再怎麼樣都是太子，不是她能評斷的。

「妳是皇叔認下的義女？」太子問道。

莊蕾回答。「是。」

「抬起頭來，給孤瞧瞧。」言語之間略有輕佻。

莊蕾繼續低頭。「殿下，義父義母已經久等，小女不敢耽擱。請殿下見諒。」

太子勾唇一笑。「去吧。」

沒想到，這麼個鄉下地方來的女子會拒絕他的要求，太子嘴角揚起一絲嘲諷之意。拿淮南王來擋？姑且當她無知無畏吧，他倒是要讓她知道，誰是君，誰是臣。

莊蕾和陳熹跟著郭伴伴彎彎繞繞，過了一座院子又一座院子，才看到有個白白嫩嫩的小人兒讓一個丫鬟牽著，站在門口，笑得眼睛彎彎。

蓉兒看見莊蕾過來，如圓滾滾的小鴿子般撲過來。「大姊姊！」

莊蕾蹲下抱起她，一起進院子。

淮南王和王妃正閒適地喝茶，莊蕾把蓉兒放下來，蓉兒牽著莊蕾的手過去。

莊蕾叫道：「義父，義母。」

陳熹彎腰。「見過王爺，王妃。」

「坐，都是一家人。」

莊蕾和陳熹坐下，淮南王問了幾句，什麼時候出發的，一路上可好之類的話。

蓉兒爬到莊蕾的膝蓋上，莊蕾摟著她，回答兩人的問話。

淮南王說：「覲見的日子，孤來安排。你們剛剛到，可以先逛逛。」

「嗯，我們也是這樣想的，聞先生想去幾家藥堂走走，周院長幫我引薦了積善堂的東家，我們可以談談，以後是不是要一起種痘？畢竟他們在北方，地盤比仁濟堂更廣些。

「另外，楊大哥也來了，二郎想去西麓書院拜訪以前的先生，順帶引薦楊大哥。若是能進去得到幾位先生的指導，也是好事。」

淮南王看向陳熹。「最近二郎可曾放下騎射？」

「最近確實有懈怠。」陳熹不好意思地低頭。

淮南王笑了笑。「不要放下了，男兒身體強健是必須的。另外，孤幫你找了工部的木工首，跟他說了你的天資。他想要見見你，你拿著我的名帖上門就是。他家乃世代工匠，京城有幾座大橋是他父親的傑作。」

「多謝王爺！」

「大姊，陳二哥哥！」宣兒一身勁裝，從外面進來坐下。

蓉兒不知何時睡著了，莊蕾抬頭對丫鬟說：「煩勞姊姊去拿條毯子來，幫蓉兒蓋上。」

王妃笑了笑。「走吧，讓她睡裡面。」

莊蕾會意，抱著孩子，一起進去。

剛把蓉兒放下，蓉兒就睜開了眼，勾住莊蕾的脖子不放。「大姊姊！」

王妃擰了下小丫頭的鼻子。「小壞蛋，姊姊抱著妳也累啊。」

「不要，我不要姑姑，我要姊姊。」蓉兒不撒手。

「這些天來京城，我倆一直忙著應酬，時常把他們丟下，讓他們無聊得很。」王妃無奈地搖頭。

「那讓蓉兒跟著我？反正我不會有那麼多事情，去藥堂帶著她也沒關係。」

還沒等王妃答應，蓉兒已經抱住莊蕾。「大姊姊最好了！」

「那今兒晚上就讓她跟著妳，我和妳義父還有個晚宴。」王妃說道。

這時，王妃身後的丫鬟拿了一只盒子過來，王妃接過，塞給莊蕾。「這套頭面素淨典雅，適合妳用。過兩日面聖，不能太素淡了。」

「我帶了首飾過來。」莊蕾說道。

王妃一笑。「別囉嗦。妳是我女兒，做娘的難道不能打扮自己的姑娘？」

莊蕾不好再推，笑著接下了。

三人出去，卻見太子站在院子裡，表情似笑非笑。

前生今世，莊蕾替人看病，人生百態見識得多，這位給她的感覺，當真不好。

淮南王瞧見自家小姑娘，無奈地笑。「怎麼又不睡了？」

蓉兒揉了揉眼睛，掙扎著下來，邁開小短腿跑到淮南王身邊。

淮南王摸著她的頭。「還不去向皇兄行禮。」

蓉兒有模有樣地過去行禮。「見過皇兄。」行完禮，就跑回淮南王身邊。

淮南王一把抱起她，放到腿上，對莊蕾說：「這位是太子殿下。」

莊蕾屈身行禮，太子笑著說：「妹妹不必多禮。方才在門口，已經行過禮了。」

莊蕾淺笑著起身。「義父義母，那我先回住所了。」
太子截了她的話。「妹妹剛剛來，怎麼就要走？」
莊蕾淡淡地說：「到了京城，來向義父義母報個平安。殿下想來有正事要與義父商量，我就不打擾了。」
「妹妹不必著急，既然妹妹剛到，不如孤帶著妹妹逛逛京城？」
陳熹道：「殿下日理萬機，不敢煩勞殿下，我們自去即可。」
淮南王出了聲。「趕了這麼遠的路，都沒好好休息，快回去歇歇吧。明日二郎去西麓書院，也把宣兒帶過去，我與你義母清靜兩天。」
莊蕾聽到淮南王這般說，把手伸給蓉兒。蓉兒下了淮南王的膝蓋，跟在莊蕾身側，宣兒跟陳熹也站起來告辭。
王妃讓自己身邊的丫鬟跟過去伺候，莊蕾一行人這才出了皇子府。
等莊蕾一走，太子看著離去的背影，對淮南王說：「皇叔獨具慧眼，妹妹果然出色。」
淮南王抬起眼。「是嗎？」
太子進屋喝茶，問淮南王。「聽聞妹妹還在守節之期，今年除服？」
「是。」
「孤有個提議，想問問皇叔的意思。」太子說道。
淮南王看向外面，悠悠地說：「若是打那丫頭的主意，你最好就別說了。那丫頭既是我的義女，你又有你外祖家的幫襯，若是再得孤的裏助，讓人怎麼想？」

「皇叔何懼流言？孤乃是一國儲君，若是能得皇叔與國丈的助力，也是天經地義。」

太子好生自信，讓淮南王簡直無語。

淮南王站起身。「歷來儲君行事，要懂得韜光養晦。如今朝局不穩，皇上心煩意亂，殿下還是多為皇上分憂。有些事情水到渠成，何必急於一時？這丫頭來自鄉野，野性難馴，不適合內廷，殿下莫要為她分心了。」

聽到淮南王這般言語，太子心頭不忿。莊蕾固然姿容出色，可他身為儲君，什麼樣的女人沒有，還不是為了表示對淮南王的重視，想與淮南王結盟嗎？結果，淮南王居然用這樣冠冕堂皇的理由拒絕，擺明了不想和他結盟。

莊蕾出了皇子府的大門，自知不能在孩子面前多談方才的事，更何況還有丫鬟在一旁，便問了一句。

「先回去歇歇，等會兒跟聞先生和楊大哥一起出來吃晚飯？」

「好啊，我們一起去吃炙鴨。」

申時三刻，西城萬商雲集，熱鬧非凡。

莊蕾幫蓉兒買了個糖人，見糖炒栗子熱呼呼的，又來了一包。

蓉兒還小，走不得長路，便被陳熹抱在手裡。

莊蕾抓了一把栗子，把紙包傳給後面的宣兒和楊明德等人。接著先剝出一顆栗子仁，塞進蓉兒的嘴巴裡。再來一顆，塞進陳熹嘴裡。

蓉兒看見各種小東西都想要，莊蕾買了一堆小玩意兒給她。

「這家炙鴨館，別看鋪面不大，卻是老饕們最喜歡來的地方。」

陳熹掀開棉簾，帶著一行人進去。此刻，夜市剛剛開始，裡面只有稀稀拉拉幾個客人。夥計見到人，連忙來招呼。

陳熹帶著大家坐下，點了菜。「一隻炙鴨，半隻肥雞，一塊燒肉切成攢盤，一人一條骨酥魚。再來一大碗羊肉羹、一盤炒銀芽、醋溜白菜，跟一籠春餅。」

菜色的味道真是不錯，小鯽魚骨酥肉爛，都不用吐骨頭，也是補充鈣質了。

陳熹包了春餅遞給兩個孩子，又幫莊蕾包了一個，莊蕾接過吃著。

這時，兩個客人進來，坐下要了酒菜。

座位面向莊蕾的長臉男子說：「侯爺讓我去請陳家那個小子來侯府赴宴。一個野小子，也當得侯府這般敬重？他算什麼東西？」

另一個背對莊蕾的男子，莊蕾只能聽見聲音，看不到他的樣貌。

「如今不同了，人家的嫂子是淮南王的義女，皇上親封的縣主。又和蘇府、柳府都有交情。安南侯府咬定是陳家調包了兒子，皇上卻道陳家大官人仗義疏財，而且淮南王當殿說陳家並不窮困，完全沒有必要換孩子。

「當初侯爺不顧陳家那小子身體不好，把人送回去，又把謝弘益搶回來，毫不顧惜孤兒寡母，實在薄情。皇上深以為然，若此刻侯爺沒有什麼表示，豈不是失去聖心？等陳家小子到了，以前你與他的交情還不錯，去好好勸兩聲。到時候他來安南侯府赴宴，認下侯爺這個養父，就沒事了。」

「為他辦了這麼一場宴會，值得嗎？」

「不管值不值，你都得去，就不要再抱怨了。如今人家有淮南王護著，你能如何？」

「為什麼不讓謝弘益去請？」

「侯爺哪裡沒想過？謝弘益從淮州回來後，便恨上了陳家的人，怎麼樣都不肯去見陳家人一面，這幾日乾脆住到西麓書院去了。」

「所以才要我去？你以為謝弘顯會聽我的勸嗎？當初他是怎麼走的，你們又不是不知道。這種為難的事情，偏生要我去做。」

莊蕾抬頭看陳熹，陳熹搖了搖頭，輕聲說：「這位是謝夫人的娘家姪兒，當初一直表弟表弟的叫我，在謝家家學讀書，靠著謝家過日子。另一個一直勸他的，是安南侯的堂姪。」

聞先生也聽見了這些話，他幫陳熹診斷過，陳熹到底怎麼得病的，他也一清二楚。

「二郎，這種人家，還是不要來往的好。」

陳熹背對著那兩人，兩人看不清楚他的樣子。

蓉兒胃口不大，吃了一會兒，便開始叫道：「不要吃了，我飽了。」

莊蕾接過陳熹遞來的羊肉羹，喝了一口。「味道確實好。」

「是吧！這裡的老火羊肉湯，是京城裡第一的。」陳熹故意揚聲道。

莊蕾看著對面的男子臉色變來變去，起身走來，認出了陳熹，叫道：「弘顯表弟！」

「敝姓陳，名熹，不要搞錯稱呼了。」陳熹的筷子停留在肥雞上。「不過，我還是要謝謝你當初帶我來吃了這裡的炙鴨，否則來京城，我居然除了西麓書院和謝府，還真不知道哪裡的飯菜可口。」

「不管弘顯還是陳二郎，你都是咱們的兄弟，咱們是一起長大的。再說了，叔父這次辦筵席，也是要慶賀你恢復健康。哪怕你不是謝家的子孫，也是他養育多年的兒子，謝家以你為榮。」謝家這位可真是能說會道。

陳熹哂笑一聲，吃完飯菜，拿出帕子擦了擦嘴角。「謝公子不必客氣，若非那時謝家無我容身之地，我也未必會知道陳家原來是這般人家。既然當初是抱錯，現在已經換回來，如謝弘益所言，就不必來往了。」

兩人面色尷尬，回去後將遇見陳熹叔嫂之事告知安南侯，卻不敢提他們在炙鴨館裡說了什麼話。

安南侯剛剛從太子那裡回來。

太子對他的耐心，已經到了極限，加上太子想把莊蕾納入東宮，卻被淮南王拒絕，讓這件事變得越發棘手。

安南侯回想，之前在陳家，陳家還將他當成座上賓，這次竟然說出這樣的話。他與秦院判所訂的殺人之策失敗，本就惶惶不安，想藉著筵席之事邀請陳熹，看看叔嫂倆的態度，是即便心中懷疑，卻不打算撕破臉皮呢？還是已經對他有了其他想法？

陳熹如此強硬，看來兩人的翅膀是越發硬了。

「侯爺。」謝福過來了。

「進來。」安南侯應道。

謝福向他磕頭，說道：「侯爺可知，陳熹已經中舉？」

「什麼？」安南侯驚訝地站起身。

「而且是鄉試第七，是去年大津年紀最小的舉人，聽聞皇上要召見他。」謝福補了句。

安南侯說不出話了。

第一百零六章 真相

最先得到陳熹中舉消息的，自然不可能是安南侯府。

對於北方最厲害的西麓書院來說，每年觀察各個省區的鄉試前幾名，是最為重要的事。江浙的舉子占掉科考進士的半壁江山，兩省去年科考新鮮出爐的舉子，就成了他們觀察的對象，當作未來最有力的對手。

這天，陳熹和楊明德帶著宣兒來到西麓書院門前，說要拜見季山長。

西麓書院位在京郊的西山腳下，西山風景秀麗優美，西麓出去的學生能人太多，一年一年資助下來，西麓書院買下後面的整片山頭，可跑馬，也可遊玩。

京城的謝弘顯莫名變成了金陵的考生陳熹，小小年紀就中了鄉試第七，眼看就要金榜題名，卻跟自家書院沒有半毛錢關係了，西麓書院的季山長心裡疼啊。

季山長見以前那個小小的謝弘顯，如今已經長成一個小夥子，想當初他因病在家休養，他親自去安南侯府看望，彼時陳熹眼睛裡的絕望，和現在臉上帶著微笑完全不同，一時間不敢認了。

陳熹上前行禮。「季山長。」

「如今我是不是該叫你一聲陳二郎？」季山長忙扶起陳熹。

「是。」陳熹介紹身邊的男孩。「這位是淮南王世子。」

「認得，之前世子來過。」

宣兒彎腰。「見過季山長。」

「世子萬萬不可多禮。」

「父王說，天下讀書人皆可為我師。我時常聽陳二哥哥說起您，很是仰慕。」

宣兒這番話，很是熨貼季山長的心。

陳熹轉頭，把楊明德介紹給季山長。「這位是我的同鄉，與我一起中舉的楊明德。」

「學生楊明德，見過季山長。」楊明德向季山長行禮。

「聽說了，去年金陵鄉試的第十二名。走，一起進去。」季山長招呼道。

「等等，我幫山長帶了樣東西，山長看看是不是有用。」陳熹從車上拿下一塊小黑板，還有一個袋子，裡面裝了兩盒粉筆。

「這是？」

「進去之後，我用給您看。我覺得，這些對書院來說是好東西。」陳熹笑著說道：「淮州附近的書院，已經開始用了。」

季山長帶著陳熹等人進去，問起陳熹的近況。幾個學生經過，見到季山長便行禮。

「看起來，你的身體完全康復了。」

陳熹笑著說：「是，身體已經好了。」

當初謝弘顯被選為四皇子伴讀，在世家子弟中，引起了一陣子議論。後來他得了重病，又傳聞是鄉間農人調包的孩子，捧得有多高，摔得就有多慘。對於一個心性未定的孩子來說，那樣的打擊是滅頂之災。不知道是什麼樣的際遇，能讓陳熹振作起來？

季山長這樣想著，也直接問了。

陳熹說道：「阿爹和大哥橫死，大姊處境維艱，母親六神無主，我身患重病，一切的重擔全壓在我家嫂子身上。嫂子年紀還輕，卻要護住這個家，護住我。我想著，應該幫她一把，讓她能喘口氣。後來，嫂子一心治病救人，一個姑娘家尚且有這樣大的志向，我一個男兒自然不能落後。」

進了季山長的書房，陳熹和楊秀才一起打開黑板，陳熹拿出粉筆在上面寫字，又用棉布擦去。

季山長長年教書育人，一下子就看出了其中的妙處。

「我嫂子要在自家藥廠教新招的學徒讀書，便想出了這些東西。」陳熹介紹道。

「你家嫂子怎麼會想到讓夥計識字的？」

楊明德接話。「莊娘子還想了辦法激勵這些學徒。另外，若非莊娘子相助，我這輩子可能就和科舉無緣了。」

聽到楊明德這般說，季山長越發覺得有趣，走出門道：「去叫先生們過來。」

不一會兒，兩位先生來了，矮敦敦的董先生看向陳熹。「是……」

「董先生，如今我叫陳熹。」

董先生拍他的肩膀。「聽說你考上了舉人？這次來，是上京趕考吧？」

「我打算過幾年再大比，這次是楊大哥先考。」陳熹說道。

「為什麼不考啊？你的本事，金榜題名也是極有可能的。若能高中，以後可就前途無限了。」董先生問他。

陳熹笑了笑。「不行，我得等三年，而且要提前一年來西麓讀書。不管怎麼樣，我也是從西麓出去的人。」

季山長知道陳熹是半開玩笑，不過陳熹有這個心，他就很高興了，招呼兩位先生過去。

「你們來看這塊黑板，還有這些粉筆。」

兩位先生聽陳熹解釋，都說是好東西。

陳熹從懷裡拿出寫了黑板製法的紙，交給季山長。

「山長，黑板的製法給您了，可以請木匠幫您做。至於粉筆，因為用在石頭上和木板上的軟硬不一樣，還要控制灰塵，遂縣的匠人摸索很久才試出來，您就讓他們賺個錢。您若是要，已經運了一批來京城，可以去買。一盒二十文，有一百支，淮州的幾間書院說，一盒可以用十來天。」

「真夠便宜的。」董先生道：「自己花時間做也不划算。」

「你告訴我們去哪裡買粉筆就好了。咱們還是聊聊，你們那間藥廠是怎麼教那些學徒的。」季山長側過頭，看向楊明德。「跟你們介紹，這位就是金陵的第十二名舉人楊明德，之前在藥廠教書。」

三人聽完楊明德說話，季山長又聽陳熹道：「我嫂子正在積攢本錢，想要開一所學院，培養郎中。我家嫂子認為，除了官員需要經過科考，郎中更要通過考試。所以她的想法是收一些落地的舉子去學醫。不為良相，便為良醫。」

「陳二郎，既然你嫂子也在京城，不知道我是否有緣與這般奇女子見上一面？」季山長問道。

「若是有時間，我可以與嫂子再來拜訪您。」陳熹應下。「對了，山長，如今謝弘益在書院讀書嗎？」

「是。怎麼，你要見見他？」

「我娘讓我們捎點東西給他。」

董先生叫小廝過來，讓他去找謝弘益。

等了一會兒，小廝來回道：「董先生，謝世子的同窗說，謝世子已經兩天沒來了。」

陳熹站起身。「昨天我遇見安南侯府的人，說世子長住書院，怎麼會沒來？」

季山長這才驚覺不對勁，讓人去請陳熹的老師過來。

那先生一進來，季山長就問：「謝弘益兩天沒來上學，你不知道？」

「謝弘益遞了假條，說是母親生日宴，請幾天假陪陪他母親。」先生說道：「我看到條子，才放他回去。那張條子，還是謝家親自送來的。」

季山長依然懷疑，派人去謝家問問。

陳熹心想，如果謝弘益出了什麼事，自家嫂子肯定會擔心，得回去確認一下，便準備向季山長告辭。

「山長，楊大哥要參加今年的會試，若是最後一個月能在書院溫習，定然事半功倍。不知山長意下如何？」

楊明德站起來。「不用了，這樣叨擾不好。」

季山長說：「不必客氣。二郎說得對，你在這裡跟我們的舉子一起討論，彼此都有裨益。我讓人安排你的住處，你明日就能過來。」

楊明德應下，向季山長道謝。

出了西麓書院的門，陳熹對楊明德說：「楊大哥，你的文章還是太過於拘泥，若待在西麓書院，可以開闊眼界。」

「二郎，你們幫我的忙太多了。這等深恩，我怎麼報答？」

「早晚都是自己人，總歸要叫你一聲姊夫的，幫你不就是幫大姊？」

馬車經過一個路口，鬧哄哄的。陳熹掀開車簾，看見有個婦人和幾個家丁被人群包圍。

這個婦人的臉，他太熟悉，正是安南侯的夫人胡氏。

「弘益，聽娘的話，跟娘回去吧。」

陳熹一聽，抬頭看去，眼前的牌匾上寫著「活色生香」，分明是一家青樓。

謝弘益才幾歲，居然逛起青樓了？

陳熹讓馬車停在街角，掀開車簾，聽胡氏說：「你聽娘的勸，回家去吧。」

原來，胡氏也有這麼溫柔的時候。以前他去請安，有時胡氏連眼皮子都不會掀一下。

因為孺慕之情，讓他總覺得是自己做得不夠好，才不能得到父母的喜愛，要加倍努力，讓父母以他為榮。後來，他才知道這是永遠不能達成的願望，因為他壓根兒不是他們親生的。他們從來沒有在他身上投注感情，他怎麼可能會得到他們的疼愛？

不過，他有親娘的疼愛，無所謂了。看到這一幕時，心中已無太多的波動。

另一邊，陳燾看著眼前的胡氏，腦子裡想的卻是待在鄉下的張氏。張氏不像胡氏那樣年輕，卻有滿滿的母愛。

他從胡氏手裡抽回手。打從他回來後，胡氏確實對他千依百順，但也一次又一次地提及，如果不是陳家人故意調包，他不會流落到淮州，他們之間也不會骨肉分離。

事實是怎麼樣的？陳燾很清楚。這樣的顛倒黑白，這樣的隨意誣衊，養父母比他們好千百倍。

看名字就知道，活色生香不是高級的花樓。有點格調的花樓，誰會取這麼媚俗的名字。

幾個濃妝豔抹的花娘站在門口，搔首弄姿地叫道：「哎喲，姊妹們快來看啊，侯府夫人在求自己的兒子回家呢。」

這話一出，說話的花娘立時被侯府家丁一把揪住。

花娘哪裡見過這種陣仗，頓時知道自己嘴賤，說了不該說的。還沒挨拳頭，就嚇得跪在地上求情。

「大爺饒了奴奴，奴奴說錯了。奴奴還年輕，還想苟全性命。」

這時，三十多歲的鴇母帶著一個嬌嬌弱弱的小姑娘從裡面走出來，向陳燾施禮。

「小侯爺，您帶著玉兒回去吧。玉兒就算咱們送您的了，只要您走就好。」

陳熹看過去，那個小姑娘的臉，讓他有莫名的熟悉感，可不是眉眼之間像自家嫂子嗎？立時心驚起來。

原來，陳燾竟有了這般心思。

「小侯爺，您回去吧。」玉兒也過來勸他，扯著他的袖子。「回了侯府，您才有大好前程。奴是卑賤之身，不堪服侍您。」

「大好前程？」陳燾大吼一聲，把圍觀的路人嚇了一大跳。「我有什麼大好前程？我親爹為了保下我，把我調包給養父。我養父母根本不知道他們的兒子已經被換了，還歡歡喜喜地回去，把我捧在手裡養大。」

「弘益！」胡氏尖叫，想阻止陳燾把真相說出來。

陳燾對著胡氏大叫。「你們早就知道謝弘顯不是你們的兒子，對他不聞不問也就罷了，為什麼還要給他下毒?!」

豪門恩怨已經引得很多人過來圍觀，其中還有來趕考的學子，現在陳燾說出下毒的事，更是讓人興奮，打起十二分的精神來聽。

「你胡說什麼？」

陳燾一臉悲戚。「我胡說嗎？我可是聽父親親口跟謝福說的。他們沒想到謝弘顯的毒能解，沒想到花兒姊在醫術上有這樣高的天分，認為自己的計劃已經敗露，居然想著怎麼殺了花兒姊！

「布穀鳥是怎麼孵蛋的？把蛋下在別人的窩裡，再把別人的蛋推下去。你們比布穀鳥更噁心，等養父母將我養大成人，便殺了我的養父和養兄。你們想過我嗎？你們覺得我還能開口叫你們父母？」

陳燾蹲在地上，崩潰地大哭，一邊用手捶打自己的頭。

「要我認賊作父，我做不到！」

圍觀的人看見這一幕，更是覺得淒涼。

胡氏叫道：「少爺瘋了，把他捆回去！」

這句話一出，更讓看熱鬧的人以為她要掩蓋真相。

「你們別過來！」陳燾撩起胳膊，上面是一道道剛剛結痂的傷疤，觸目驚心。

胡氏被他手上的傷痕一驚，退後一步，不敢再往前。

大家也看見陳熹手上的傷痕，深吸了一口氣。

陳熹看著胡氏。「您知道嗎？知道這件事之後，只要一想起，我就劃一道。唯有流血的疼，才抵得過我心裡的疼。後來我才想明白，你們不想放過陳家人，只是怕我回來之後，跟你們不親。」

圍觀的人譁然，謝家到底有多惡毒，才會做出這樣喪盡天良的事。

陳熹再次質問胡氏。「為了讓我跟你們親近，你們就要殺死我的養父母，哪怕他們這些年悉心教導我、疼愛我？」

「弘益！」胡氏心慌意亂，已經掉進了陳熹的陷阱。

「我不想當謝弘益，我想當陳熹！」

楊明德也看著外面，問陳熹。「他說的可是真的？」

陳熹沈思，為什麼陳熹要在大庭廣眾之下說出這件事？一旦說出來，可就沒有迴轉的餘地了。

陳熹淚流滿面。「我是你們生的，卻是陳家養大了我。我的親生父母殺了我養兄和養父，您能告訴我，我該怎麼辦嗎？」

「弘益，你瘋了！這都是你的臆想。來，跟我回去！」安南侯下馬，衝向陳熹。

陳熹看向安南侯，像是看到了洪水猛獸。「你別過來！」

「弘益，我們一起回去。」安南侯叫道。

陳紊笑得很悲涼。「我想回遂縣，可我再也回不去了。你殺了阿爹和大哥，我是你們的骨血，不能殺你，只能用我的命來償。」

他話落，從懷裡拿出一只瓷瓶，將藥丸往嘴裡倒去。

第一百零七章　毒發

「弘益！」

安南侯衝過去，奪下陳熹手裡的瓶子。瓶中只剩幾滴藥，但瓶身上沒有任何標記。

「你到底吃了什麼?!」

陳熹見情況不對，下車跑過去，卻見陳燾開始咳嗽，一口血沁出嘴角。

「阿燾！」

陳燾站起身，看他一眼，彎著腰捂住肚子。

陳熹扶住他。「你吃了什麼？」

陳燾看著陳熹。「不用問了……陳熹，如果我回去，阿爹和大哥會不會不要我？」

陳熹抱住他。「你是陳燾，阿爹和大哥怎麼可能不要你？出門之前，阿娘讓我們來找你，就怕你還生她的氣。」

陳燾笑了笑。「其實，你早就知道是怎麼回事了，對嗎？上次，你為什麼不告訴我？」

陳熹愣了，上次不是全告訴陳燾了嗎？這是什麼意思？

陳燾暗暗在他手上使了把勁兒。陳熹還沒反應過來，陳燾已經咳出一口血，殷紅的顏色讓人觸目驚心。

安南侯要過來，陳靐卻說：「不要過來！」

「楊大哥，你快去找我嫂子！」陳熹高聲喊。

楊明德應下，叫車夫快點趕車。

「阿靐，你撐住，跟我們回遂縣，咱們可以在一起。你回去，阿娘會高興的。」陳熹雖然這麼說，可陳靐的身體越來越重。

安南侯跑到陳靐身邊，看向陳熹。「把他交給我！」

陳熹搖頭。「阿靐想要回家。」拍著陳靐的臉。「阿靐，撐著點，嫂子馬上就到了。」

陳靐淒然一笑。「不用了。」

陳靐的身體不斷下滑，陳熹跪在地上，將他抱在懷裡。

陳靐說：「我多麼希望，自己只是陳家的二郎……」

陳熹的眼淚從眼眶裡落下，落在陳靐臉上。「阿靐，咱們回去。你還是陳家二郎，阿娘、大姊和三郎在等著咱們。」

「嗯……」陳靐咬著嘴唇。「是我害了你……」

陳熹搖頭。「阿靐，不關你的事，沒有人怨過你。」

陳靐的血從嘴邊湧出來。「你們明明知道他們是害死大哥和阿爹的凶手，卻瞞著我，不讓我傷心，不讓我難過。可他們不肯收手，還要殺你和花兒姊。今天，我用這條命，換一個真相大白，希望你們從此平安。」

一旁的人看著眼前鬧劇，有人開始把整個故事串聯起來。

「謝家一直說，是遂縣的陳家人貪慕他們家的富貴，才調包孩子的，原來裡面還有這種故事。」

「十幾年前，謝家看似風光，其實危機重重……」

陳熹輕聲說：「阿燾，撐一撐，好不好？想想阿娘，她已經沒有了阿爹和大哥，若是知道你……」

「是……是我不孝……」陳燾說話的聲音已經模糊了。

一旁的人見狀，更是同情，紛紛落淚，看向安南侯夫婦的目光更是充滿了憤慨。

有人冷哼一聲。「在權貴眼裡，從來沒有把人命當成一回事。可惜他算錯了，沒想到親生兒子對養父母有很深的孺慕之情。」

「你錯了，他想過，只是沒能把人趕盡殺絕，還讓自己的親子知道了真相。你沒聽到嗎？小侯爺為了保住另一個被調包的孩子和姊姊，不惜把這件事大白於天下，太可憐了。」

「純孝啊，他實在是兩難。」

一旁的人議論著，人越來越多，學子們圍在陳熹和陳燾身前，不讓安南侯接近。

「阿燾！」一個聲音傳來。

陳熹仰起頭，叫道：「嫂子！」

人們紛紛讓開路，莊蕾揹著藥箱奔過來，撲在地上。「阿燾，你怎麼這麼傻？」
陳熹對安南侯吼道：「把藥瓶拿過來！」
有學子抽過安南侯手裡的藥瓶遞來，莊蕾問道：「這是什麼藥？」
陳熹說：「我問了，但阿燾不肯說。」
「阿燾，這是什麼藥？」
「姊，別問了，帶我回去好不好？」陳燾問莊蕾。
「你不說，剩下的一口我喝下去，咱們一起去找你哥和你爹！」莊蕾拿起瓶子，作勢往嘴裡灌。
陳燾驚叫。「不要！」
「什麼藥？」
「斷腸湯。」陳燾虛弱地回答。
莊蕾趕緊從身邊的藥箱裡拿出一只藥瓶，顫抖著手，將藥丸塞進陳燾嘴裡。
「吃下去！」
莊蕾餵完藥，對陳熹說：「二郎和楊大哥把阿燾抱上車，趕快回咱們住的地方，跟聞爺說阿燾是斷腸湯中毒，讓他先催吐，我去抓藥。只有兩個時辰能救命，過了就沒用了。」
安南侯反應過來，要攔住莊蕾，莊蕾喝道：「讓開！誰能帶我去最近的藥堂？」
一旁有人說：「小娘子跟我來。」

莊蕾跟那個人往前跑，卻忘了藥箱，一個學子撿起藥箱追上。

莊蕾奔到藥堂門口，站著彎腰喘了口氣，焦急地進去道：「麻煩幫我抓藥。」

「方子？」

「有人中了斷腸湯的毒，我唸出來，您直接幫我抓行嗎？」

「有方子，咱們才能抓藥。」

莊蕾無法，走到坐堂郎中的桌旁拿起紙筆，飛快開起了藥方。

跟進來的學子看她頭上冒著汗，寫完方子，走到櫃檯上遞給夥計，這才抬起手，用袖子擦了臉上的淚。

「小哥，您快點，等著救命啊。」莊蕾催促夥計。

夥計說：「知道知道。小娘子，您等等，馬上好。」

「小娘子，妳的藥箱。」學子把藥箱交給莊蕾。

莊蕾忙道謝，接過藥箱和夥計遞給她的藥，又往外奔跑而去。藥箱平時揹著不沈重，可這會兒卻是有些礙手礙腳了。

看莊蕾不方便，學子追上來。「小娘子若是信得過我，把藥箱交給我拿吧。」

莊蕾把藥箱塞給他，提起裙子一路狂奔。這裡離她住的宅子不遠，跑到門口，見楊明德攔在門外，門外是安南侯府的人。

「楊大哥！」

「讓我們進去！」安南侯對莊蕾道。
莊蕾看向他，眼淚從腮邊滑落。「滾！」
幫忙拿藥箱的學子也到了，楊明德接過莊蕾的藥箱，莊蕾道：「楊大哥，麻煩你帶這位先生吃口茶歇歇，我去幫阿燾煎藥。」
聞先生過來，接下莊蕾手裡的藥包。
莊蕾問：「爺爺，阿燾怎麼樣了？」
「已經吐乾淨了。我去煎藥，妳進去看看他。」
莊蕾點頭。「好。」踩上臺階，卻一腳踏空，跪在廊簷的石板上。
還站在院子裡的學子驚叫。「小娘子，小心！」
陳熹衝出來扶起她。「嫂子，沒事吧？」
莊蕾搖頭。「我進去看看阿燾。門外那兩個東西，你去打發了。」
莊蕾走進去，陳燾躺在床上，臉色雖然蒼白，精神卻不錯。
她把門關了，過去把脈。
陳燾叫了一聲。「姊！」
莊蕾揉了揉他的頭髮。「還難受嗎？」
「舌頭疼。」陳燾伸出舌頭給莊蕾看。

莊蕾捏他的臉。「養兩天就好了。後悔嗎？」

陳熹搖頭。「阿爹養我到大，我是家裡最受疼愛的孩子。我只是想讓侯府的人被繩之以法，我沒做錯。」

「阿熹，你長大了，成了男子漢，有擔當了。」

「姊，以後妳去哪裡，我就去哪裡，咱們不要再分開。」

莊蕾想起陳熹在書裡那樣厲害，說：「傻瓜，以後你要建功立業的，我們各自做好自己的事。好好睡一覺吧。」

「那妳在這裡陪我。」陳熹看著莊蕾。

「行。」莊蕾要過去坐在椅子裡。

「坐床邊，咱們說說話。」陳熹拍著床。

莊蕾戳了戳他的腦門。「嘴巴疼，就不要多說話了。」

「看著妳，就像還在小溝村的時候……」陳熹說著，眼淚落下來。

莊蕾抽出手絹，幫他擦眼淚。「別想了，以後我們都會好好的。」

與此同時，陳熹正在門口對付安南侯夫妻。

剛剛他帶著陳熹回來時，忽然反應過來，陳熹和莊蕾是在作戲。但這麼大的事，莊蕾卻完全沒有告訴他，把他當成什麼了？

他不知道，這是陳熹跟莊蕾的約定。兩人私下與淮南王商議時決定了，陳熹到底是侯府養大的，但這種事必須有人完成，就不要讓他沾手了。

「弘顯，弘益他如何了？」

陳熹仰頭看天，決定把戲演下去。

「侯爺，謝弘顯被判定肺癆，喝了一年多您準備的毒藥，本該兩年前回到遂縣就死了，您怎麼還好意思叫我一聲弘顯？若非阿燾說出來，我沒想到，你居然還殺了我父親和大哥。就因為我家是庶民，而你是侯爺嗎？」

他說著，上前一步。「我一出生就被你調包，在侯府這麼多年，其實你只將我當成是一個工具。我現在細想，兒時莫名被你關進後院那間暗無天日的房間裡，叫天天不應，叫地地不靈；三日無飯食，又冷又餓。那時候，您是真的要弄死我吧？

「後來，我被選為四皇子伴讀，您回來卻用荊條抽打我，說我不懂藏拙，說我小小年紀就喜歡出風頭，以後定然不能成器。」

這裡離剛才陳燾自盡之地不遠，現在門口又圍滿了人。

陳熹低頭，眼淚落下。「當時我還是個孩子，不知道自己哪裡做錯了，為什麼別人事事不如我，他們的父親卻那般疼愛他。我呢？躺在床上下不來，您派人開了藥，然後不知怎的，就變成了肺癆。侯爺，你怎麼能這麼毒？」

陳熹用袖子擦了把臉上的淚。「我躺在床上，聽院子裡的下人說，我不是謝家的骨肉，是我父母貪戀富貴，將我調換給侯府。我不願如一條狗一樣活著，求你將我送回家，只為問父母一句，為什麼要這麼做？結果，我第一眼看到的，是父兄躺在門板上的屍體。

「後來，我才知道，我家雖是農戶，但我父親仗義疏財，大哥和善寬厚，嫂子聰明機智，母親和大姊善良溫柔，是這麼好的一家人。如果不是我嫂子，今日我們全家早已入了黃土。我嫂子救人無數，可你居然派人去刺殺她？」

「一派胡言。我養大你，你竟如此血口噴人！」

「血口噴人？秦院判給我吃的方子，你敢拿出來嗎？聞先生一搭脈，就知道我被下了毒，要不是我命大，今日焉有命在？我們明知道你心思不善，卻不願讓阿熹知道他的親生父親是殺了他養父的凶手，才瞞著他。如果你就此收手，為讓阿熹不背負這樣深重的愧疚，我們或許一輩子都不會說出來。他為什麼會知道？你和謝福為何還要殺我們？」

「你先告訴我，弘益怎麼樣了？」安南侯的臉色變幻不停。

陳熹冷笑。「侯爺請回吧。從此世間只有陳熹，再無謝弘益。」

「說得好！陳家小哥，你真能不恨侯府的親子嗎？」有人問他。

「他有何辜？他是家父家母親手養大的孩子，是我的家人。剛才他昏沈之間，一直叫著要回遂縣。人無法選擇投胎在誰的肚子裡，如果可以，我希望沒有被調包，他希望自己是陳家的孩子。人的高低貴賤，不在於出身，而是人品。家父家母人品貴重，我們以他們為榮。」

陳熹回答完，轉身進了門。

陳熹進了院子，卻見陳燾抓著莊蕾的手，含笑看著她，莊蕾也一臉溫柔地照顧陳燾，心中頓時又酸又疼，還生出隱隱的惱怒。

莊蕾見陳熹進來，問道：「二郎，謝家夫婦走了？」

「沒有，還在門口。該說的，我都說了。」

陳燾看著陳熹，裝腔作勢道：「姊，幫我看看，我嘴巴好疼。」

陳熹暗暗咬了牙。

第一百零八章　哥哥

莊蕾安撫好陳燾，跟著陳熹出來。

陳熹看著她，幫她把落在頰邊的頭髮攏到耳後。

莊蕾被他這般親暱的舉止弄得有些不知所措，隱約明白了一些事。

「嫂子，妳跟阿燾不要牽手，男女授受不親。咱們都長大了。」

莊蕾不以為意。「阿燾就是個孩子。他吃了那藥很難受，我安慰他不行嗎？」

「他不是十一、二歲的年紀，已經懂得去活色生香了，他在想什麼，妳不知道？」陳熹一把拉住莊蕾，一雙眼一眨不眨地盯著她。「反正嫂子記得，我見妳這樣拉著他的手，心裡不舒服。」

莊蕾被他這麼一看，心怦怦亂跳起來，側過頭。

「你腦子裡想的是什麼？方才我問過他了，之前他看見那個姑娘被人扯進活色生香，眉目之間跟我有點像，不忍心她受苦，才會照顧她的。後來剛好義父派人去找他，商議今天的事，覺得活色生香這地方極好，所以他就去了，沒有你想的那些事情，阿燾還小呢。」

莊蕾強行解釋，她當然知道，陳熹的眼神和後面那句話才是重點。不知何時，他對自己的感情多了些不同。

她想抽出被陳熹拉住的手，陳熹的另一隻手，眼看要伸到她的臉頰上。

外頭傳來郭伴伴的聲音。「大姑娘，王爺和王妃來了。」

這話讓莊蕾有了藉口，趕緊推著陳熹。「快出去，義父義母來了。」

陳熹跟在莊蕾身後，搖了搖頭。嫂子心裡還住著大哥，還有叔嫂這道坎，他該怎麼過？

淮南王和王妃一身便服，兩個孩子也著簡單的衣衫，站在院子裡。

莊蕾和陳熹出來迎接，蓉兒伸手道：「大姊姊抱。」

王妃對莊蕾眨眨眼，把蓉兒抱起來。「今天大姊姊心裡難受，蓉兒不要吵她。」

「聽說陳燾出事了，孤來看看，他可好些了？妳怎麼樣，沒事吧？」

「催了吐，吃了藥，能度過今晚就沒事了。要是不行，恐怕……」莊蕾的聲音不高，守在一旁的人卻能聽見。

「走吧，去看看。」

夫婦倆一起進了院子，淮南王隨莊蕾進了陳燾的房間。

門一關，陳燾便起身道：「見過王爺。」

「這兩日你先住在這裡，過些日子我們一起回淮州。其他的事，孤會處理，你們不要再掛心。」

淮南王說完，又對莊蕾道：「孤已經安排好，三日後，妳和聞先生去見皇上。」

「聽義父的。淮州那裡，我也有一堆事呢。」莊蕾應下。

陳熹送淮南王出去，出了門，就對淮南王彎腰。

「王爺為我找了前程，不知對阿燾有什麼想法？」

不過是隔著窗紗，哪裡聽不見，這話顯然就是要說給陳燾聽的。

方才陳燾還在對著莊蕾撒嬌，聽見陳熹提及他，立時定下心神，側耳傾聽。

淮南王停下來看陳熹，彷彿要從他的臉上看出花來。

陳熹被他看得臉上發熱。「我的意思是，阿燾聰明，也是可造之材，王爺不如幫他想想，去哪裡合適？」

淮南王低頭一笑，無奈地搖了搖頭。「二郎很關心阿燾啊，那你覺得哪裡合適？」

「阿燾活潑熱情，您覺得軍中如何？」

淮南王看了看房裡，拍拍陳熹的肩膀。「陳燾是個武將之才，回了淮州，孤將他送入軍營。你也要繼續努力，以後一文一武，那才是佳話。」

淮南王話中的意味明顯，陳熹的心思被戳穿，紅著臉低下頭。「王爺英明。」

房裡，陳燾對莊蕾說：「姊，我不想去軍中，軍中太累了。我就陪在妳和阿娘身邊，好不好？」

莊蕾心裡有數，陳燾依戀她，她也疼愛陳燾，但不代表她可以放任他的那些小心思。

她白了他一眼。「我從醫，二郎學工，連大姊也在醫院裡幫忙；三郎雖不是讀書的料，也說要學一門技藝。連義父都誇你有天分，你居然跟我說不想學？想學東西不容易，抓緊機會，別等老來遺憾。」

陳熹進來，便聽見莊蕾這番義正詞嚴的話，意思很明顯，是贊成把陳燾送出去磨礪了。

「阿燾，嫂子說得對。家裡人人都在努力，你有這個天分，不要浪費了。」

陳燾咬牙切齒地看著陳熹，陳熹過去揉著他的頭髮。

「好了，偷懶的事情，偶爾說說可以，不能當真，別鬧孩子脾氣。我做哥哥的，總要管好你。」

「誰是你弟弟？到底誰大誰小，你知道嗎？」陳燾甩開他的手。

莊蕾見狀，還火上加油。「如今也分不清了，你這麼孩子氣，叫二郎一聲哥哥，也沒什麼吃虧的。」

陳燾哀嚎。「姊！」

接下去兩日，因為有學子的推波助瀾，京城對安南侯府的事議論紛紛，皇帝親自下旨，讓京城府尹調查。

京城府尹去侯府，卻發現謝福已經服毒自盡，這下子死無對證了。

孰料，莊蕾等人將風向一轉，矛頭指向了秦院判。

這下子，安南侯兩難了。他想毀滅證據，所以殺了謝福，現在看來卻是捅了馬蜂窩。若這時他再去殺秦院判，不知後果會如何。

安南侯藐視人命，引起眾怒，甚至有學子敲擊登聞鼓，表達不滿。淮南王帶著陳熹和莊蕾去勸退這些人，皇帝聽聞此事，更是憤恨，一個沒什麼用的勛貴差點挑起事情，讓整個大津陷入權貴草菅人命、王法形同虛設的難堪境地，下令御林軍包圍安南侯府，查出真相之前，不准隨意進出。

孰料，安南侯還沒找到機會殺秦院判，秦院判卻死在了牢裡。

謝家已經沒有犯案的可能了，為什麼秦院判會死在牢裡？是誰要殺秦院判？

而一個太醫不想著怎麼救人，卻研究怎麼讓人死得跟生病走的一樣？這個太醫，竟然在太醫院爬到了院判的高位？

這就耐人尋味了。

抽絲剝繭下，有些事被挖掘出來，更加讓人心驚。

原來，秦院判死在太子豢養的殺手刀下。

皇帝看著送來的文書，無法接受真相，滿心淒涼。

以前待在邊塞，雖然苦寒，一家子卻是和樂融融。後來，他進了京城，登上龍椅。如今陪伴在左右的從龍功臣，打算拿起刀劍對向他，自己的親兒子也謀劃著下藥害死他。

後宮中多少妃嬪跟皇子被皇后暗害，他有過那麼多兒子，卻都離開了他。如今四皇子也病倒在床，症狀像是當年陳熹病重那樣。

除了太子，他的兒子沒有一個活得下來。

莊蕾被連夜召入宮中，替四皇子診斷之後，開出藥方。

她進了御書房，皇帝問她。「怎麼樣？」

「我開了三張藥方，派人去三間藥堂買。買回來之後，再一起給殿下吃。太醫院的藥，我不建議用。」莊蕾只能這麼說。

「為什麼要分成三張？」

「三張方子裡都有加減，讓人猜不出是治什麼病的。」莊蕾回答。

「能不能治？」

「應該可以試試，但他們調整過藥方，如今毒已經深入肺腑。就算治好了，這輩子也不能太過勞累，壽命不長。」

「壽命不長的意思是多少？」

莊蕾嘆息。「不過雙十年華。而且，子嗣之事恐怕也艱難。」

「竟是這樣？」皇帝的氣勢委頓了。

淮南王看著已經老邁的皇帝。他們之間的歲數差了一代，他的親父浪蕩，這位堂兄卻是個溫和的好人，所以兩人頗為親近。少年時代，他還跟在堂兄左右，披荊斬棘。

皇帝之所以被選為皇帝，一是運氣，另一個原因卻是朝臣希望有個好掌控的皇帝。不過，大津朋黨之爭素來已久，積弊之深，若是不能刮骨療傷，恐怕積重難返。這樣的皇帝，對於大津來說，真不是福。

皇帝坐上御座，打開卷軸，提筆寫下幾行字。又轉身取出一塊令牌，一併交給淮南王。「承允，朕把四郎交給你，你走吧。你是朕手裡的最後一招，不能在京城成為廢棋。大津走到這一步，是因為朕的昏聵。大津交給你了，四郎只要一生富貴平安就好。」

他說完，又道：「莊娘子，四郎的病，以後勞妳好好調養，讓他能好好活下去。這是朕唯一的希望。」

莊蕾應下，心裡暗想，這跟書裡原有的發展完全不同。

大津，要變天了！

這日，莊蕾和聞先生面聖，受了皇帝的表彰。

雖然謝家的事沒有完全水落石出，不過皇帝已經下了旨意，讓陳熹回歸陳家，成為陳家三郎，陳照改為四郎。

莊蕾等人謝恩，隨即登上淮南王的船，一起回淮州。

出了京城，莊蕾他們卻下船，改走陸路，轉而往西，再往南，進了一處位在秦嶺山坳的隱密院落。

蓉兒少不更事，每日扯著莊蕾的手，要去外面看小松鼠爬樹，要去看小猴子摘果子。

這天，一隻鴿子飛到窗前，王妃取下鴿子腳上的紙條，上面只有幾個字。

平安，勿念。

距離上次的飛鴿傳書，已經快一個月了。待在這座深山老林裡，王妃度日如年，莊蕾只能安慰她。

「義父有勇有謀，何況他的心裡還有我們這些牽掛，他一定會平安的。」

「是啊，時局逼得他必須以攻代守。」

「義父是不忍大津河山落到太子手裡，想讓百姓過幾年太平日子。」莊蕾抱著王妃的胳膊。「不說這些了。義母，咱們一起想想，怎麼建立一所淮州書院好不好？」

王妃側過頭。「書院？怎麼說？」

「您覺不覺得只開教醫術的學堂太單調，如果我們把造房子的、幹水利的、打鐵的、從商的全放在一起呢？再想想怎麼安排讀完書出來的人做事……」

隨著王妃躲藏的人，還包括了宣兒的先生們與偷偷混進來的四皇子。如今不能出林子，皆是百無聊賴。

大家聚在一起商議，發現王妃善於經商，莊蕾和聞先生會醫術，先生們會的就更雜了。若是成立書院，大家有很多事能做，尤其是宣兒的先生們，更是覺得這想法新奇。

四皇子與陳熹的交情不錯，兩人很聊得來。要不是四皇子不宜勞神，陳熹畫書院的設計圖時，都會讓他參與。

陳熹也知輕重，少和陳熹鬥嘴，常跟著宣兒和暗衛練武。

又過了一個月，王妃開始反酸、嘔吐、犯睏。莊蕾一搭脈，發現她有喜了。

莊蕾盡心服侍王妃，連蓉兒都知道，她馬上就要有弟弟或妹妹了。

院子裡糧食充足，雖然有跟來的廚子，不過大家還是喜歡莊蕾做的菜。如今那些暗衛，索性也輪流現身，去抓各種野物，像麅子、雨後的地衣之類的，有事情做還有吃喝，倒也不算難捱。

莊蕾守在王妃身旁，知道她時常擔心，常常勸解她，孕婦不能因這些事勞神，當心動了胎氣。

再見飛鴿傳書，已經是五月。

信上寥寥數語，想來京城的情況驚心動魄。

太子鋌而走險，選擇逼宮。淮南王帶兵救駕，平定叛亂。遺憾的是，太子弒父，皇帝未能逃過一劫。

塵埃落定，京城派來人馬，接他們回京。

一家子再入京，已是六月盛夏，知了叫得猛烈，身著便服的淮南王站在城門口等他們。

王妃先下車，莊蕾再抱蓉兒下來。

蓉兒小跑過去，叫道：「阿爹！」

淮南王一把抱住她，在她臉上親了一口。「寶貝兒！」抱著她走到自家媳婦面前。

王妃叫了一聲。「花兒，過來。」

莊蕾上前，王妃指了指蓉兒。「把孩子抱走。」

莊蕾抱走蓉兒，蓉兒不高興了。「大姊姊，我要阿爹。」

王妃伸手，一拳頭捶到淮南王身上。「你不要命了，拿命去跟那個王八蛋拚？也不想想我們娘兒幾個，你要是死了，我可怎麼活啊！」說著，嗚嗚大哭起來。

「我沒事。」淮南王伸手，一把抱起了王妃。

他走了幾步，莊蕾發現他腳步虛浮，趕緊大叫。「義母有喜了，義父抱不動就別抱！」若非一旁的侍衛幫忙，淮南王一個趔趄，可能就把王妃摔了。

王妃站定，也發覺不對勁了。「陸承允，你說過不會再受重傷。傷到哪裡了？」

淮南王不敢吭聲，進了宮，被王妃逼著解開身上的衣衫，原來胳膊上又是一道新傷，但是有人縫過了。

王妃邊掉眼淚邊罵道：「你做事情永遠不帶腦子是吧？」

「我想最後一搏，看看能不能救皇上。可是廢太子狗急跳牆，聯合外戚圍困承德殿，我終究未能救下他。」淮南王有些遺憾地說。

見王妃哭得傷心，淮南王對莊蕾擠眉弄眼，示意她幫忙勸勸。

莊蕾尷尬，只能問一句。「誰縫的傷口，醜成這樣？」

「是小的縫的。」一名三十多歲的郎中走上前。

「你是哪位？」

「師祖，我是聞小大夫的徒弟。」

莊蕾瞥他一眼。「太醜了。當初我縫的傷口多齊整，你回去跟聞小大夫重新學。」

「寧熙，妳幫花兒比較一下，我身上這兩道傷口，哪條縫得好看？」

被莊蕾這麼一打岔，王妃罵了一聲。「兩個混球！」抹掉眼淚，這才破涕而笑。

第一百零九章　結局（上）

淮南王雖然有先皇親手寫的傳位詔書，但他不是先皇的親兒子，按照正統，便請四皇子登基。

四皇子經過莊蕾的醫治，已經脫離了危險，不過還是孱弱，扶著太監的手，站到龍椅前。

「眾位大臣，孤的性命雖被救回來，但恐怕沒辦法再承擔治國的重任。皇叔大義，救孤於危難，更數次救下父皇。孤以為，皇叔正值春秋鼎盛之年，孤願意學堯舜，禪讓皇位。」

淮南王有先皇遺詔，又有四皇子的親口承認，算是名正言順得了皇位。

莊蕾突然發現，自己居然有了個皇帝爸爸！

新皇登基，廢太子弒父弒君，當場被誅殺。其他參與謀逆之人，被判凌遲抄家，其家眷或充軍，或流放。

臨刑前，胡氏想見陳燾。陳燾不願去，託莊蕾轉交一封信。

「姊，妳把這封信交給他們，讓他們不要再存一絲一毫的念想。這輩子，我最恨的就是不生在陳家，為什麼要有他們這樣的父母。」

莊蕾去獄中，把陳燾的親筆信交給胡氏。

胡氏放聲大哭，頓時絕望。

而謝景同行刑當天，吃了一頓飽飯，戴著枷鎖去了刑房。

前面燈火通明，讓他的眼睛一時間沒辦法習慣，等習慣了才發現，刑房裡居然坐著兩個人，一個是當了他十幾年兒子的陳熹，一個就是莊蕾。

莊蕾著素白夏裝，坐在圈椅內，陳熹也是一身白色錦袍。

謝景同看向陳熹。「怎麼，你來看我笑話？看到了？」

莊蕾臉上帶著淡笑。「我們和阿燾看了供述，是你派人在水下扯住大郎哥哥和公爹，讓他們溺水而亡。如今給你加官進爵的刑罰，讓你嘗嘗窒息而亡的滋味。」

莊蕾話音落下，有人過來將謝景同綁在凳子上，劊子手將一張黃桑紙泡入水中。

「小賤人，我做了鬼都不會放過妳！」謝景同罵道。

莊蕾輕聲道：「你犯下那麼多的罪行，進了地府，能逃出十八層地獄？你不覺得，是因為老天看不過去，才會有我護著整個陳家，才能讓陳家報仇雪恨？」

第一層黃桑紙被貼在謝景同臉上，謝景同呼吸有些困難，還是能喘氣。

莊蕾問他。「呼吸困難的感覺如何？」

第二層紙貼上，謝景同被捆住的手使勁掙扎。

第三層，謝景同掙扎的手上暴出青筋。

第四層、第五層……謝景同氣息越來越微弱，直到身子紋絲不動。

莊蕾喝了兩盞茶，等黃桑紙略乾之後，行刑的劊子手揭下，那些紙已經變成了一張紙面具，如同跳加官所戴的，所以這個刑罰又叫貼加官。

行刑完，莊蕾和陳熹走出牢房，外面已是豔陽高照。

兩人上車，陳熹伸手摟住莊蕾，貼著她的額頭說：「我們回去吧。」

這些年，他們一起拿主意，一起溫暖著對方，熬到今日，終於大仇得報。

莊蕾靠在陳熹身上，眼淚止不住地掉下來。

秦院判一死，太醫院群龍無首，聞先生臨危受命，奉新皇旨意主持太醫院，又將周院長調回來幫忙，倒也算是有條不紊。

先帝在時，會試結束了，但還沒殿試，先帝就被自己的兒子殺了。

會試放榜，楊明德中了七十一名，排名算是中間，但能中已經了不起了。之前他暫居西麓書院，如今中了會試，殿試只看是進士還是同進士了。這樣的學生，西麓書院是能多留幾個就多留幾個，讓他住著倒也無妨。

殿試拖到七月中，楊明德中了二甲四十五名，進士出身，裡面自然也有新皇看在他是陳家準女婿的恩澤。

但京城那些官員跟富豪不知道，只知道楊明德不過二十多歲，進士及第，喪妻多年，聽說和回春縣主的小叔子關係極好。

楊明德跟陳家關係好，不就是跟新皇關係好？這麼一想，簡直就是最好的女婿人選。如此，家中有好女的，一個個上門來，有人還託蘇老夫人來打聽。這種風光，居然比中了一甲頭名的狀元還要熱鬧。

楊明德嚇得直接躲到莊蕾的住處，求莊蕾打發來人。

莊蕾取笑他。「楊大哥，萬頃良田不要，美貌如花不好？」

「嫂子何必取笑我？」楊明德瞪莊蕾一眼。這回名正言順地將嫂子二字叫出口。

原本楊明德可以留館為庶吉士，卻被外放為吳江知縣。不過，吳江乃是姑蘇地界，魚米之鄉，而且離淮州不遠，又有朱縣令和陳三少爺照拂，可見上頭對他是真的恩寵有加。

如今報了大仇，莊蕾自然要回家，況且公爹和大郎的三年忌日將至，得回去祭拜。三年孝期一過，也能除服了。藥廠和醫院還有一堆事情等著她，離開這麼久，可是不行的。

新皇知道莊蕾事多，只道：「妳義母的產期，妳在宮裡就行。」

莊蕾笑著應下。

這次，莊蕾當真是衣錦還鄉，淮州官員盡數來迎，但哪裡比得上張氏的一聲——

「花兒，阿熹，阿熹！」

陳熹再見張氏，淚流滿面跪在地上，膝行而去。「娘，兒不孝。」

張氏把他拉起來。「傻孩子，跪下做什麼？不怪你。」

京城派人過來，宣讀新皇旨意，莊蕾已替陳家大郎守節三年，算是全了對陳家的情義，從此莊蕾只是皇女，不再是陳家的兒媳。加之她一雙妙手活人無數，冊封她為回春公主，並將之前的淮南王府賜給她當公主府。

莊蕾接旨，當真是哭笑不得，心中卻是明白，義父義母是擔心她孤獨終老，所以幫她重新訂了身分。

不過，淮州的公主府那麼大，她家就小貓兩、三隻，走進去都要迷路，給她做什麼？莊蕾撓頭，不如拿來蓋書院吧，可以省點錢。

祭奠陳家父子之後，一家子除服。

黃老太太正式替楊明德提親。楊明德送上的聘禮雖不豐厚，不過已是竭盡所能了。

張氏跟莊蕾商量，該給陳月娘多少嫁妝。陳月娘第一次嫁人時，嫁妝豐厚。這一回，莊蕾更在她的箱子底放了千兩白銀，當作壓箱底。

臨近婚禮，莊蕾發現，陳月娘魂不守舍了。

這天晚上，她跟陳月娘一起睡，兩人擠在一張床上。

「月娘，楊大哥事事考慮周全，家中也沒有婆婆，貴兒待妳如親母，妳在擔心什麼？」

起先陳月娘還不肯說，禁不起莊蕾追問，才支支吾吾地說，嫁給李春生之後，敦倫時是如何被糟蹋的。

莊蕾揉了揉陳月娘的頭髮。「不是每個男人都混帳的。妳想想咱們爹娘，有時娘出房門的時候，滿臉羞紅，是怎麼回事？娘願意幫爹生了一個又一個孩子，看見爹的時候，是什麼樣的眼神？」

她貼在陳月娘的耳邊說：「有些事情，不要抗拒。楊大哥願意花了這麼多心思娶妳，定然是將妳珍而重之，妳不要拘著自己。」

陳月娘掐了莊蕾一下。「搞得妳什麼都知道似的。」

「妳別忘了，我是郎中，我當然知道……」

終於到了陳月娘出嫁的日子。

看著陳月娘再蓋上蓋頭出嫁，張氏到底忍不住，眼淚流了下來。

莊蕾安慰她。「娘，您該高興啊，月娘這個歸宿多好。」

「對啊。再說了，如今阿姊可是有我們幾個弟弟，一堆小舅子上門，看姊夫敢不敢對阿姊不好。」陳熹過來一起勸，讓張氏笑出聲來。

三朝回門，看著陳月娘臉上泛著紅暈、帶著笑，就知道兩人是蜜裡調油了。

更讓張氏開心的是，貴兒那張抹了蜜糖的小嘴叫她一聲。「外婆！」真真是甜到心裡。

陳家人除服，陳月娘又再嫁，幾個孩子都到了議親的年紀。媒婆不停往陳家跑，險些跑斷了腿。

但張氏只幫陳憙和陳照相看，對陳熹的事，卻是半分不提起。

陳憙將調入明州軍中，跟著老徐。老徐是新皇的親信，也算是安排明白得當。

離開之前，陳憙戀戀不捨，私下去醫院找莊蕾。

「姊，我們自幼一起長大，我的心思，想來妳也知道。明說吧，他和我，妳選誰？」

「我心裡從來沒有過你。」莊蕾不禁想起大仇得報那一日，她靠在陳熹懷中的情景，有些心思在不知不覺中開始蔓延。

想想義父義母對陳熹的看重，想想張氏對她和陳熹單獨出入的放任，再想想陳熹私下對她說的那些言語，她早明白了陳熹的心思，只是不肯面對而已。

陳憙聽到這裡，也懂了。平日莊蕾和陳熹之間，一個表情，一個笑意，不用一句話，便心有靈犀。

「如果沒有他，會不會是我？」

「沒有這個如果。不要想這些了，以後好好聽老徐的話，做個頂天立地的男子。」

莊蕾想起書裡原本的情節。沒有陳熹，她會進入侯府，成為他的丫鬟，最後成為他後院的女人。

可是，她情願孤寡一生，也不會這麼做。

莊蕾回到家裡，陳熹躺在吊床上，抱著書啃蜜梨，逍遙得很。

莊蕾過去，拍拍他的肩膀。「讓個位置給我。」

陳熹讓出一半的位置，莊蕾坐上去，問他。「看什麼呢？」

「《河防通議》。」陳熹說道：「我打算和幾位先生重新編撰一本書，以此為藍本。」

「義母產期將至，我打算進京了。如今阿燾要進軍營，阿姊也隨姊夫去吳江赴任，咱們把娘和三郎都帶上吧？」莊蕾問他。

「自然是好，阿娘還沒見過京城的繁華，妳也可以帶著她到處看看。明年二月開恩科，等我考完恩科放榜，我們再回來？」

「你就別想回來了，義父肯定要讓你外放或者留京的。」

陳熹側過頭，看著莊蕾。「義父想讓我跟著柳總督一起治河，他也說過，淮河水患不治，天下不寧。更何況，妳籌建的淮州書院對義父來說有多重要，妳必然會留在這裡，我還能去哪裡？」

陳熹跟著她叫義父，莊蕾只當沒聽見。「好好備考。萬一榜上無名，豈不丟人？」

「這倒是真的。」陳熹笑著說。

這次莊蕾入京，倒是享受了一番藩王進京的待遇，住進了皇子府。

如今新皇不過一子一女，子女全部住在宮裡。皇后便讓人在皇子府闢出一個院落，靠著街邊，鬧中取靜，來往宮裡也方便。

一家子進宮謝恩，說是謝恩，新皇和皇后還是如當年一般，留他們一起吃飯聊天。

皇后挺著肚子說：「還是待在淮州愜意。日子愛怎麼過，就怎麼過。」

新皇拍著皇后的手。「等咱們到了花甲之年，就一起回淮州，以後在書院裡當個教書匠如何？」

「你捨得嗎？」

「我本無意於皇位，有何不捨？再說，教書育人才有趣。」新皇對莊蕾道：「淮州書院能做到多好、多大，就由妳想辦法。」

「那義父就是淮州書院的名譽山長？」

「什麼叫名譽山長？」

「就是掛個名頭，代表您是淮州書院的背後靠山，偶爾路過幫學子講一、兩堂課？」

新皇頻頻點頭，這主意好啊！

加開恩科不像春闈，因為是加考，上一場厲害的都過來混了一圈，如同韭菜苗子一樣，去年割過一回，今年再割，相對就少了。

所有人都猜測，只要陳熹在會試考入前十名，加上他的背景，殿試前三甲便沒得跑了。

莊蕾卻擔心這傢伙心裡緊張，畢竟是新皇親自帶在身邊指點學業的。

自從進京後，除了跟幾位先生見面之外，陳熹幾乎足不出戶，到半夜才會熄燈。

莊蕾做了潤肺的銀耳羹，給他當消夜，填填胃。

陳熹抬眼，笑著看她。

莊蕾開口道：「二郎，咱們年紀還小，不用硬拚。天下之大，總有特別厲害的人，要是沒考進前幾名，也沒什麼關係。」

陳熹伸手，把莊蕾的手抓在手裡。

莊蕾想抽回手，腦子轉了轉，沒有動。

陳熹笑了笑。「妳放心，我明白。放榜後，妳能不能應我一個要求？」

「應你什麼？」莊蕾瞪他一眼。

陳熹道：「等放榜了再說，若是現在說了，妳不應，我恐怕連考試都不想考了；若是妳應了，我怕自己太興奮，不能好好考試。」

莊蕾站起來，敲了敲他的腦門。「那就好好考！」

第一百一十章 結局（下）

皇后產下一子，蓉兒終於有了弟弟，她不再是最小的那個。

新皇得子，當然普天同慶，他卻昭告天下，他這一代起，不再選妃嬪。世人皆驚，新皇對皇后榮寵到這般地步，還是一個空有出身，沒有家族倚仗的皇后。

會試放榜，陳熹第一，看起來狀元的頭銜是沒得跑了。

一時之間，蘇相和柳府本就熱鬧，這會兒更是門檻都快踏斷了。

尤其是柳府，聽聞陳熹之前就對水利很有想法，新皇曾長居黃淮之地，見多了水患後百姓流離之苦，況且柳總督在新皇登基之前，就與新皇有私交。回春公主雖然沒有救回柳家姑娘，但人家醫治了柳老夫人。

半個月後，陳熹赴殿試，本屆恩科不如上次春闈那般取的人多。陳熹被點了頭名，多少年沒有出這般俊俏的少年狀元了？

狀元跨馬遊街，京城上到八十歲的老太太，下到八歲不到、跳著叫二哥哥的蓉兒，全盯著陳熹瞧，姑娘們更是看得滿臉羞紅。

莊蕾頓時覺得，這個時代的姑娘，也沒那麼含蓄嘛。

張氏和莊蕾被請去柳家做客。皇后坐月子，蓉兒就時常跟在莊蕾身邊，不是在太醫院，就是跑藥堂。反正，莊蕾早上進宮去看皇后，便帶蓉兒出來，晚上送回去就行。她應酬，蓉兒自然也跟著。

兩位公主駕到，柳老太太老臉上的光都能照耀整條街了。

「老太太的身體很硬朗。」

「也是沾了殿下的福，老身才有今日。」柳老太太把莊蕾和蓉兒迎進去，柳夫人帶著兩個未出閣的姑娘，端了一只托盤過來。「園子裡的牡丹開得正豔，殿下挑一枝？」

「這是？」

「簪花。」柳夫人笑著回答。

莊蕾一看，柳家兩位姑娘都簪上了鮮花，便隨了俗，頭上戴了一朵趙粉。

但是，這麼大朵的花，簪在蓉兒頭上就怪異了，莊蕾便折下幾朵海棠，幫她簪上，再拿了一朵魏紫給她玩。

蓉兒把花拿在手裡，一手牽著莊蕾。

赴宴的夫人們見狀，不得不說，論姿色、論氣度，莊蕾都當得起公主之號。年前，新皇親自下旨，讓莊蕾歸入皇室。意思很明顯，是想幫莊蕾尋個好人家了。

只是，有了公主的名頭，但凡有出息的男子，恐怕是不願尚公主的。於是，她們的心思就轉移到陳熹身上了。

未出閣的姑娘，一個個花枝招展，鶯聲燕語，讓張氏看得目不暇接。

莊蕾只管在一旁和蓉兒一起吃果子喝茶，小丫頭淘氣，把一朵名花扯得七零八落。

莊蕾問她。「一共有多少片花瓣？」

「五百三十二！」小丫頭居然記得。

赴宴之後，莊蕾送蓉兒進宮，新皇正抱著小皇子哄。

莊蕾洗了手，接過小皇子，皇后說：「這些日子，各家夫人都在我這邊打探二郎的事情。妳有什麼打算？」

莊蕾臉上有些發熱。「我回去問問他。」

皇后笑出聲。「問好了來告訴我。」

今天陳熹也赴宴去了，回來時身上略帶著酒氣，見莊蕾屋裡還亮著燈，輕輕敲了兩下。

莊蕾開了門，陳熹含笑問她。「怎麼還沒睡？」

莊蕾挑眉。「為某個人著急。有人求到娘娘那裡了，也不知道陳家二郎心中的人是誰，你倒是告訴我一聲，我幫你選？」

陳熹把門關上，門閂喀的聲音如敲擊在莊蕾的心上。自從有過那次經歷，孤男寡女同處一室，還被關門，一直讓莊蕾覺得不舒服。唯獨陳熹關門關得理所當然，關得讓她心裡沒有恐懼。

陳熹伸出雙臂，環住了她，貼在她的耳邊問：「我心裡怎麼想的，妳不知道嗎？」

莊蕾紅透了臉。

京城的夫人們一下子靜了下來，陳家的狀元郎要尚公主?!

這件事讓這些夫人不解，歷來駙馬都是不能入朝堂當高官的。陳熹小小年紀，即便是恩科的狀元，那也是狀元啊，新皇不打算重用了？

而且，雖然回春公主是新皇義女，卻曾是他的嫂子，這樣也可以？

打從陳熹決定今生要娶莊蕾後，就知道這些是他必須面對的，閒言碎語何所懼？

一身新郎袍服，少年才子俊朗出塵。

盛裝的莊蕾被宮裡的姑姑扶出來，新皇和皇后坐在主位上，皇后幫莊蕾蓋上蓋頭。

莊蕾拜別父母，坐上了花轎。

這次，新皇生怕莊蕾又想把府邸改成什麼藥堂或書院的，賜下一所不大的宅院給她，也算是給小夫妻倆一個京城的落腳之處。

張氏看著向她磕頭的陳熹和莊蕾，水光在眼中湧動。是兩個孩子重新把這個坍了的家撐起來，今日她終於看見花兒嫁給二郎，也算是圓滿了。

雖然陳家會在遂縣再辦酒席，但黃成業還是特地從淮州趕來，灌了陳熹幾杯酒。

陳熹推道：「花兒常說，酒這東西能免則免，黃大哥就放過我吧。」

黃成業不肯，陳熹一把勾住他。「我聽人說，你跟那個蓮香最近……」

還沒等陳熹說完，黃成業便轉頭找陳三少爺。「算了，不灌他了，我跟三哥喝。」
陳三少爺大笑。「喝什麼喝，咱們去看二郎挑蓋頭，看新娘子。」
黃成業嘟囔。「莊花兒那個丫頭，有什麼好看的？」

陳熹進了新房，紅燭高燒，喜歡的人兒端正地坐在床上。
他拿起喜秤，伴隨喜娘的一聲「稱心如意」，挑起了蓋頭。
莊蕾見到眼前的少年郎。今日他在喜服的映襯下，顯得格外清雅俊朗。
陳熹看著眼前的娘子，臉上的笑容止不住。
陳熹被簇擁出去繼續喝酒，莊蕾在兩個宮女的伺候下，卸下頭上的釵環，漱洗之後，用了些小食。
她一直信誓旦旦地說不成婚，沒想到這個年紀就再嫁了，而且對象還是二郎，不禁笑出聲來。
陳熹進來，聽見莊蕾在笑。「什麼事這麼高興？」
「難道成婚不該高興？」莊蕾站起來，反問他。
陳熹過來，雙手圍住她的腰，靠在她的肩頭。「等下還有讓妳更高興的事。」
「未必。」莊蕾挑起眉。「我必須告訴你，初次敦倫，男女雙方都會不太舒服。」
陳熹陡然覺得，自家娘子懂太多也不好。

莊蕾笑了一聲。「不過，隨著時間過去，會越來越和諧。」

陳熹索性一把將她抱起。「既然娘子知道得這般詳盡，不如我就聽娘子解釋一下，到底應該如何？」

「第一步，你得進去漱洗。」莊蕾內心也緊張，將他推進淨房。

進去後，陳熹才發現自己沒拿換洗的衣衫，叫了一聲。「嫂……少了衣服！」

莊蕾幫他拿了，推開淨房的門，伸進一條手臂。「自己來拿。」

孰料，陳熹一把扯住她，往淨房裡一帶。

「娘子可還記得，當年寫給我的東西？」陳熹在她的耳邊輕語。

「哪些？」莊蕾一下子沒反應過來，她寫的東西可不少。

陳熹輕笑一聲。「妳說我長大了，該知道一些事情，讓我仔細地看。」

莊蕾被他貼著，腦子糊裡糊塗，好半天才啊了一聲。

「我記得清清楚楚，妳寫了那處的尺寸，還特別標注，切不可因其短小而心生自卑。」

莊蕾突然明白這個混帳說的是什麼，臉一下子脹得通紅。彼時他身子孱弱，又是在正值長大的時候被下毒，萬一有什麼影響，小小年紀有了心結，豈不自卑，所以才寫了那句話。

「多謝娘子思慮周全，不如替為夫檢查一下？」

莊蕾這才反應過來，這個混球居然循序漸進，將她拐了進去，氣得捶他的胸膛。

陳熹一把將莊蕾抱起。「我若做得不夠好，請娘子指正。」

書到用時方恨少，哪怕莊蕾懂醫術，但人與人之間，還有濃烈得化不開的情意。

在這樣的情意之下，疼便不是疼，難受也不是難受，想將自己交給對方，恨不能糾纏在一起，再也不要分開。

少年夫妻恩愛之後，沈沈睡去。

陳熹作了一個夢。

夢裡，他回到病重的時候，被送回小溝村，見到了張氏、陳月娘和莊蕾。

莊蕾手足無措，跪在張氏身旁。那一場喪禮辦得異常艱難，完全不像是他記憶中那樣，她雖然悲傷，卻絲毫不亂。

夢裡的莊蕾軟弱，心思卻極細膩，也和張氏帶著他去看病。

聞先生說：「沒辦法了，救不了。」

他的身體一日壞過一日，莊蕾要照顧他，還要照顧失去丈夫和兒子的張氏，陳月娘則被李家要了回去。

他沒拖過兩個月，莊蕾為了照顧他，操持這個破敗的家，瘦弱得不成樣子，一雙大眼襯在消瘦的臉上，看著很是可憐。

臨走前，他握住莊蕾的手。「嫂子，妳要好好活下去，自己照顧好自己，不要……」

「二郎！」莊蕾滿臉是淚。「是安南侯，對嗎？是他們害了咱們家對不對？」

一個小姑娘能做什麼呢？他伸手想抹去她的眼淚。「嫂子……」

他記得，直到最後，他都沒有力氣抬起手來。那一刻，他是如此地悲哀無力。

「嫂子！」

莊蕾身上還疼著，睡得並不沈，聽見陳熹叫喚，忙轉過頭，見他滿頭是汗，很是焦急，拍了拍他的臉。

「二郎！二郎！」

陳熹睜眼，莊蕾的臉映入眼簾。今日是他和莊蕾的大婚之日，他怎麼會作那樣的夢？太真實，也太不吉利，心頭疼痛，只怕不能與她相攜到老。

莊蕾看陳熹臉色刷白，伸手把脈。「二郎，你作了什麼噩夢？」

陳熹說出夢境。「不知這有什麼寓意？」

莊蕾鑽進被子，抱住他的腰。「我跟你說過，我作過一個夢，夢見我的前世，對吧？」

「我當時還以為妳是借屍還魂。」

「前世我看過一本話本，話本裡，你就是那樣去了的。但是，這輩子卻不同了。」

莊蕾把頭埋在陳熹的胸前。這一世，他們都會更好的。

遠在千里之外的陳燾，這晚也作了一個夢。

陳熹的夢裡，皇帝不是陸承允，而是暴戾的廢太子。謝景同從龍有功，他還沾了謝景同的光。

他把花兒帶回侯府，唯一開心的時候，就是吃一口她做的家鄉菜。可是，家鄉菜味道雖好，卻時時刻刻提醒他一家子的死。他喜歡花兒，卻不敢接近她。

一年又一年過去，他一步一步往上，暴戾的廢太子登基後，只活了五年。他靠著謝景同的根基，成了大津的權臣。

他娶了妻子，也納了妾，那個妾室的眉宇之間，有五、六分像花兒。

花兒也成了他的妾室，但只是名義上的。

有一天，他回到家中，看見花兒站在半身不遂的謝景同身邊，而謝景同的嘴角流著血，已經沒了氣息。

「我終於替家裡的人報仇了！阿熹，你能把我送回小溝村嗎？我想和家人在一起。」

花兒說完，倒在了地上。

他依照她的話，送她回小溝村。原來，她從小溝村跟到京城，就是為了等到這麼一天，就是為了替陳家人報仇。

他把花兒埋在小溝村的陳家墳地裡，跪在墳前。

陳家一門良善，因為他，全都埋在了這裡。

他問自己，他人生中最快活的是什麼時候？是和小溝村的家人在一起的那些日日夜夜。

現在，他們全成了枯骨。

他有家、有夫人，後來還有了孩子。大家都說他一生圓滿無缺，但他最大的缺憾，就在小溝村。

他遇見一個老道，問人是否有前生來世，是否可以重來？

老道問他，若可以重來，他有什麼願望？

他只願家人還在，只願一家子能和和美美。

番外　布衣公主

陳熹外放河道，當河道總督的副手，出乎很多人的意料。

河道是個油水很豐厚的衙門，最重要的是，河道衙門就在淮州，也方便陳熹回家。

這麼一來，很多人認為新皇給了肥缺，是讓陳熹能盡駙馬最重要的職責——伺候公主。

河道的官職，懈怠一些也沒什麼，畢竟這是個看老天爺臉色的衙門。遇上百年難遇的洪水，就算天天巡查，也是沒用的。

那些官員以為，皇帝的女婿來這裡就是混日子的，壓根兒沒放在心上。狀元又如何？不過是個十六、七歲的少年。

沒想到，陳熹會如此認真，更沒想到他對衙門跟治水的事一清二楚。

想要拿錢？可以，一二三四，算清楚了再來。

河道上有多少人在吃空餉，是多少京城高官的錢袋子？陳熹想到這個，幹得越發賣力，也越遭人恨。可人家是皇帝的女婿，上頭有人，能拿他如何？

陳熹巡查淮河，一走就是一個多月。年輕的駙馬不急著回家，讓有心人有了盤算。

巡查完，陳熹提出修築河堤的想法，柳總督就把這件事交給他。

如此一來，陳熹便待在淮州兩百里外的地方，住在一旁縣城的館驛中。河堤修築不完，大概是回不去了。

與此同時，莊蕾去了鄉下一趟。這裡有很多肺癆病人，讓她試驗新製出的卡介苗。此處離陳熹修堤壩的工地不遠，回來時，剛好可以去看看陳熹。

莊蕾有些愧疚，她和陳熹兩地分居了幾個月。陳月娘跟在楊明德身邊，她卻一直忙著自己的事情。

陳熹體貼她，有時策馬跑上一百里路，就為了回來溫存一晚，第二日一早就走。今日路過，她說什麼也得去慰勞一下自家小男人才是。

莊蕾到的時候，已經是下午了，在路上買了蝦蟹，還有幾條小汪刺魚和翹嘴鮈，把江玉蘭和幾個學徒安置在客棧裡，便一個人去館驛。

館驛是給路過的官員、小吏落腳之用，卻是簡陋。小吏住前院，七、八個人睡一間大通鋪，也是有的；後院則給官員住。

陳熹的官職不高，卻占著駙馬的名頭，住的房間比一般官員好一些。他住在靠內的院落裡，有三個官員合住，兩個婆子幫他們做飯洗衣，已經算得上是很好的待遇了。

莊蕾在鄉下行醫，穿著舒適便可，不多講究。深秋時節，她頭上包了巾幗，一身絳紅色布衣，揹了包袱，手裡提著一個魚簍子，走到了館驛。

守衛的差役打量她一眼，指了陳熹住的院子，讓她進去了。

看到晾著的熟悉衣衫，莊蕾確定自家男人住在這裡，見院子裡有個男子，便開了口。

「這位大哥，請問陳大人的屋子是哪一間？」

「妳是？」

莊蕾心想，若是道出她的身分，恐怕又是一番雞飛狗跳。她只是要幫陳熹做一頓飯，住上一晚，解個相思就好，便笑著糊弄過去。

「陳大人在河塘上看見這些魚蝦新鮮，讓我送進來，幫他做頓晚飯。」

那人上上下下打量莊蕾，身上衣衫雖然簡樸，姿容卻是絕色，未施粉黛，清水出芙蓉。河塘上看見的？這個鄉下窮地方，居然還有這樣的美人。做個晚飯？呵呵，有愛好就能投其所好。年輕人嘛，正常。

「那間。」那人指了指方向。

莊蕾一看，門上了鎖，又笑了笑。「大哥，請問廚房在哪裡，我能用嗎？」

那人笑道：「自然，我讓人去叫廚房的婆子過來。」

「多謝大哥。」莊蕾點了點頭。

不一會兒，一個四、五十歲的婆子走來，見了莊蕾，接過她手裡的魚蝦。

「哎喲，這可是河裡剛抓上來的？」

「是啊。」莊蕾道：「我還想要一塊豆腐，再買些菜蔬，嬤嬤能幫忙買嗎？」

莊蕾想掏銅錢出來，婆子卻說：「不用不用，前頭的大廚房有，娘子想要哪些？」

莊蕾看了看廚房裡的東西，要了幾樣。兩個人吃，也不需要準備太多。

接著，莊蕾捲起袖子，收拾了魚蝦蟹，翹嘴鮑清蒸，河蝦和螃蟹加上汪刺魚燉上豆腐，做個河鮮亂燉。

婆子拿菜過來，看莊蕾出手麻利，顯然是在家做慣的，便與她攀談起來。

素日裡，莊蕾什麼人都遇過，又生性隨和，一口一個嬤嬤叫著，讓婆子十分開心。

一旁的男子見狀，哪怕之前感覺這個美人的氣質不太一樣，但此刻聽她與婆子聊得甚歡，覺得她就是個鄉下小婦人。若是不夠出色，駙馬爺怎麼能看得上？

陳熹聽身邊的小廝說莊蕾來了，平日不到太陽下山不回去的他，轉了河塘一圈，就帶著小廝騎馬回館驛。

他興匆匆地進來，聞到鮮香的味道，又衝到廚房，發現莊蕾正在燉魚。

莊蕾過來，附在他耳邊說：「你別說是我來了，要是這裡的人知道了，知縣肯定坐不住。一鬧騰，事情就多，明兒我還得回家呢。」

陳熹點頭，他也不想被旁人打擾，這是想到一塊兒去了。他早就囑咐了身邊的小廝，不要說出去。

他踏出門，見同僚黎大人正看著他。

陳熹不喜這位整日想著鑽營的同僚。之前黎大人攀附過他，也暗示了上面有誰，想要如何。但對於陳熹來說，他是當今皇帝的親信，所做的一切，就是以大津的利益為重。

「黎兄，今日無事？」

「無事，歇上一日。陳大人倒是難得，這麼早就回來？」

「是啊。」陳熹答了話，拿出鑰匙打開房門。

小廝把裡面的桌椅收拾乾淨，又去廚房幫莊蕾把飯菜端出來。菜色簡單，一盤清蒸魚、一鍋河鮮亂燉、酸辣藕條，還有一道炒青菘。

黎大人還在外面東張西望，因為是同僚，陳熹也不好不理睬他。

「黎兄，一起用晚飯？」

黎大人求之不得，進來坐下。

陳熹叫了一聲。「娘子，妳也來坐。」

莊蕾洗手，應了聲，也過來坐。

黎大人看一桌都是農家常見的菜色，眼前的小婦人也沒什麼規矩，直接坐下。越發肯定，眼前的小婦人是陳熹在河塘上勾搭到的。

那條魚蒸得剛剛好，過一分太老，少一分不熟。一大盤的河鮮燒豆腐，鮮香可以溢滿唇齒間。

黎大人抬頭，對著莊蕾說：「娘子好手藝。」

莊蕾笑了笑。「大人誇讚了。」

哪怕只是一頓飯，陳熹仍不時替莊蕾挾菜，體貼非常。

黎大人見狀，存了別樣心思。

他怎麼也不相信，堂堂公主會下廚做菜，還會穿成這樣。而且回春公主做著那麼大的家業，想來也是個不服軟的，哪裡會有眼前這個小婦人溫柔細緻，看駙馬爺的目光裡滿是柔情。越發肯定，這是陳熹在河塘上看中的女人，勾搭成姦了。

陳熹本就與自家娘子聚少離多，才成婚不到一年，又別離了好些日子，哪裡受得了黎大人橫插在這裡，吃了飯還不過癮，硬要繼續坐，便趕人了。

「黎兄，等下陳某還有些圖要看。」

莊蕾也不喜歡這位黎大人，一直盯著她左看右看的眼神，讓人很不舒服。

「啊，那就不打擾陳大人了。」黎大人看出陳熹的不耐煩，站了起來，這八成是等不及了。沒想到這裡還有這般水嫩的娘子，他怎麼就沒遇見，遇見了也弄來暖床。

他得跟上頭說一聲，這位駙馬還是有愛好的——喜歡美人。

人一走，陳熹吩咐小廝去燒水，說要沐浴，便把門一關，一把摟住莊蕾。

方才那個不識相的黎大人，非要來蹭飯，弄得他都沒辦法跟自家娘子說上幾句話。

莊蕾雙手勾住陳熹的脖子，主動親上去。她本不是扭捏之人，夫妻之間哪裡需要那般含蓄？一番唇舌較量之後，臉上紅暈如三月桃花。

「先洗個澡。」莊蕾戳了戳陳熹的腦袋。

等小廝提了水進來，兩人一起沐浴，讓陳熹得了一回，才走出淨房，回了房間。

鬧騰了大半宿，待到兩人起身，已經是日上三竿。

莊蕾起來，擰了陳熹一把。當真是亂來，她還要趕路回去，到時上車疲累不堪，豈不是被他們幾個取笑？

陳熹呵呵笑。「娘子來找我，就是解相思之苦的，難道他們還能不明白？」

他推開門，見黎大人還在院子裡，不禁問：「今日黎兄還是休息？河塘上無事可做？」

黎大人臉皮一抖，眼前這小子有美人在懷，夜裡淨房還傳出水聲，睡到這個時辰才起身，卻質問起他了。

但官大一級壓死人，狀元出身，還是駙馬，黎大人只能低頭。

不過嘛……黎大人心裡冷笑，等回春公主得知自己的駙馬在外養了個女人，看陳熹還能得意多久。

黎大人刻意說了句。「駙馬說得是，昨夜不知是不是貓鼠亂竄，動靜太大，鬧得我大半宿沒睡。今日起得遲了，等下就去河塘。」

莊蕾聽了，等他出了館驛的門，才跟陳熹說：「二郎，這位黎大人昨日吃晚飯時，眼神閃爍，今日又說這種話，恐怕不是個好的。」

「本就不是好人。上面好多人盼著我紅杏出牆，到時候妳跟我鬧呢。」

莊蕾咬著自己的唇，想了想，道：「反正還要觀察這裡的病人，我暫且可以住上一些日子，算是讓你養個外室。如何？」

陳熹聽聞她要住在這裡，心頭一熱，忙說好。

莊蕾便回淮州收拾行李，搬過來住。

過了幾日，陳熹在縣城裡賃了一間宅子，開始金屋藏嬌。

幹活時，陳熹依舊嚴厲督工，黎大人還想打探，陳熹便說：「我不是跟你說清楚了嗎？我娘子啊。」

「好吧，你娘子。在公主面前，你敢這樣放肆？」反正黎大人是不信的。那位是公主？衣服不像，態度更不像。早上陳熹送她出門時，兩人溫柔繾綣。不是說公主召見駙馬，敦倫之後，不能讓駙馬過夜的嗎？

陳熹無所謂他信不信，繼續幹活。回縣城後，也不住館驛了，改住那間宅子。傳言就這麼起來了。河道上，誰不知駙馬養了個外室。

河堤完工，陳熹回總督衙門交差。

這次工期縮短了三分之一，花費減少一半，讓柳總督刮目相看，想著來年要把什麼樣的差事交給陳熹。

陳熹有想法，能扛事情，背後又有人撐腰。柳總督覺得，皇帝真是給了他一個趁手好用，又敢得罪人的幫手。

柳總督剛把替陳熹請功的摺子遞上去，莊蕾和陳熹也趁著過年前去了京城，拜見皇帝跟皇后。

御史藉著兩人待在京城的機會，參了陳熹一本，說他私德有虧，置外室，養漁家女，說得繪聲繪色。

這件事，讓年前參加皇后筵席的莊蕾成了尷尬之人。大家不知道要安慰她好呢，還是一起跟她唾棄陳熹好？偏生，莊蕾此刻已有了兩個多月的身孕。

這時，陳熹跪在金鑾殿上。「臣沒有做過這等事。」

「在館驛幫傭的婆子，還有你的同僚黎大人，都可以作證。」御史們可是有證據的。

「還有你賃宅子的文契。」

「這能證明什麼？那外室呢？」

黎大人看陳熹死到臨頭還嘴硬，道：「你回淮州之後，那個婦人就消失不見了，是不是可以懷疑你……」

陳熹笑出聲來。「可笑！你們只看衣衫不認人。我娘子為醫治肺癆病患，又製出類似牛痘，可以讓人不再染上肺癆的卡介苗，所以親自下鄉試驗。我正好在附近監督河堤修築，便賃了宅子，住在一起。

「本來我們夫婦覺得是自己的事，不要驚擾地方。我跟你說過，那是我娘子，只因她身穿布衣，身邊鮮少有伺候的下人，你就認為她是漁家女？」

皇帝發了話。「去請回春公主。」

莊蕾一身宮裝，走到陳熹身邊，看向婆子與黎大人。

「嬤嬤，妳可認得我？黎大人呢？」

這幾個人終於明白，自己的眼睛有多瞎。

皇帝扔出一疊奏摺。「不能查，不許查，只要有官員去查，那個官員即刻就會被彈劾。那告訴朕，河道上的銀子用到哪裡去了？咱們一筆一筆來算。」

河道的貪腐，花了兩年收拾，大快人心，起因就是回春公主探望駙馬，穿了布衣，被認作漁家女。

民間廣為流傳，本朝有一位布衣公主，揹著藥箱在民間行醫。

——全書完

2023年1月出版

醫躍龍門

文創風 1134~1136

她的醫身好本事可是專治有緣人的，
他的疑難雜症，統統包在她身上啦！

初來妻到，福運成雙／丁湘

因修行岔氣而穿越到古代的海雲初很頭痛，眼下這是什麼爛劇本啊——
原身乃堂堂官家千金，無奈老爹捲進朝堂之爭，只得委身豫王世子營救入獄家人，
孰料那混蛋下了床就不認帳，竟將她賣進青樓，幸虧奶娘相助才逃出生天。
可隨奶娘避居鄉下的原身已珠胎暗結，又因洪水和奶娘一家失散，最後難產而亡，
若非她醫術高超施針自救，及時讓腹中的龍鳳胎平安出世，才不致釀成一屍三命！
如今有隨身空間的藥庫傍身，此地不宜久留，她決定帶娃上路尋找奶娘一家，
投宿破廟卻遇見突發急症的神秘公子，見死不救非醫者所為，遂自薦診治。
這公子的來頭肯定不簡單，但病殃身子實在太弱，底子差便罷，還有難纏痼疾，
醫病也須看醫緣，既然有緣相遇，他的頑疾就交給她這個中醫聖手對症下藥吧！

2023年1月出版

當個便宜娘

文創風 1129～1130

一串冰糖葫蘆抵得上兩碗麵條了，村裡的孩子幾乎很少人吃過，
兒子乖巧懂事，都沒敢多看它兩眼，可她這後娘不忍心啊，
不就是幾文錢罷了，她又不是沒有，買，兒子想吃她都買！

行過黃泉，情根深種／宋可喜

一塊紅布擋住了視線，嘴裡也堵著團布，手腳則被麻繩緊緊捆綁著，
莫非，她被人綁架了？但她不是已經死了嗎？怎麼又活過來了？
而且，白芸能感覺到自己的骨相發生了變化，這根本不是她的身體啊！
正想著，一個老婆子掀開紅布，警告她今日若敢出啥么蛾子就打斷她的腿！
她堂堂算盡人事的相神，別人向來對她恭敬有加，現在竟被人揪著耳朵罵？
但現在不是生氣的時候，看這陣勢，難不成她穿越了？還穿成個新嫁娘？
隨著原身的記憶漸漸湧現，她總算明白了眼前的情況——
她是父母雙亡、被奶奶綁到宋家嫁給病入膏肓的宋清沖喜抵債的小可憐！
雖說她一肚子火，但無奈被餓了兩天，渾身乏力，只得乖乖和大公雞拜堂，
好不容易進入洞房，眼前竟溜進個可愛的小男娃衝著她喊「阿娘」，
所以說，她的身分不僅是個隨時會當寡婦的新娘，還是個現成的便宜娘？

同是天涯炮灰人，日久生情自當救／十二鹿

2023年2月出版

扭轉衰小人生

她做人的原則很簡單，就是——
人不犯我，我不犯人；
人若犯我，禮讓三分；
人再犯我，斬草除根！
什麼阿貓阿狗的都敢來招惹她，當真活膩了嗎？

文創風 1139 **1**

平時忙得跟陀螺似的老爸抽空參加了她的大學畢業典禮，還開車接她離校，
她不過是在車上滑個手機而已，只聽見「砰」的一聲，接著就眼前一黑了，
再睜開眼，余歲歲莫名其妙成為了什麼盧陽侯的嫡長女，
所以說，他們這是出了車禍，人生戲碼直接跳到The End的結局了？
話說回來，身為侯府千金，她在府中的待遇實在很糟，連下人都能欺她，
原來她是一出生就被抱錯、在農村養了十年，最近才被尋回的女配真千金，
回府後就處處刁難知書達禮的善良女主假千金，還把人給推落水……
且慢！這劇情走向及人物設定怎麼如此熟悉？媽呀，難不成她穿書了？!

文創風 1140 **2**

十歲，在侯府看來是已經定了性的年紀，因此並不想費心教導她，
但正經的血脈不能廢了，所以侯府還是要意思意思地給她請個啟蒙先生，
嘖，她余歲歲是堂堂21世紀的大學畢業生，還能怕了古代開蒙嗎？
不過這侯府也是好笑，她這真千金認回來了，假千金居然也不還給人家，
想想也是，畢竟是精心嬌養了十年的棋子，說啥都不能白白浪費了，
為了杜絕後患，甚至還把她養父找來，想用錢買斷他跟真千金的父女關係，
本來嘛，若一個願買、一個願賣，這也不干她什麼事，
可一看到養父的臉她就懵了，這是年輕版的老爸啊！難道他也穿書了？

文創風 1141 **3**

自從九歲那年媽媽病逝後，身為刑警的爸爸因為工作忙，很少有時間陪她，
被爺奶帶大的她雖然從小和爸爸並不親近，可兩人畢竟是血濃於水的父女，
本以為已經陰陽相隔，沒想到老天善心大發，給了他們重享天倫的機會，
在這人生地不熟的朝代，她余歲歲能相信的人果然只有自家老爸啊！
武力值爆表的爸爸當了七皇子的武學師父，還開了間武館，一路升官發財，
而熟記原書劇本的她則盡量避開主角，努力改變父女倆的炮灰命運，
她甚至還出了本利國利民的《掃盲之書》，被皇帝破例親封為錦陵縣主，
可人生不如意事不只八九，她越想避開誰，誰就越愛在她身邊轉，真要命！

文創風 1142 **4** 完

七皇子陳煜這個人，嚴格來說算是她余歲歲的青梅竹馬吧，
論外貌，從小他就是個妥妥的美男子，大了也沒長歪掉；
論個性，寬厚聰慧、體貼容人，不大男人、不霸總，正好是她的理想型。
但、是，即便他的優點多到不行，也改變不了他是炮灰的事實啊！
是的，在原書裡，七皇子也是個炮灰，從頭到尾沒幾句話，
戲份最多的一場就是他在皇家圍場被突然出現的熊重傷，不治而死時，
不過算他幸運，有她這個集美貌、聰穎與武力於一身的心上人罩著，不怕，
即便前路忐忑難行、危機重重，她也有自信定能扭轉這衰小的人生！

風 文創
1162

娘子有醫手 4 完

國家圖書館出版品預行編目資料

娘子有醫手 / 六月梧桐著. --
初版. -- 臺北市 ： 狗屋出版社有限公司, 2023.05
冊 ； 公分. --（文創風；1159-1162）
ISBN 978-986-509-423-2（第4冊：平裝）. --

857.7　　　112004929

著作者	六月梧桐
編輯	安愉
校對	陳依伶
發行所	狗屋出版社有限公司
地址	台北市104中山區龍江路71巷15號1樓
電話	02-2776-5889～0
發行字號	局版台業字845號
法律顧問	蕭雄淋律師
總經銷	知遠文化事業有限公司
電話	02-2664-8800
初版	2023年5月
國際書碼	ISBN-13　978-986-509-423-2

本著作物由北京晉江原創網絡科技有限公司授權出版

定價280元

狗屋劃撥帳號：19001626

網址：love.doghouse.com.tw　E-mail：love@doghouse.com.tw